RAFFAELLA BOSSI

IL RE DELLA PIADINA

Il Vento Antico

ISBN: 9788894806977
I Edizione dicembre 2020

Questo libro è stato realizzato e pubblicato da
Il Vento Antico by BR Media
www.raffaellabossi.com
brmedia@raffaellabossi.com

Serie
Leggi e sorridi

*A mio padre che sarà sempre nel mio cuore,
alla mia famiglia,
alle mie amiche
e a miei fedeli Brutus.*

1

Sono in ritardo. La sveglia, maledetta lei, non è suonata e ora mi tocca guidare come al Gran Premio di Montecarlo. A dir la verità lo faccio anche quando sono in orario.

«Mamma, per favore, preferisco arrivare tardi a scuola che in anticipo al mio funerale.»

Lancio un'occhiata a Francesco e sorrido. La calma fatta a ragazzo, chissà da chi ha preso.

«Non hai il compito di greco alla prima ora?»

«Alla terza. E se fai un'altra frenata così, ti vomito la colazione sul cruscotto.»

Questo, e il differimento del compito in classe, mi fanno alzare il piede dall'acceleratore.

«Sei pronto?»

Non risponde, sospira e alza gli occhi al cielo. Se lo può permettere, la sua media scolastica è di otto e tre quarti, ma io sono sua madre e certe domande mi vengono spontanee.

«Ok, domanda di riserva: cosa vuoi per cena?»

Sorride e diventa bello come un angelo, il mio bambino di un metro e novanta.

«Cuciniamo io e Brigitta, sorpresa.»

Addio dieta, quei due ai fornelli sono la quint'essenza della scienza culinaria.

Siamo arrivati. Freno con delicatezza e lo guardo. Si allunga per darmi un bacio sulla guancia.

«Ti porto a casa un bell'otto, mammina.»

Scende, si mette lo zaino sulle spalle e si disperde in una folla di liceali.

Sembrava ieri, mi sorprendo a pensare, sembrava ieri che al liceo ci andavo io e invece...

«Basta con questi discorsi da vecchia», mi rimprovero e ingrano la marcia.

Nel tragitto verso l'ufficio, ripasso gli impegni della giornata e il mio umore precipita all'allungarsi della lista. Non faccio il lavoro che avevo scelto di fare, ma quello che il destino ha scelto per me: la professione di papà. Perché lo faccio? Perché quando lui e il suo socio sono morti in un incidente, mi sono ritrovata a sostituirlo.

A tempo determinato, avevo detto, e invece a distanza di quasi quindici anni sono ancora qui.

Brunelli Real Estate Agency. Un'immobiliare che tratta solo immobili di prestigio. Ville e appartamenti dal milione di euro in su. Mio padre era un megalomane che si era fatto da sé. Parlava un inglese maccheronico, eppure aveva venduto più case lui a lord inglesi di quante onorificenze avesse appuntato la regina Elisabetta. Aveva la quinta elementare, ma aveva creato e diretto un impero immobiliare. Io mi sono laureata in storia e ho iniziato a lavorare all'università e poi... poi lui è morto. Sull'ultimo modello di Ferrari che si era comprato. E io mi sono ritrovata seduta sulla sua poltrona a cercare di emulare le sue gesta, per altro inimitabili.

Insieme all'agenzia, ho ereditato anche il figlio del suo socio. Gualtiero. Un deficiente borioso, lazzarone, bugiardo e, per dirla tutta, con il cervello nelle mutande.

Parcheggio nel mio posto riservato e salgo nell'ascensore Liberty. Non in stile, proprio Liberty, l'immobile è d'epoca. E a me fa venire la depressione.

«Ciao, Guenda.»

Sharon non alza lo sguardo dalle unghie che si sta limando con una determinazione maniacale.

«Buongiorno a te, Sharon» e mi chiudo in ufficio.

Tanto, anche se le ripetessi per la milionesima volta che in ufficio non ci si fa la manicure, non si mastica la gomma sbattendo la bocca e non si indossa un copricostume, mi guarderebbe con gli occhioni bistrati e, sempre ruminando, direbbe: davvero?

Quindi soprassiedo. In ogni caso, secondo i miei calcoli, ha i giorni contati. Gualtiero assume le segretarie basandosi sulle loro prestazioni sessuali. Al massimo restano sei mesi. Una sola è durata un anno e mezzo, ma l'aveva scovata al Mi Sex, una scuola specialistica molto qualificata. Con Sharon siamo agli sgoccioli della quinta mensilità e già ho intercettato segnali di fastidio. Non mi ha più chiesto di coprirlo con la moglie per affari urgentissimi o, traduzione letterale, serate infuocate.

Potrei scegliere io le segretarie, in passato lo facevo, ma poi dovrei sopportarlo mentre sabota il loro lavoro per avere la scusa di licenziarle e poter assumere la sua protetta di turno. Ho scelto il male peggiore. Io mi sono tenuta la mia, al momento in vacanza, e lui ha il suo turnover.

Scorro l'agenda e sospiro. Gesù, oggi se parlerò in italiano dieci minuti sarà tanto. Possibile che l'Italia sia saccheggiata dagli stranieri? Non solo possibile, ma anche reale e previsto dal mio visionario genitore che ha sempre fatto pubblicità oltre confine.

I barbari, metaforicamente parlando, ma nemmeno troppo, sono arrivati a ondate. Prima dal nord Europa, tedeschi e inglesi, quindi un intermezzo mediorientale con gli arabi, e adesso i russi. Li ho incontrati tutti e sono diventata una nazionalista sfegatata.

La porta dell'ufficio si apre all'improvviso. Il cuore mi sale in gola.

«È arrivato», mastica Sharon.

«Non bussare, mi raccomando, non vorrei ti si spezzasse un'unghia.»

Mi alzo e le passo di fianco senza degnare di uno sguardo l'espressione inorridita al pensiero della sciagura che le ho prospettato.

Lo sceicco Muhammad Nadir Al Nahyan mi aspetta nella reception. Siccome viaggia in incognito, ha solo otto persone al seguito e non indossa la *thobe*, la tunica di un bianco abbagliante con colletto e polsini che aveva la prima volta che l'ho incontrato. Oggi è in doppiopetto gessato cucito su misura. Però porta la *ghutra,* con un cordone dorato a cingergli la testa. In incognito, proprio. Sorrido e socchiudo gli occhi, abbagliata dal fascio di luce proiettato dal brillante grosso come una nocciola che gli ferma la cravatta.

Abbiamo visitato un attico su due piani in Corso Venezia, un immobile di fine Ottocento a due passi dalla Scala e un appartamento di settecento metri quadrati su tre livelli con vista San Babila. Ho la gola secca e la mascella che mi duole dal tanto parlare e sorridere.

Invece lui è fresco come una rosa. Mi offre un calice di champagne, e pazienza se è mussulmano e l'alcol non lo dovrebbe neppure nominare.

Non c'è stato verso di rifiutare l'invito a pranzo. Ha riservato un'intera sala di un ristorante stellato. Ha ordinato direttamente allo chef, che ancora un po' si prostrava ai suoi piedi, e adesso mi tocca mangiare le lumache alla Bourguignonne.

Io odio le lumache. Gli ebrei le giudicano animali impuri, ignoro il pensiero dell'islam al riguardo, ma poco importa. Lo sceicco pare essere dispensato dagli insegnamenti del Profeta.

Ho i sudori freddi al solo pensiero di ingurgitare il mollusco strisciante mentre brindiamo alla nuova casa milanese dello sceicco. Nuove case, mi correggo. Non sa decidersi, così le compra tutte e tre, con buona pace della crisi.

Dovrei esserci abituata, quasi quindici anni a contatto con questo tipo di ricchezza avrebbero dovuto immunizzarmi, e invece no. Sono annichilita, incredula e anche incazzata nera. Non è possibile che un singolo uomo possa spendere più di trenta milioni di euro senza battere ciglio e ci siano ancora persone che muoiono di fame. Non ci riesco, non posso e non voglio pensare che sia normale. Non lo è. Questa gente potrebbe sfamare il terzo mondo e invece compra qualunque cosa capiti a portata del loro portafogli. É triste, triste, triste. Lo so che sono un'utopista inguaribile, lo so che questi soggetti permettono a me e alla mia famiglia di fare una vita agiata, so anche che grazie a loro posso finanziare la Fondazione Mario Brunelli, mio padre, per l'aiuto dei bambini di tutto il mondo, lo so. Ma questo spreco faraonico mi fa impazzire.

Lo sceicco sale in ufficio e si accomoda in sala riunioni. Sharon ci porta i documenti sculettando più allegramente del solito. La ragazza ha fiuto, sa che l'uomo seduto accanto a me vale molto di più di quello che la spupazza al momento.

L'avvocato di Hamad Al Nahyan legge i documenti, io no, non ce n'è bisogno. Li ha preparati Augusto Bramieri, il CFO della società, in parole più semplici l'uomo di fiducia di papà, l'amministratore perfetto, quello che ha permesso alla Brunelli Real Estate Agency di prosperare sotto la sua maniacale amministrazione.

Fosse stato per Gualtiero, ma anche per me, saremmo tutti a coglier banane.

Le tre proposte d'acquisto sono impeccabili. Lo sceicco le firma e l'avvocato mi passa quattro assegni, tre per i proprietari e uno per me. Quando se ne va, si lascia dietro il profumo dei soldi.

Tolgo le scarpe coi tacchi che mi torturano.

«E pensare che sognavo di vivere cercando la tomba di Alessandro» sospiro.

Sharon mi fissa inorridita.

«É morto? Che peccato, era così carino...»

Non so di chi stia parlando, ma... papà, se da lassù mi ascolti, fa' che Gualtiero incontri la dea del sesso così che io mi liberi da questa piaga. Grazie.

2

Sono le otto di sera quando rientro a casa. Un profumo invitante mi accoglie fin dal pianerottolo. Cerco le chiavi nella borsa, operazione che mi innervosisce oltre ogni dire, e un ticchettio di unghie sul marmo mi distrae.

«Ciao Brutus», dico senza nemmeno guardare. «La nonna ha ospiti?»

In risposta lui si siede e mi fissa con quegli occhi scuri che dicono più delle parole. Mia madre, la vedova Brunelli, abita nell'appartamento sopra al mio. Non si è mai risposata, dice che un uomo come mio padre lo s'incontra una volta sola nella vita ed è sufficiente. Ho sempre avuto il sospetto che non fosse un complimento, forse perché conoscevo papà e la sua lucida follia. Comunque sia, alla sua morte si è comprata il primo boxer, seguito da una femmina, con relativa cucciolata, e ha dato il via a una nuova dinastia.

Infilo la chiave nella toppa e, come apro uno spiraglio, Brutus s'infila in casa mia, evidentemente attratto dall'effluvio invitante che aleggia. I miei succhi gastrici hanno un moto di gioia, dopo le lumache del pranzo.

«Il profumo è da dieci e lode» dico rivolta alla cucina.

Appare Brigitta, la fidanzata di Francesco.

«Buonasera, Guenda.» A dispetto del tono formale mi lancia le braccia al collo e mi bacia su una guancia.

Rido nel guardarla, ha un po' di farina sulle guance arrossate e il grembiule da cucina macchiato di salsa. Per il resto è bella da levare il fiato. Due occhi verdi che trapassano e una chioma di capelli castani che le incorniciano il volto perfetto. E sotto tanta beltà, ci sono un animo illuminato e un cervello da premio Nobel.

Da quando Francesco l'ha presentata in famiglia due anni fa, non so dire chi la ami di più. Nonna e cani compresi. Infatti è scortata dagli ultimi nati, i figli di Brutus, che potrebbero insegnare il mestiere a uno stalker.

«Francesco ha preparato le tagliatelle, io il ragù. È dalle tre di oggi pomeriggio che cuoce, intanto noi abbiamo preparato la tesina di filosofia.»

Stupefacente, vero? Due ragazzi diciottenni che cucinano e studiano filosofia. Non lo racconto a nessuno perché non mi crederebbero mai.

La seguo in cucina. Mio figlio controlla qualcosa nel forno. Si gira, mi sorride e lancia un grido che fa più o meno ullullullù! Rispondo alla stessa maniera e Brigitta ride alle lacrime. Ci conosce, sa la nostra storia, e anche che questa è la maniera con cui Francesco ed io ci salutiamo, imitando i versi degli animali.

«L'albatros urlatore è quello che preferisco, più esuberante rispetto alla foca.»

Francesco la gratifica con il tubare della tortorella, lei risponde a tono. Sono fatti uno per l'altra, questi due.

Li lascio alle loro effusioni e vado a farmi una doccia per togliermi di dosso una giornata da sceicco.

Le tagliatelle al ragù sono uno spettacolo e il vino che le accompagna degno di loro. Le melanzane sono deliziose e, detto da me che non le amo alla follia, significa un dieci e lode.

«Se apriste un ristorante, vi sponsorizzerei. Altro che stelle Michelin! Bravissimi», li elogio.

«No, non corri questo rischio, mamma, cucinare mi piace moltissimo, ma non ne farei la mia professione.»

L'umore si rabbuia. Manca poco più di un mese alla maturità e alla scelta dell'università: il primo bivio della vita. A quell'età non si ha la percezione di quanto importante sia la scelta del lavoro che ci accompagnerà per il resto della vita, sempre che il destino non ci metta lo zampino, come nel mio caso.

«Avete fatto progressi?»

Scuotono la testa, poi Brigitta elenca.

«Storia» e il mio cuore ha un palpito, «lettere moderne o antropologia.»

«Anche ingegneria gestionale e agraria», aggiunge Francesco.

Non riesco a trattenermi e rido. Appoggio il bicchiere sulla tovaglia immacolata e lo fisso.

«Tuo padre si metterà a piangere.»

Alza le spalle.

«Se ne farà una ragione. Non mi piace la finanza e detesto la borsa. Credo sia sufficiente per non scegliere economia e seguire le sue orme.»

«Giusta osservazione. Dovete scegliere quello che vi rende felici. Qualcuno dice che il mestiere giusto è quello che pensiamo di fare appena apriamo gli occhi.»

Brigitta mi osserva tra le ciglia.

«A te piace il tuo lavoro, Guenda?»

Riprendo il bicchiere e sorseggio in silenzio. Credo di non essermi mai posta questa domanda.

«Difficile rispondere con onestà. Io ho studiato storia pensando a una carriera accademica. Non avevo mai contemplato l'idea di diventare una donna d'affari, e francamente non pensavo di averne la stoffa. Poi il nonno è morto ed io e la nonna ci siamo trovate con l'agenzia in piena espansione che macinava denaro come un mulino la farina. Francesco aveva quattro anni, io e suo padre ci eravamo appena separati. All'università non guadagnavo a sufficienza per mantenere tutto ciò che papà mi aveva lasciato. Ho fatto due conti e mi sono detta che portare avanti la Brunelli Real Estate era la scelta giusta per tutti. Credevo che in un paio d'anni avrei trovato qualcuno che mi avrebbe sostituito ed io sarei tornata ai miei libri. Invece non ho trovato nessuno e...»

Mi blocco con gli occhi spalancati, i ragazzi mi fissano senza capire. È il pensiero che mi è sfrecciato per la mente sospinto dai fumi alcolici del Nebbiolo che mi ha ammutolito. Ci sono cose del mio lavoro che mi piacciono, eccome se mi piacciono! L'adrenalina della contrattazione, il rumore della penna del cliente quando firma il contratto, la carta su cui sono stampati gli assegni e ancor di più mi piace il rispetto che ho saputo generare intorno a me. Non ho mai truffato nessuno e nelle innumerevoli trattative che ho condotto entrambe le parti sono sempre rimaste soddisfatte. Sorrido. Ho appena imparato qualcosa dai dubbi di due ragazzi. Nella vita non si può mai dire da dove arrivino gli insegnamenti. Alzo il bicchiere in un brindisi.

«Comunque sia, il lavoro del nonno mi piace e sono anche brava. Però detesto lavorare con quell'imbecille di Gualtiero.»

«Lo stallone in doppio petto», ride Francesco.

Brigitta rotea gli occhi divertita e nitrisce scuotendo la coda.

A giudicare dagli schiamazzi che arrivano dal piano di sopra, la serata di mia madre è un successo. Portiamo noi i cani a fare l'ultima passeggiata.

È bella Milano, la sera in primavera. Lo smog pare più dolce, i viali alberati sono in procinto di esplodere e perfino il traffico si ammorbidisce e a tratti scompare. Camminiamo in silenzio nel giardino del palazzo dove abitiamo. Un fortunatissimo investimento di papà. Un palazzotto di quattro piani d'inizio secolo scorso, con corte interna, che mamma si è rifiutata di trasformare in parcheggio. Così è rimasta un'oasi circondata da mura, rigogliosa di piante e fiori, con tanto di fontana zampillante. Dai due ai cinque anni, Francesco ci cadeva dentro almeno tre volte la settimana. Rientriamo e i ragazzi vanno a dormire. Domani hanno un'interrogazione di fisica e la sveglia suonerà presto. Io ricevo il bacio della buonanotte sul divano, i boxer nel cestone dove sono aggrovigliati in un cane mitologico a tre teste e dodici zampe.

La famiglia di Brigitta si è disgregata e lei non sa più a quale relitto aggrapparsi, quindi dorme qui. Ha la sua stanza e il suo bagno. Mi hanno criticata per questo, far vivere un ragazzo e una ragazza non parenti sotto lo stesso tetto! Che cosa stupida, e preambolo di sciagure e gravidanze. Quindi avrei dovuto lasciare una ragazza a dibattersi nel fango di un divorzio che pare una guerra civile? Mai. Infatti Brigitta passa lunghi periodi con noi e mai ho pensato una volta di essermi sbagliata. Lei e Francesco sono ragazzi assennati, hanno formato una squadra vincente a scuola e nella vita, e se si amano anche, tanto meglio per loro. Quanto durerà? Quando qualcuno me lo chiede, io rispondo sempre: lei è certo di essere vivo domattina? Chiuso il discorso.

Sto leggendo un saggio sui Templari e il russare ignobile dei cani mi fa compagnia fino a che arriva un messaggio di Sofia.

Ci vediamo a pranzo?

Controllo l'agenda sul telefono e sorrido, la conosco dai tempi del liceo, è stata una ragazza ed è una donna vulcanica. È interprete di russo e cinese, lingue che ha studiato e perfezionato con due matrimoni, il primo a Mosca, il secondo a Pechino. Al momento è in bilico tra Londra e Miami, non sa decidersi.

Rinascente, ore 13? propongo.

Andata, risponde.

Spengo il cellulare e vado in camera chiudendo tutte le porte tra i boxer e me. Chi riuscirebbe a dormire circondato da un branco di cinghiali grufolanti?

3

Oggi ho tre immobili da valutare. Uno di questi è un piccolo castello del Seicento sulle colline delle Langhe. Pregusto dati storici e decido di lasciarlo per ultimo.

Inizio da un appartamento a Montecarlo. Apro le planimetrie e i documenti forniti dall'attuale proprietario, poi controllo al catasto del Principato. È un passaggio fondamentale non si può nemmeno immaginare quali e quanti truffatori girino per il mondo. E più le cifre sono alte, più sono sfacciati e senza scrupoli.

Qualcuno bussa alla mia porta.

«Avanti» dico, ma non alzo nemmeno lo sguardo tanto sono concentrata su due numeri che non coincidono.

«Buongiorno Guenda, mi devo complimentare con te per l'affare con lo sceicco. O meglio, gli affari.»

Tengo un dito sulle cifre incriminate e osservo Gualtiero. È un bell'uomo, lo è sempre stato, fin da bambino. Ci conosciamo da allora, in fondo siamo amici, anche se, negli ultimi anni, la sua condotta libertina mi fa venir voglia di prenderlo a schiaffi. Non tanto per la moralità, quanto per la mancanza di professionalità e precisione che ne consegue.

«Ciao, Gualtiero. Hai preso tu contatti per l'appartamento a Montecarlo?»

Gli indico la pratica. Lui le getta un'occhiata distratta e fa un cenno affermativo.

«Problemi?»

«La proprietaria dichiara che sono cinquecento metri quadrati, il catasto solo quattrocento. Una differenza di quasi cinque milioni col prezzo di vendita.»

Si passa una mano tra i capelli biondi perfettamente tagliati e poi infila le mani in tasca.

«Quindi?»

Fa spallucce come se non fosse un suo problema.

«Quindi», lo fisso negli occhi perché invece è un suo problema, «chiami la contessa che lo vuol vendere e le dici che c'è un errore nella metratura che ha dichiarato.»

«Va bene, la faccio chiamare da Sharon.»

«Glielo spieghi tu a miss universo cosa sono le metrature o la iscriviamo a un corso rapido per geometri?» Mi prendo una pausa per calmarmi. «No, Gualtiero, lo fai tu. Non puoi delegare una cosa del genere, è un tentativo di truffa.»

Struscia i piedi sul tappeto. Lo faceva anche quando aveva quindici anni e suo padre lo sgridava.

«Subito», ringhio e mi rimetto al lavoro.

Sento la porta richiudersi e sospiro. È come avere a che fare con un adolescente in preda alle tempeste ormonali.

Accantono Montecarlo e la contessa truffaldina e passo a una villa in Brianza. Appartiene a un imprenditore che ha creato uno dei mobilifici più famosi d'Italia. Vuole vendere perché, rimasto vedovo, si è risposato con una donna che ha meno della metà dei suoi anni e lei non ne vuole sapere di vivere in una casa che, seppur faraonica, è sperduta in quella landa di lavoratori indefessi. Il commendatore ha deciso di accontentarla. Si sono trasferiti nell'appartamento milanese e, non appena avrà venduto la villa, investirà in una casa a Cortina d'Ampezzo. Si vede che la mogliettina ha voglia di aria pura e frivolezza da varietà televisivo. Documenti e dati catastali sono in ordine, solo il prezzo di vendita è sbagliato, troppo basso. Prendo il telefono e digito il numero che c'è sulla pratica.

«Commendator Salvetti», mi accoglie una voce da basso.

«Commendatore buongiorno, sono Guenda Brunelli, della Brunelli Reale Estate Agency. Ha un momento da dedicarmi?»

«Dica, dica» e io dico.

«Mi permetto di farle presente che per la villa in Brianza potrebbe chiedere senza problemi un trenta per cento in più.»

«Lo so, lo so, ma vede, devo vendere il prima possibile.»

La pausa che segue mi fa immediatamente pensare a un dissesto finanziario. Lui lo comprende e si affretta a precisare.

«Non ho bisogno di soldi, ma alla Veruschka quella casa lì fa venir la depressione.»

Fisso la parete davanti a me, incredula.

«Ascolti, commendatore, fa parte del mio lavoro fornire ai miei clienti consigli immobiliari. Così facendo, lei perde circa ottocentomila euro. Non sono proprio bruscolini e...»

M'interrompe, quasi brusco.

«Lo so, per Dio! Ma quella là piange tutte le sere, e mi manca la neve e mi manca il freddo e io non ce la faccio più. Non le dico poi cosa mi tocca sentire dai miei figli in azienda.»

Non me lo dice, ma lo posso immaginare. Non è che ci voglia una grande fantasia. Poverino, mi fa quasi pena, anche lui come Gualtiero vittima dei propri ormoni.

«Facciamo così, commendatore. Io la propongo al giusto valore, se entro un mese non si muove nulla, abbassiamo il prezzo. Cosa ne pensa?»

Rimane in silenzio, io tamburello con le dita sul piano della scrivania. A me non cambierebbe nulla, se non un paio di mille euro in più sulla mediazione, ma ho imparato che un cliente soddisfatto parla bene di te e questa è una pubblicità impagabile in un ambiente come quello degli immobili di prestigio.

«Va bene. Non dico niente alla Veruschka, però solo un mese, altrimenti la depressione viene a me.»

«D'accordo, commendatore, solo un mese. La terrò informata, buona giornata.»

«Anche a lei» e mi liquida.

Tu pensa come sta andando il mondo. Un uomo di oltre settant'anni, che ha passato una vita a lavorare, adesso si fa menare per il naso da una ragazzetta con voglie mondane. Mia madre sentenzierebbe: non sarebbe successo se non si fosse abbassato i pantaloni. Io sono di un altro parere. I pantaloni poteva pure abbassarli, quello che non doveva fare era firmare un contratto matrimoniale.

Accantono le disquisizioni filosofiche e prendo gli incartamenti del castello. Suona l'interfono.

«Dimmi, Sharon.»

«La contessa Uccelli vuole parlare con Gualtiero.»

Alzo gli occhi al cielo.

«Contessa Urbelli, non Uccelli. E se vuol parlare con Gualtiero perché la passi a me?»

«Ma lui è uscito e mi ha detto che se chiamava la contessa ci parlavi tu.»

«Se avesse chiamato, non se chiamava.» In questo momento ammazzerei sia il mio socio che la sua segretaria priva di senno e di congiuntivi, ma mi tocca capitolare. «Passamela.»

«Con chi parlo?» È l'esordio della nobil donna.

«Guenda Brunelli.»

«Io voglio parlare con Colombo, il titolare.»

«Io sono la titolare con Gualtiero...»

«E perché non risponde lui?»

«Perché è fuori.» Di testa, lo penso ma non lo dico. «Abbiamo un problema col suo immobile a Montecarlo. Lei ha dichiarato una metratura pari a cinquecento metri quadrati, ma l'appartamento è accatastato per quattrocento.»

Non aggiungo altro, aspetto che mi dia una spiegazione.

«Deve esserci uno sbaglio.»

Un genio questa donna.

«Direi proprio di sì.»

«Sono cinquecento, non quattrocento.»

«Contessa, credo sarebbe meglio mandare un perito a misurare l'appartamento. Se dovesse essere come dice lei, allora provvederemo a inoltrare una pratica per correggere l'attuale scheda catastale.»

«L'appartamento è di cinquecento metri.»

«Sì, contessa, ho capito, ma questo lo afferma lei. Al catasto...»

«Ma insomma! Non si fida della mia parola?»

Ha un tono che trasuda arroganza e spocchia, stringo la cornetta fino a sbiancarmi le nocche per non urlare che non mi fido, non di una cafona truffaldina e titolata.

«Mi fido ciecamente, contessa, ma gli acquirenti tendono a essere sospettosi.»

«Va bene, va bene, mando mio figlio a misurarlo», concede di malagrazia.

«Anche se suo figlio fosse un perito del tribunale, la vostra parentela sarebbe d'impedimento a questo incarico.»

«E per quale motivo? E poi chi me lo dice che è lei che si è inventata tutto per guadagnare una parcella più alta?»

E va bene essere pazienti, ma quando è troppo è troppo.

«Ascolti, contessa, e apra bene le sue nobili orecchie, perché non lo ripeterò un'altra volta. Per quel che mi riguarda lei sta cercando di truffare la mia agenzia e un futuro acquirente mentendo deliberatamente sull'effettiva metratura del suo appartamento. Quindi, o mi presenta una dichiarazione sottoscritta da un tecnico qualificato nel Principato di Monaco, oppure si ritenga libera da qualunque vincolo con la mia agenzia.»

«Come osa?»

«Oso talmente tanto che conserverò una copia della sua documentazione così, se per caso le passasse per la testa di diffamare me e il mio lavoro, io la denuncerò per truffa. Ha capito bene?»

«Ho capito benissimo», risponde asciutta.

«Perfetto, buona giornata.»

Sbatto la cornetta con il cuore che pompa di rabbia. Al diavolo la contessa e anche Gualtiero. Ecco cosa intendevo con scarsa professionalità e superficialità. Non si acquisiscono così i mandati di vendita, si deve essere precisi, meticolosi, quasi maniacali, ma il risultato è una reputazione immacolata. E io, alla mia, ci tengo moltissimo. Di quella del mio socio ha smesso d'importarmi quando lui l'ha assassinata per un giro di concubine degno di Enrico VIII.

E ora il castello, finalmente.

È una tenuta vinicola, otto chilometri quadrati di terreno, quattro a vigneti, uno a frutteto, uno a orto, il resto parco e scuderia. Le foto mi mostrano un castello con torretta e mura perimetrali.

Bello, non c'è che dire. La ripresa aerea, poi, m'incanta. La costruzione, che risale alla prima metà del Seicento, appartiene storicamente ai conti Scagnetti e sorge sulla cima di una collina. A nord degrada dolcemente in una vallata fino a un bosco e alla strada statale che fa da confine. A sud, invece, c'è un laghetto, un corso d'acqua e un'altra collina a delimitare la proprietà. Il prezzo non è proprio ragionevole, ma con gli immobili d'epoca ben tenuti, e questo lo è, si può alzare il tiro di un dieci – venti per cento.

Un messaggio mi distrae.

Se non sei già uscita, sei in ritardo.

Rido. Sofia ha ragione, sono in ritardo.

4

A giudicare dall'abbigliamento, Sofia pensava di pranzare a Londra. Indossa un tailleur verde acqua che farebbe la gioia della regina, è compita e sorride con grazia regale.

«É un lord, il prossimo fortunato?»

«Sempre acuta, la mia Guenda! Duca e appartenente alla House of Lords», dice con orgoglio.

«Brava la mia amica, vedrai che il successivo potrebbe essere una testa coronata.»

Liquida la cosa con un gesto della mano e si lancia nel racconto di come ha incontrato Henry Woodville. Li ha presentati l'ex marito di lei e a quanto pare è stato un colpo di fulmine.

Sofia ha solo colpi di fulmine. Ci mette dai cinque a dieci secondi a innamorarsi, ed entro le prime ventiquattrore decide se aggiungerà un nuovo cognome al suo.

«Ci sposiamo il venti luglio a Londra, mi farai da testimone.»

Sono sempre stata io la sua testimone e ogni volta ha provato a rifilarmi un amico del novello sposo.

«Volentieri, basta che non cercherai di appiopparmi un marito.»

«Perché non dovrei? Sono troppi anni che sei sola, ti farebbe bene un matrimonio.»

«Mi farebbe bene anche una vacanza ai Caraibi, se è per questo.»

Si spazientisce e per un attimo rimane in silenzio a scorrere la lista del menù. Tanto sceglierà un'insalata, potrei scommettere sicura di vincere.

Io guardo le guglie del Duomo che, se mi allungassi un po'
dal terrazzo, potrei toccare con la mano.

Sofia richiama il cameriere e ordina.

«Due insalate e due bottiglie d'acqua naturale.»

Visto? Sofia mangia solo erba, forse è per questo che la sua
pelle è liscia come una foglia di lattuga e ha una linea da far
invidia a un'indossatrice. Sostiene che gli uomini non amino
le donne che mangiano come camionisti. Sarà, io un uomo
non ce l'ho, e non posso affermarlo con certezza. Però, a giudicare da come Francesco e Brigitta se la spassano in cucina
e a tavola, si direbbe che la mia amica ha solo il terrore di ingrassare e diventare come sua madre, ottanta chili di buon
umore e sano appetito.

«Come va in ufficio?»

«Come al solito. A Gualtiero è rimasto solo il cervello nelle
mutande, l'altro glielo hanno polverizzato i discorsi delle sue
amichette.»

«Ma sua moglie non dice nulla?»

«Tu diresti qualcosa se tuo marito ti regalasse un appartamento o un brillante ogni volta che si fa un'amante nuova?»

«Con tanto di atto di proprietà? Non solo così per dire?»

«Comprese tassa di registro e ipotecaria o certificato d'au-
tenticità.»

Sofia sorride al pensiero. Si potrebbe giudicare questa
donna, che valuta i patrimoni che la chiedono in moglie con
la precisione di un notaio, come un'arrivista approfittatrice,
ma non lo è affatto.

È una donna affermata, fondatrice e proprietaria di una fa-
mosa agenzia di traduzione, utilizzata da politici e uomini
d'affari, che ogni anno fattura quanto una multinazionale.
Non ha bisogno dei soldi dei mariti e i suoi divorzi non sono
mai finiti sulle pagine dei giornali per l'entità degli assegni
che incassa dall'ex. Sui giornali c'è finita perché le sue buone
uscite sono servite a costruire un ospedale in Namibia e una

scuola professionale per infermieri in Somalia. A lei non è rimasto un centesimo in tasca.

«Uomini», liquida il discorso con lo stesso gesto con cui scaccerebbe una mosca e legge un messaggio appena arrivato.

«Emy chiede se beviamo il caffè con lui» e digita senza aspettare la risposta.

Emy è un amico comune fin dai tempi del liceo. Lo adoriamo, i suoi consigli sono per noi oracoli, la sua presenza fondamentale nella maggior parte dei momenti importanti della nostra vita. Emy è la spalla su cui ho pianto tutte le mie lacrime quando Edoardo una sera, senza alcun preavviso, mi ha detto "vado a New York" e la mattina dopo è salito su un aereo per non fare più ritorno da me e da nostro figlio. Se si fosse pentito, mio padre gli avrebbe sparato personalmente.

Il bar è affollato, ma Sofia si fa largo senza sforzo. È così altera, sicura e splendidamente sorridente che le persone le lasciano spazio senza battere ciglio. Io la seguo come una fida dama di compagnia fino al tavolo dove ci aspetta Emy. Lo abbracciamo e lo sbaciucchiamo con affetto, lui ci lascia fare sotto lo sguardo dei vicini.

«Ragazze, adesso basta, d'accordo che sono irresistibile, ma dovreste esserci abituate.»

Ride e ci fa accomodare.

«Sofia, sei assolutamente londinese! Guenda, sei sciupata, dovresti trovarti anche tu un marito che si occupi di te» ammicca vistosamente.

Questi due hanno la fissazione di trovarmi un marito. Da che ho ottenuto il divorzio, tredici anni fa, non fanno altro che decantarmi le gioie matrimoniali.

«Però tu non sei sposato e lei è al terzo matrimonio.»

«Il matrimonio è un concetto splendido che per realizzarsi appieno ha bisogno di tentativi» risponde Sofia. «Chissà, magari con Henry sarà perfetto, ma se non lo sarà, divorzierò e troverò un altro marito.»

Non è la prima volta che sento questa storia, e non sarà nemmeno l'ultima ma, mannaggia a me, non posso fare a meno di chiedermi: e se Sofia avesse ragione?

«E poi Francesco ha già diciott'anni», aggiunge Emy e con questo mi chiudono definitivamente la bocca.

«Va bene, va bene. Domani m'impegnerò e vedrete che prima di sabato trovo qualcosa.»

«Qualcuno», mi correggono in coro ridendo.

«Sì, sì, qualcuno.» Mi salva la telefonata di Sharon. Incredibile anche solo a pensarci.

«Guenda, c'è un signore che ti aspetta in ufficio.»

Sento la fronte aggrottarsi. Non avevo appuntamenti, me ne sarei ricordata. Per sicurezza sfilo l'iPad dalla borsa e controllo. Infatti sono libera.

«Non ho appuntamenti.»

«Non è tuo, è di Gualtiero e lui non c'è» piagnucola. «Non mi risponde al telefono e nemmeno ai messaggi.»

Lo stallone deve avere trovato un'altra puledra.

«Ve bene, fallo accomodare e offrigli un caffè. Dieci minuti e sono lì.»

«Il caffè è finito», frigna.

Come arrivo in ufficio, la ammazzo con le mie mani.

«Sharon, respira, poi gli chiedi se desidera qualcosa e lo ordini al bar. Il numero è attaccato di fianco al tuo computer. Hai capito?»

«Sì, sì, ma tu arrivi presto?»

«Dieci minuti.»

Sofia ed Emy mi fissano con gli occhi sgranati.

«A tanto siamo arrivati?»

I miei amici sono inorriditi. Io infilo tutto in borsa, li bacio sulle guance e faccio spallucce.

«Però è un'artista della manicure.»

Mentre esco, sento la voce di Sofia sopra il frastuono di un bar all'ora di punta. «Passiamo a prenderti dopodomani sera, andiamo a cena.»

Alzo il pollice e archivio l'appuntamento nel mio cervello.

Prendo per la Galleria, dribblo giapponesi fotografi, ragazzetti sfaticati, uomini indaffarati e donne in delirio da shopping, attraverso Piazza della Scala e, distratta da pensieri omicidi, passo su una griglia. Una scarpa s'incastra ed io mi catapulto in avanti e piombo addosso a un ignaro signore come un fulmine divino. Per poco finiamo entrambi lunghi e distesi.

«Si è fatta male, signora?»

«Io no, grazie a lei, ma ho ammazzato una scarpa», recupero il tacco incastrato e riparto zoppicando il più elegantemente possibile, mentre il mio salvatore ride a quella che pensa una battuta.

Se sapesse quanto mi sono costate e quanto io ami le mie scarpe, mi farebbe le condoglianze.

I sensori delle porte scorrevoli dell'agenzia captano i fulmini e le saette che irradio e si aprono lasciandomi passare in una carica vacillante che muore nell'atrio, insieme alla speranza di passare alla toilette a sistemarmi. Sharon non ha fatto accomodare il cliente in sala riunioni. È seduto davanti alla sua scrivania, così che entrambi si girano e mi fissano come un'apparizione.

Sono scarmigliata, ansimante per la corsa e in mano ho il tacco divelto. Quel che si dice fare bella impressione, no? La butto sul ridere, visto che la finestra è troppo lontana per buttarmi di sotto.

«Ho fatto prima che ho potuto. Sharon, sii gentile, accompagna...»,

Il cliente si alza, mi toglie il tacco dalla mano e si china per sfilarmi la scarpa.

Sono imbarazzatissima, rimango lì come Cenerentola a piedi scalzi. Lui armeggia con quel che resta di una Prada, poi dà due gran colpi sul pavimento. Sul tappeto, per la precisione, e meno male, altrimenti scavava un buco nel parquet. Osserva il lavoro e sorride.

Mi porge la scarpa, serissimo.

«Come nuova. Piacere, Delmo Ravaioli.»

È romagnolo, potrei scommettere tutto quello che ho. Infilo la scarpa. Sorrido con la gioia di un collezionista davanti a un restauro perfetto.

«Grazie.» Gli stringo la mano con vigore improprio per una di cinquanta chili e lo guardo negli occhi, un bel dieci centimetri sopra ai miei. «Guenda Brunelli, molto lieta. Venga, andiamo in ufficio.»

«Posso avere un caffè?»

Ha un tono di scusa. Io fisso Sharon, lei mi guarda e si soffia il naso.

«Non ho trovato il numero.»

Allungo un dito e le mostro un post-it giallo sul bordo dello schermo del suo PC. Il suo bel visino si apre in un sorriso da copertina.

«Ah, pensavo attaccato sulla scrivania. Ordino io?»

«Se ce la fai.»

Dovevo darla allo sceicco come omaggio della casa.

5

Mi accomodo alla scrivania e prendo carta e penna.

Ravaioli è seduto di fronte a me, tiene le gambe accavallate e le mani sui braccioli della poltrona. Elegante, in un completo beige con camicia azzurra e senza cravatta, dà l'impressione di essere un uomo con i piedi ben piantati per terra. Sicuro di sé, ma senza quell'aria di sufficienza tipica dei riccastri.

Osserva l'ufficio e le foto alle pareti. Sono immagini degli immobili più prestigiosi che abbiamo trattato, alcuni immortalati con i proprietari. Clooney fa sempre effetto sulle donne, ma Clinton li stende tutti. E anche questa volta fa centro. Io odio quella foto, dal profondo del cuore, come odio anche l'ex presidente americano. Se fosse rimasto in America, al posto di acquistare casa in Italia, forse papà non sarebbe morto. Sì, perché la Ferrari maledetta, l'aveva comprata per festeggiare l'affare con lui.

Lo so che è un pensiero stupido, ma non posso impedirmi di incolpare qualcuno per alleviare quel senso di perdita che mi perseguita da allora. Devo spostare la foto all'ingresso. Non è possibile che io mi tiri una coltellata al cuore tutte le volte che un nuovo cliente si accomoda nel mio ufficio.

«Allora, signor Ravaioli, in cosa posso esserle utile?»

«Voglio comprare una casa.»

Del resto io non vendo tulipani.

«Un acquisto a fini abitativi, di vacanza o a scopo d'investimento?»

Mi fissa dritto negli occhi sporgendosi in avanti. È abbronzato come un moro e la sclera risulta bianchissima. Mi mette quasi in soggezione.

«Vendetta.»

«Vendetta?»

«Sì, a scopo di vendetta.»

Questa è nuova, mai sentita prima. Però non esiste cliente che non si possa soddisfare o casa che non si possa vendere.

«Molto bene, signor Ravaioli, vendetta. Non ho mai trattato questo genere, ma di certo nel nostro database ci sarà qualcosa che la soddisferà. Pensava a qualcosa in particolare?»

Si appoggia con la schiena alla poltrona e si massaggia il mento.

«Lussuosa, deve essere lussuosa, il più appariscente possibile.»

Dov'è il problema? Spargiamo sul pavimento una tonnellata di lustrini e il kitsch è assicurato.

«In città, mare o montagna? Villa, appartamento o tenuta? Qualche località in particolare?» rilancio.

«Non mi interessa, basta che sia più lussuosa della casa che quella, quella...», s'interrompe per tossire.

L'abbronzatura ora è un color terra di Siena. Chissà chi o cos'è quella che lo riduce in questo stato. Fa un respiro profondo e si calma.

«La mia ex moglie» chiarisce, e lo dice con un'ira che mi gela fino al midollo.

«Abbiamo divorziato due anni fa e quel pirla del giudice le ha dato la casa al mare. Mi era costata un patrimonio, l'avevo comprata e ristrutturata perché sognavo di mandarci i bambini in vacanza, e invece i bambini non sono venuti.»

È avvilito, le spalle si sono incurvate, pare che gli abbiano messo sulla schiena un peso intollerabile.

«Mi dispiace» e lo dico sinceramente.

«Anche a me, e pensi che non è stato il volere divino, no. È stata colpa sua, ha sempre portato la spirale perché non voleva figli e a me non ha detto mai niente!»

Sta tornando in ebollizione e non si può nemmeno dargli torto, pover'uomo.

«D'accordo, signor Ravaioli, troveremo un immobile sontuoso che farà impallidire d'invidia la sua ex moglie.»

«Lo sa che cosa ha fatto? Lo sa?»

Spero sia una domanda retorica, nel dubbio scuoto la testa.

«Ha fatto pubblicare la casa su AD e ha detto d'aver scelto tutto lei! Sono stato io a comprarla, a scegliere i colori, i mobili e le finiture! Lei era sempre a far massaggi, la slandrona.»

«Capisco sia difficile da digerire.»

«No, non è difficile, è impossibile da mandar giù. Io voglio sbugiardarla come ha fatto lei. Compro la casa, chiamo il giornale e quando m'intervistano racconto tutto, anche la storia con il maestro di tennis.»

Sono imbarazzata, giro gli occhi sullo schermo del computer e, prima che il colpo di mouse spazzi via il salvaschermo, Francesco mi abbraccia con sfondo montagne.

«È suo figlio?»

Annuisco, non ho cuore di rispondergli.

«Deve essere bello avere una famiglia vera.»

Nella voce trasuda una tristezza che mi fa venire il magone.

«Guardi che sono divorziata da tredici anni. Il padre di Francesco ci ha lasciato per andare a lavorare a New York.»

Che diavolo mi succede? Conosco quest'uomo da dieci minuti e gli racconto la mia vita? Scorro con gli occhi la lista delle proprietà che abbiamo nel nostro data base.

«Posso chiederle che budget ha a disposizione?»

«Dipende. Non si è mai risposata?»

«Dipende da cosa? No, errare umano, perseverare diabolico.»

«Dipende da quello che vedrò. Forse con gli anni s'impara a non sbagliare.»

«Ho immobili dai due ai venti milioni, da che cosa partiamo? Non credo, quando ci s'innamora si è stupidi come tacchini e i tacchini non imparano dai propri errori.»

«Da quella più economica» risponde, e inizia a ridere.

È una risata che non passa inosservata, è piena, calda, avvolgente e trascinante.

«Stupidi come tacchini», ripete.

Annuisco e ridacchio anche io.

«Esatto. Senta, le faccio qualche domanda così capisco che cosa le può piacere, va bene?»

Acconsente con un gesto della mano e una smorfia. Lo osservo per un attimo prima di iniziare il questionario dal titolo: Come capire cosa diavolo piace al cliente.

«Che lavoro fa, signor Ravaioli?»

Sorride come Einstein quando scoprì la relatività.

«Piadine. Io sono il re della piadina. Sono partito con un negozio di due metri per tre e adesso ho una catena di piadinerie in tutto il mondo. Il Regno della Piadina.»

Lo guardo esterrefatta. «Il Regno della Piadina? Mio figlio e la sua ragazza sono pazzi per le sue piadine.»

«Piadine Ravaioli e sai quello che trovi. Ho costruito un impero sulla piadina.»

«Dove abita adesso?»

«A Milano in settimana, poi nel week end torno a casa.»

«Dove?»

«Tra Forlì e Cesena. I miei erano contadini, mezzadri in una fattoria. Hanno lavorato una vita per gli altri. Quando ho fatto fortuna, l'ho comprata.»

«Le piace la campagna?»

«Perché, a lei no?»

Sorrido. Ho passato l'adolescenza e la gioventù montando a cavallo, papà aveva comprato una scuderia con annessi equini, istruttori ed ettari di campagna. Diceva d'aver fatto un affare e d'aver tolto sua figlia dalla strada. Non c'era stato verso di fargli capire che la frase poteva essere facilmente fraintesa.

«Molto più della città», affermo. «Gioca a golf?»

Ride come gli avessi chiesto se si depila le gambe.

«Dio mi scampi! Quella cretina giocava a golf, io vado a caccia.»

«Le piace il mare?»

«Molto»

«La montagna?»

«Anche.»

«Preferenze?»

Alza le spalle.

«Andare dove voglio, quando voglio.»

Dio, questa frase mi ha ammazzato, mi ha trafitto il cuore come uno stiletto affilato e ha fatto un suono lugubre, lo stesso che ha la parola *libertà* pronunciata da un ergastolano.

«Beato lei, se può farlo» commento, e sento una punta d'acidità nella mia voce.

Lui se ne accorge perché inarca le sopracciglia, ma non dice nulla. Meno male. Ci mancherebbe altro che adesso gli raccontassi che non mi sento più libera di fare e decidere quello che voglio da tanto di quel tempo che mi sono perfino scordata come si fa. Pensa al lavoro, va, mi rimprovero.

«Dai suoi gusti sono più propensa a mostrarle qualche cosa fuori città.»

Schiaccio un tasto sul computer e lo schermo alle mie spalle prende vita. Mi metto di sbieco e con il telecomando mostro il video della prima proprietà, una casa padronale nella campagna veronese.

Ravaioli è affascinato, vede scorrere alla tv un filmato ad alta definizione delle riprese aere, il lago di Garda occhieggia sotto il sole. La casa è bianca, imponente e molto simile allo stile del Palladio, la telecamera rende merito al glicine rampicante che ricopre la veranda fino a che le immagini diventano quelle dell'interno. Mentre lui osserva i locali, io sciorino dati catastali, storici e agronomici.

«Bella, mi piace. Quanto?»

«Cinque trattabili.»

Annuisce ed io passo oltre, e oltre e oltre. Dodici proprietà e sono quasi le sette di sera.

«Qualche cosa che la interessi in quelle che abbiamo visto?» Lo spero con tutto il cuore perché sono stanca. Delmo Ravaioli è un uomo che riempie tutto lo spazio che ha intorno con la propria energia, è una presenza incombente cui non sono più abituata, una personalità diamantina che abbaglia.

«La casa padronale vicino a Verona. Posso vederla?»

Sorrido. Dio grazie!

«Domani contatto i proprietari e le faccio sapere. Sharon ha registrato i suoi recapiti?»

«Chi? Quella che doveva portarmi il caffè?»

Ride e mi passa il biglietto da visita.

«La mia segretaria è in vacanza e Sharon...» tento di giustificarmi, ma lui m'interrompe.

«Conosco Gualtiero» e questo spiega tutto. «Ecco perché volevo trattare con lei.»

Chino la testa con grazia e prendo un appunto: ammazzare il mio socio.

6

I ragazzi sono andati a teatro a vedere l'Elettra di Euripide. Odio quella tragedia, dove la figlia trucida la madre a sangue freddo. Appallottolo il biglietto di Francesco e pregusto una serata solitaria e di relax.

Per iniziare, un bagno. Mi spoglio mentre la vasca si riempie, scelgo un concerto di Mozart e verso un bicchiere di vino. L'acqua è calda al punto giusto e il profumo dell'essenza di Ylang Ylang si alza con le nuvolette di vapore. Sorseggio il bianco fresco e chiudo gli occhi. Sono stanca. Non so per quale motivo, ma visionare immobili con Ravaioli mi ha distrutta.

«Guendalina!»

L'urlo mi fa schizzare fuori dalla vasca. Scivolo con una gamba fuori e l'altra dentro, e non mi spacco la faccia sul lavandino solo perché riesco ad aggrapparmi allo scalda asciugamani.

Mia madre, la nobil donna Giuseppina Giovanna Maria Clarice Visconti vedova Brunelli, alias Herr General.

«Mamma, sono in bagno» balbetto per la rabbia.

«Non mi interessa dove sei tu. Francesco ha il telefono spento.»

E quindi? Ha diciott'anni, non ha quasi mai dato problemi, avrà bene il diritto di spegnere il cellulare. Non rispondo, tanto non mi ascolterebbe. Difatti prosegue.

«E si può sapere dove è andato?»

«A teatro.»

«A vedere che cosa?»

«L'Elettra di Euripide.»

«Non mi piace.»

«A me sì.»

Ho appena cambiato idea. «Soprattutto la parte in cui la figlia ammazza la madre» aggiungo e sogghigno allo specchio appannato prima di raggiungerla in salotto.

I cani sono già nel cestone e fingono di dormire, ma non mi perdono d'occhio. Può voler dire solo una cosa: mia madre è in una di quelle giornate in cui trova da ridire anche sul Padre Eterno. Modalità rompiballe, la definisce Francesco.

Mi mancava giusto lei.

«Hai mangiato?»

«Non ancora, sono rientrata tardi e stavo facendo un bagno.»

«A quest'ora?»

«Perché? Alle nove di sera non si può fare il bagno?»

«Puoi farlo quando vuoi», replica stizzita e se ne va in cucina.

La seguo con un presentimento. Infatti apre il frigorifero e guarda all'interno con un'aria disgustata, manco vi avessi nascosto il mio amante fatto a pezzi.

«Che cosa mangi?»

«Non lo so, prima devo asciugarmi i capelli, poi ci penso.»

«Devi mangiare.»

«Sì mamma, dopo mangio.»

«Ti prenderai il raffreddore, se non asciughi i capelli.»

«Non sarei nemmeno uscita dal bagno, se tu non avessi fatto partire la sirena anti aerea.»

«Guarda, me ne torno di sopra, non si può parlare con te quando sei nervosa» e se ne va.

Gesù, dammi la pazienza, ma non la forza, altrimenti la strozzo.

«Devi portare giù i cani.» La voce arriva da lontano. «Prima però asciugati i capelli e mangia.»

Sento i boxer sospirare, e meno male che non parlano. Il relax è andato a pallino, mia madre ha un effetto stressante sulla psiche altrui. La sua, invece, è impermeabile a qualunque influenza esterna. O le cose vanno come dice lei o vanno come dice lei, questa è la sua filosofia. Torno in bagno e m'infilo una tuta, al diavolo la crema rassodante e anche quella idratante. Non asciugherei i capelli solo per farle dispetto, ma poi la cervicale si offenderebbe e allora li fono il minimo indispensabile.

A mangiare non ci penso nemmeno. Mi verso un bicchiere di vino, l'altro è finito nello scarico insieme all'essenza di Ylang Ylang, e mi sdraio sul divano con il saggio sui Templari.

In sottofondo, la Quinta di Beethoven, perfetta per il mio incubo che torna.

«Hai mangiato?»

«Sì.»

«Cosa?»

«Insalata.»

«Non mentirmi, non c'era in frigorifero.»

«Era in dispensa, l'ha comprata Rosita.»

«Oggi Rosita non è andata a fare la spesa.»

Sogghigno.

«Io non ho detto che ci è andata oggi.»

«Guendalina, fai come ti pare. Comunque, porta giù i cani perché sta iniziando a piovere.»

Il sogghigno muore sulle labbra.

Pure la passeggiata sotto la pioggia.

Niente, i boxer odiano l'acqua. Sono riuscita a mettergli il guinzaglio e arrivare nell'atrio, poi si sono accorti che la strada è bagnata e si sono impuntati. Tutti e tre, per un totale di centotrenta chili contro cinquanta. Va bene, cinquantatré, ma comunque è una lotta impari. Riesco a portarli sul marciapiede nonostante il portone continui a ostacolarmi chiudendosi tra me e loro. Mi tiro il cappuccio dell'impermeabile sulla testa ed esercito il massimo della mia autorità.

«Adesso basta! Siete cani molto brutti, proprio molto brutti.»

Loro mi fissano con lo sguardo incredulo, poi lo abbassano avviliti. Mi chino e li accarezzo.

«Brutti, non si possono fare i capricci per due gocce d'acqua.»

Accennano una blanda scodinzolata, è il momento di approfittarne.

«Buona sera, Guenda.»

Il professor Procopio, eminente psichiatra, con l'abitazione al numero civico dopo il mio.

Lo guardo da sotto il cappuccio. Le due gocce si sono moltiplicate e sono diventate un acquazzone.

«Buona sera a lei, professore.»

Mi rivolge un sorriso bonario su un volto da nonno settantenne e buongustaio. Si allunga per accarezzare i boxer e loro gli fanno le feste.

«Se ti risposassi non dovresti portar giù i cani. Lo farebbe tuo marito.» Ride e ammicca. «Guendalì, nun parlà coi cani in pubblico, so' cose private, no?»

Rido anche io, non posso dargli torto.

«Grazie del consiglio, professore. Mi saluti la sua signora.»

Un accenno d'inchino e se ne va. Io ne approfitto. Con uno strattone ai guinzagli riesco a spostare la mandria, li trascino per un centinaio di metri fino a che si bloccano. Bestie intelligenti, hanno capito che finché non fanno pipì, non si torna a casa. Espletano in sincrono e partono di corsa. Io dietro a loro con il cappuccio svolazzante e l'acqua che mi scroscia nel collo fin giù nella schiena. Freno davanti al portone e cerco le chiavi in tasca. Non ci sono. Sono frenetica, mi batto i palmi delle mani addosso alla ricerca del bitorzolo.

Non ci sono.

Mi guardo in giro alla loro ricerca. Sono in un portachiavi di coccodrillo nero e sul marciapiede sotto il diluvio universale non è che risaltino come un faro nella notte.

Devo rifare la strada, ma i cani non ci pensano nemmeno. Sono talmente addossati al cornicione che sembrano bassorilievi. Li lascio qui, tanto bisognerebbe scalpellarli per farli spostare e ripercorro un tratto di strada. Ho un freddo che mi battono i denti e la vista ne risente. Per un paio di volte ho un abbaglio, la terza le trovo. Però si muovono, trasportate da un fiumiciattolo corrono veloci verso il tombino.

Se cadono lì dentro, mi tocca citofonare a mia madre. Piuttosto la morte e mi tuffo in avanti. Le agguanto sul limitare della griglia e sono così felice che mi giro a pancia all'aria a esultare.

«Sì, vi ho prese! Col cavolo che citofono.»

«Si sente bene, signora?»

Un poliziotto mi guarda dall'alto, il viso rischiarato dal lampeggiare blu della volante da cui è sceso.

Signore, ti prego, fa che sia un incubo.

Lui allunga la mano e il ticchettio della pioggia è sovrastato dal ringhiare furioso dei boxer che corrono in mio aiuto.

Non è un incubo, è peggio.

«Fermi!»

E loro si fermano, ma hanno intenzioni bellicose. Mi rialzo e riprendo i guinzagli. Non aspetto che l'agente mi chieda spiegazioni, le fornisco direttamente io.

«Li ho portati a fare l'ultima passeggiata e ho perso le chiavi. Abito lì», indico la casa. «Ho dovuto buttarmi a prenderle perché altrimenti finivano nel tombino.»

Lui mi scruta, io ricambio lo sguardo e penso che potremmo spostarci sotto il cornicione.

«Mi fa vedere i documenti?»

«Non ce li ho, sono solo uscita per i cani.»

«Come si chiama?»

«Guendalina Brunelli.»

Alza le sopracciglia. Cosa ci posso fare se la madre di mio padre si chiamava Guendalina? Un nome da gallina, per dirla tutta. Si allontana e va a controllare il nome sul citofono. Non ne trova, lì ci sono solo numeri. Riservatezza, diceva e voleva papà. Torna da me e fa un cenno al suo collega.

«Va bene, andiamo. L'accompagno a casa, così mi mostra i documenti. Tenga bene i cani, mi raccomando.»

Abbasso la testa avvilita. Solo ieri ero a pranzo con uno sceicco che spende trenta milioni come fossero trecento euro e questa sera sono scortata da un poliziotto che vuole accertarsi della mia identità.

Sic transit gloria mundi.

Sto per entrare nel mio appartamento seguita dal poliziotto che nel frattempo ha fatto amicizia coi cani, la chiave deve fare ancora un giro.

«Guendalina! Che hai fatto?»

Con la coda dell'occhio ho visto la mano dell'agente correre alla fondina e questo mi da i brividi più del freddo. La portassi io, mamma sarebbe già a fare compagnia a papà.

«Non ho fatto nulla. Devo solo mostrare i miei documenti.»

«Se ti chiedono i documenti, allora qualcosa devi aver fatto.»

«Non ha fatto nulla, signora, sono un normale accertamento», conferma la mia versione il poliziotto.

Approfitto e sgattaiolo in casa.

«Entri pure, agente.»

«E i cani, cosa hai fatto ai cani?»

La sento gridare a tre locali di distanza.

Prendo la borsa e il porta documenti, tolgo la carta d'identità e la porgo al poliziotto che mi ha seguito. Lui guarda prima la foto e poi me.

«Allora Guendalina, si può sapere che hai fatto ai cani?»

Mia madre continua il soliloquio dal pianerottolo.

«Nulla, mamma, diluvia e ti giuro che non è colpa mia» dico rivolta alla porta. Poi sussurro al rappresentante delle forze dell'ordine. «Capisce perché mi sono gettata a terra per prendere le chiavi? Altrimenti mi toccava citofonare a lei.»

Lui sorride e mi ridà il documento.

«Capisco perfettamente. Buona notte, signora.»

Esce e fa il saluto militare a Herr General. Mia madre tace fino a che non è salito in ascensore, poi mi guarda sdegnata.

«Penso io ai cani. Tu asciugati i capelli e mangia. Anche le delinquenti devono farlo» e se ne va, seguita da tre boxer gocciolanti.

Mamma, mavaffa...

7

L'avventura di ieri sera ha lasciato il segno. Mi sono svegliata praticamente afona. E con una fame da dinosauro.

Esco diretta all'ufficio, ma già pregustando la sosta al bar. Ordino un cappuccio e un krapfen e intanto leggo il Corriere.

Alla terza pagina sono già depressa, e lo richiudo non appena mi servono. Adoro questi bomboloni fritti e farciti di crema. Lo so che sono veleno per fegato e linea, ma non me ne può importare di meno. Nonna Guendalina usava un etto di burro al giorno per cucinare ed è morta a ottantanove anni perché è caduta dal melo.

Poi io ingrasso difficilmente, prendo le pastiglie di Omega tre per il colesterolo e seguo un'alimentazione sana e... basta un morso e tutte le mie scuse affogano nei succhi gastrici. Che bontà! Socchiudo gli occhi in un attacco di gola che mi frutterà un buono per l'inferno, girone dei golosi. Assaporo la crema che sguscia fuori da tutte le parti, il krapfen ora pare il marchio Apple e con orrore vedo una goccia di pasticciera che sta per cadere.

«Buongiorno.»

Il saluto mi coglie con la lingua ancora fuori, nel verso di uno slap stile camaleonte.

Mi ricompongo.

«Buongiorno signor Ravaioli» rispondo, rauca come Patty Smith.

«Ha notizie dei proprietari? Che cosa è successo alla sua voce? Posso fare colazione con lei?»

«Ieri sera siamo usciti dall'ufficio insieme, questa mattina non ci sono ancora entrata, quindi direi che non li ho ancora sentiti. Soltanto un'infreddatura. Prego, si accomodi pure.»,

Sono rossa dallo sforzo.

Prendo un sorso di cappuccio e un morso di krapfen.

«A volte sono impaziente come un bambino. Mi scusi. Le piacciono i bomboloni?»

Ho divorato la colazione con tre morsi famelici. Deglutisco l'ultimo boccone con un sorso di cappuccino e tampono le labbra per darmi un contegno, come se un T- Rex potesse sembrare raffinato.

«Chiamiamo appena saliamo. Non c'è bisogno di scusarsi. Sì, sono assolutamente pazza per i krapfen.»

Arriva la sua ordinazione. Lo guardo allibita ingurgitarla in un batter d'occhio.

«Quand'è l'ultima volta che ha mangiato?»

Mi guarda masticando.

«Ieri mattina, poi non ho avuto più tempo.»

Ci alziamo, faccio per andare alla cassa, ma mi sbarra il passo e indica l'uscita. Lo aspetto fuori e mi godo il cielo azzurro, pulito dalla pioggia della notte. Nell'aria c'è il sentore della tarda primavera che mi fa frizzare il sangue. Ravaioli mi trova che fiuto come un cane da caccia.

«Se vuol sentire aria buona deve venire in campagna da me. Sembra stanca, ha dormito male?»

«Perché no? Mi piacerebbe vedere una vecchia fattoria colonica. Ho avuto una serataccia, più che altro.»

Intanto abbiamo attraversato e siamo saliti sull'ascensore Liberty. Siamo schiacciati, perché lo spazio è quello che è e il re della piadina è un pezzo d'uomo.

«Lo sa che mi fa venire l'ansia? La prossima volta saliamo a piedi. Che buon profumo, cos'è?»

Scendiamo nell'atrio e andiamo verso le porte scorrevoli.

«Io odio lo stile Liberty, altro che ansia. D'accordo, prenderemo le scale. Grazie, si chiama Calèche.»

Entriamo. Sharon non è al suo posto. Non faccio in tempo a chiamarla che esce dall'ufficio di Gualtiero in lacrime. Va alla sua scrivania, recupera la borsa e s'infila una giacca color..., ecco non saprei dirlo con esattezza, perché cangia ogni attimo in un effetto che mi fa venir la nausea. Sta per uscire, quando Gualtiero entra in scena.

«Tesoro, perché fai così? Ti ho detto che possiamo rimanere amici.»

Sharon si gira e lo fronteggia, io e Ravaioli siamo nel mezzo. Facciamo mezzo passo indietro, oltre non possiamo, c'è la parete.

«Tu sei un maledetto porco bastardo!», urla inferocita. «Io adesso chiamo tua moglie e le racconto che tradisci me e lei con una baldracca slava.»

Inorridisco alla scenata che si scatenerà.

«Veramente è russa», mormora Ravaioli.

«Lo sapeva?»

Lo fisso con gli occhi spalancati. Lui fa spallucce.

«Ma cosa dici, Sharon, Natasha è un'attrice, non è una baldracca.»

«Ma allora sei proprio scemo», mi scappa detto.

«Come no, è una star del porno», sussurra il re.

«Tu sei un cretino, Gualtiero. Tutta Milano ride di te e questa volta voglio ridere anch'io» esplode Sharon.

Prende il cellulare e richiama un numero dalla memoria. Gualtiero, Ravaioli ed io la fissiamo, raggelati dall'orrore e dal dubbio. Starà bluffando?

«Pronto, Ilaria, sono Sharon, la segretaria di Gualtiero.»

Oddio, l'ha fatto! E in quel mentre Ravaioli le strappa il telefono di mano.

«Ilaria, ciao, sono Delmo Ravaioli, è molto tempo che non c'incontriamo, volevo salutarti e non avevo il numero. La segretaria di tuo marito è stata così gentile da chiamarti. Felice d'averti risentito, mi metto d'accordo con Gualtiero per una cena. Ciao, buone cose.»

Chiude la comunicazione, cancella il numero dalla memoria e ridà il telefono a Sharon fissando Gualtiero. Il mio socio rimpicciolisce sotto il suo sguardo. E struscia i piedi sul tappeto. Vigliacco.

«È isterica», si scusa indicando la sua ex segretaria.

Lei, ormai anche ex amante, gli si scaglia contro con le unghie sguainate. Io sono paralizzata dall'orrore, urlerei se non fossi afona. Ma è ancora Ravaioli che salva la situazione. La prende per un braccio e la mette a sedere con poca grazia sulla stessa poltrona dove era seduto ieri pomeriggio. La fissa dall'alto con un cipiglio terribile.

«Quanto vuoi?»

Lei spalanca gli occhi.

«Io non sono in vendita.»

«Ripeto, quanto vuoi per levarti di torno?»

La voce appartiene al dio delle tempeste.

«Dieci?»

«Ne prendi cinque e ritieniti fortunata che non ti denunciamo per aggressione.» Si volta verso Gualtiero. «Dalle i soldi e falla finita.»

Il mio socio corre nel suo ufficio, riappare dopo un paio di minuti con dieci banconote da cinquecento euro e le consegna a Sharon. Lei le infila in borsa, gli sputa addosso e se ne va.

Le porte si richiudono e io respiro per la prima volta. Ho il cuore che batte indiavolato.

Ma è indiavolato anche Ravaioli.

«Gualtiero, sei un pirla. Ma ti rendi conto a che scena pietosa abbiamo dovuto assistere? Fai un favore a te stesso, smettila di giocare e cresci una buona volta.»

Mi prende per un gomito e mi sospinge nel mio ufficio, ma non ha ancora finito.

«Fossi in te, andrei da Ilaria a raccontarle che mi hai incontrato. E un'ultima cosa. Natasha è una baldracca con la b maiuscola.»

Ecco, non so cosa dire, sono confusa, frastornata e disorientata. Mi siedo alla scrivania e Ravaioli si accomoda davanti a me. Lo guardo e mi viene da ridere. Non posso proprio trattenermi e scoppio in una risata liberatoria.

«Dio! Sembrava di stare in un film di Woody Allen!» Mi asciugo gli occhi perché lacrimo. «E la faccia di Gualtiero?»

«Gli sta bene, così impara a ragionare con le mutande», sghignazza lui. «Dai, Guenda, non perdiamo tempo, chiama per il casale che ho voglia di vederlo.»

«Va bene, Delmo.»

Controllo il file e intanto mi chiedo: quando siamo passati al tu?

Risposta: dopo essere sopravvissuti al ciclone Sharon.

I proprietari del casale si sono dimostrati disponibili ed eccoci in auto, diretti a Verona. Ravaioli non è certo un uomo che mio padre avrebbe definito *cacadubbi*. Si è preso qualche attimo per pensare e ha deciso di andarci subito. Mi fa riflettere. Ultimamente, prima che io riesca a fare una scelta trascorrono mesi, a volte anni.

Perché non ho licenziato Sharon la prima volta che con due soli click ha spazzato via il database dell'ufficio?

Perché non cambio la serratura di casa così che mia madre debba suonare per entrare?

Perché mi ostino a difendere Edoardo davanti a suo figlio, mentre il ragazzo conosce benissimo i pregi e, soprattutto, i difetti di suo padre?

Per il quieto vivere. Quello degli altri, perché il mio, più che quieto è rancoroso e brontolone.

Delmo è impegnato in una conversazione telefonica, io rispondo a qualche e-mail ma, appena mi viene la nausea, chiudo l'iPad e guardo la strada. Le mani si artigliano ai braccioli.

«Centotrenta», riesco a sussurrare il limite di velocità.

«Centonovantacinque», risponde con la velocità attuale.

«Lo sai che ti stracciano la patente sotto il naso?»

«Ma va là» e se la ride. «Io ho questa.»

Mi mostra il telefono dove è aperta un'applicazione che si suppone in grado di rilevare gli autovelox.

«Funziona?» chiedo con gli occhi incollati alla strada.

«Altroché! Me l'ha consigliata mio cugino, dice che è infallibile e costantemente aggiornata.»

«Tuo cugino è un pirata della strada come te?»

Ride ed io mi pento d'aver fatto una battuta. Non è che chiude gli occhi e sbandiamo?

«No, è un comandante della stradale.»

«Mi hai convinto, ma se rallenti mi fai un favore, non vorrei perdere anche quel poco di voce che mi rimane.»

Mi accontenta e si dispone alla guida da conversazione.

«Guenda, ti avverto che voglio valutare almeno tre o quattro proprietà.»

«Nessun problema è un tuo diritto. Hai già deciso cosa vuoi vedere dopo?»

Fa una smorfia e si massaggia il mento. Lo fa spesso quando riflette, magari gli stimola la concentrazione.

«Mi piace il cascinale a Novara e l'uliveto in Provenza.»

«Ottima scelta» commento, sincera. Sono due proprietà che piacciono anche a me. «Incominciamo a vedere questa e poi provvediamo.»

Intanto siamo usciti dall'autostrada e procediamo sulle colline che abbracciano il Garda.

Una ventina di chilometri e arriviamo.

«È questa?» chiede bloccando il muso della macchina a un centimetro dal cancello.

«Sì» e quel poco di voce mi esce come un rantolo.

La prossima volta andiamo con la mia auto. Un altro viaggio così e i capelli mi diventeranno bianchi anzitempo.

8

Il re della piadina suona alla colonnina del citofono e parla col custode. I battenti si aprono e lui riparte a passo d'uomo lungo il viale che s'inerpica verso la casa. Osserva la campagna con attenzione. Parcheggia nello slargo davanti all'ingresso principale dove ci aspetta un uomo alto e segaligno che sembra uscito dal film Novecento.

«Ve aspetavo, siora Bruneli. Son Tony Nason.»

Nessun dubbio sul fatto che è veneto.

Gli stringo la mano, dura e callosa di chi lavora la terra per davvero. «Buongiorno a lei. Le presento il signor Ravaioli.»

Si salutano e Delmo gli indica una fila di alberi in fiore piantati sul confine sud.

«Quand'è che li pota?»

«A fine settembre, dopo s'è tropo tardi. Vede che bei?»

«Sono una meraviglia.» Gli molla una pacca sulla spalla e gli fa: «Bravo Tony, si capisce che ti piace la campagna.»

L'uomo quasi gongola al complimento e ci precede sotto il porticato dell'ingresso. Nell'atrio si ferma.

«Ghe pensa lei a far veder la casa?»

«Ci penso io signor Nason, non si preoccupi. La chiamo quando abbiamo finito.»

Porta due dita al cappello di tela e se ne va.

Delmo è già partito in perlustrazione, è nel locale che funge da salone. Ha le mani in tasca e la fronte corrugata. È davanti al camino monumentale che occupa una parete intera. Si gira per osservare il pavimento in cotto e i muri bianchi, poi appoggia una mano sulla spalletta di pietra e l'accarezza con delicatezza.

«A casa mia ce n'è uno uguale. Quand'ero piccolo non avevamo il riscaldamento e d'inverno si viveva lì.» Indica due panche di legno incassate ai lati del focolare. «Quello era il mio letto e di nascosto da mia madre ci portavo anche il cane. Era il mio migliore amico.»

Si gira verso di me e mi guarda con gli occhi socchiusi.

«Ti piacciono i cani, Guenda?»

Sono sorpresa. Su metà del mio cervello è ancora impressa l'immagine di Delmo bambino che dorme abbracciato a un cane, che mi procura un senso di tenerezza infinita.

«Quando andavo da nonna Guendalina, nascondevo nel letto il suo cane e la mattina, immancabilmente, lui era ancora lì ed io per terra. Adesso ho tre boxer.»

Sorride.

«Meno male. Non sei una col cane da borsetta.»

Ridiamo e passiamo in cucina. Grandissima e luminosa, con finestre e vetrate sul retro della casa affacciato su un frutteto. Anche qui c'è un camino imponente con annesso forno del pane. Le pareti sono color ocra e riscaldano l'ambiente quanto una stufa accesa.

«Bella, proprio bella», commenta, girandosi in tondo. «Mi piace stare in cucina.»

«Deve essere una questione ancestrale, perché le statistiche dicono che nella scelta di una nuova casa, la cucina influisce per il trentacinque-quaranta per cento.»

«Sei sicura?» Mi guarda scettico. «La gente non cucina più.»

Faccio spallucce.

«Non è vero. Io cucino, mio figlio e la sua ragazza sono cuochi provetti, e anche mia madre è brava.» Mi interrompo e penso a chi altri posso aggiungere alla lista. «Ah sì, anche il mio amico Emy è uno chef dilettante e Sofia...» Meglio non aggiungere altro.

«Sofia cosa?»

Ammetto la sconfitta.

«Sofia è in grado di fare una pastasciutta che potrebbe incollare i manifesti. Hai ragione, Delmo, ormai la cucina è un locale per mostrare tecnologia e lusso. Niente a che vedere col senso di famiglia.»

È un pensiero triste, questo. I miei ricordi d'infanzia sono intrisi del profumo della torta di mele che cuoceva in forno mentre io studiavo, del sapore dello zabaione caldo della nonna e delle frittelle di carnevale. Per quanto casa nostra fosse grande, alla fine eravamo sempre in cucina.

Indico la porta e proseguiamo nella visita. Lui controlla bagni, antibagni, camera da letto, locali di disimpegno e altri da destinare a ciò che si preferisce.

Infine usciamo in giardino. C'è silenzio, solo il canto degli uccelli sulla distesa di alberi da frutto e il ronzare delle api tra i fiori. Una quiete che rasserena. Camminiamo tra i filari, lui scruta gli alberi da intenditore, io mi beo di questo scorcio di Eden senza alcun pensiero.

E finisco con un piede dentro un fosso d'irrigazione. Mulino le braccia per ritrovare l'equilibrio, ma lo slancio mi porta in avanti. Mi abbraccio a un tronco, però non cado.

«Cosa fai, Guenda?»

«Esprimo il mio amore a questo ciliegio. Cosa vuoi che faccia? Sono inciampata.»

Ride e scrolla la testa. Allunga una mano per riportarmi dalla sua parte del fosso e quasi mi disarticola la spalla.

«Grazie, la prossima volta mi faccio male da sola. Come hai visto, sono perfettamente in grado.»

«Sei uno spasso», ride. Mi prende per un gomito e torniamo indietro.

Passiamo accanto alla piscina, che ai quattro angoli ha delle statue di vestali in peplo con un'anfora sulla spalla da cui sgorga l'acqua. Questo gorgoglio ha un effetto diuretico, fortuna che Delmo non si sofferma più di tanto.

«Mi piace, ma non spenderei più di tre e mezzo. Le do un sette», afferma sicuro di quello che dice. «Adesso però ho fame, andiamo a pranzo.»

Il Tony ci aspetta nello slargo, ci stringiamo la mano e ce ne andiamo. Ravaioli prende il cellulare e, a dispetto di divieti e sanzioni, cerca un numero e lo chiama.

«Buongiorno, vorrei prenotare un tavolo per due. Sono Ravaioli.»

Rimane in ascolto un attimo.

«Sarò lì tra dieci minuti, grazie.» Riattacca e si rivolge a me. «Cucina tipica veneta, fanno un baccalà che resuscita un morto.» Gira la mano per aria a indicare qualcosa di eccelso.

Dieci minuti e parcheggiamo davanti alla Locanda San Giacomo. Rivolgo una preghiera alla sua effige che funge da insegna. Ringrazio per aver avuto salva la vita su un percorso che di tempo ne avrebbe richiesto almeno il doppio.

La fame è finita alle ginocchia insieme allo stomaco.

«Guenda, sei pallida, non stai bene?»

Faccio un cenno, non mi arrischio ancora a parlare.

Entriamo in quello che un tempo doveva essere stato un cascinale, di cui è stato mantenuto l'aspetto rustico. Il nostro tavolo è sulla veranda, ombreggiata da un gelsomino che esplode di boccioli. La vista degrada dalla collina coltivata a vitigni fino a un angolo del lago di Garda che lambisce una spiaggia abbagliante.

«Che bello», sussurro afona.

«Brindiamo», risponde giulivo e mi mette in mano un calice di Prosecco. «Alla casa che comprerò.»

Ci consegnano i menù, scorro la lista sorseggiando il vino nella speranza che riporti lo stomaco alla posizione originale. Non so decidermi e sfoglio avanti e indietro.

«Scusa, ti piace il sushi?» Mi interroga come se dalla risposta ne andasse della mia vita.

Lo guardo e chissà perché penso ad Anthony Perkins.

«Scusi, le piace Brahms?»

«Ti senti Ingrid Bergman? Comunque sì, mi piacciono soprattutto le danze ungheresi. Ma a te il sushi piace?»

«Magari assomigliassi anche solo per un centesimo alla Bergman. Anche a me piacciono. Mi fa schifo» e rido.

Delmo ed io abbiamo gli stessi meccanismi cerebrali. Le nostre conversazioni sono su tre livelli. Glielo faccio notare e lui solleva le sopracciglia, ci pensa per un attimo e alza il calice.

«Hai proprio ragione! Per questo parlo bene con te, capisci al volo» e ride. «Allora ordino io, se ti va bene.»

Annuisco. Sono di umore gioviale e in ottima compagnia. Era tanto tempo che non mi sentivo così a mio agio con un cliente. Finisco il Prosecco e lo osservo parlare col cameriere.

Con un cliente o con un uomo? mi chiede una vocina.

Un cliente.

Però è anche un uomo, un bell'uomo.

Ma soprattutto un cliente.

Un bell'uomo cliente, mi metto d'accordo e soddisfatta chiedo il permesso e vado alla toilette. La voce mi segue.

Quanto tempo è che non esci con un uomo?

La settimana scorsa, con Emy.

Non è un uomo.

Tecnicamente sì.

Non fare la furba.

Io sono furba.

Allora? Quanto tempo?

Vediamo sei, no sette. O forse otto.

Otto anni.

Vola il tempo.

E tu appassisci.

Mi lavo le mani specchiandomi crucciata. Effettivamente ci sono nuove rughe. Distolgo lo sguardo e torno a tavola.

«Fame?» Delmo mi accoglie con un sorriso abbagliante sulla carnagione abbronzata.

Dì la verità, è proprio un bell'uomo.

«Molto.»

«Molta», mi corregge.

Arrossisco e mi mando al diavolo. Va che figure devo fare!

Non c'è che dire, il re della piadina aveva ragione. Alla Locanda San Giacomo si mangia divinamente. Sono partita cauta, assaggiando qua e là, poi la golosità mi ha preso la mano e ho divorato tutto quello che mi hanno messo davanti.

«Detesto le donne perennemente a dieta.»

Delmo mi osserva attraverso un calice di Passito.

Io ho le gambe allungate e guardo il panorama avvolta in un raggio di sole che passa attraverso il fogliame. Sono in quello stato di torpore ozioso post mangiata natalizia.

«Difficile rinunciare a questo ben di Dio. Ho molto apprezzato, grazie.»

Annuisce e s'immerge nella contemplazione dei riflessi del Garda. Rimane in silenzio per qualche istante, intorno a noi solo il frinire dei grilli.

«Quando andiamo a vedere le altre?»

«A pazienza sei messo male, Delmo», gli rispondo con gli occhi socchiusi.

«Questa settimana sono abbastanza libero, domani potremmo andare a Novara e sabato e domenica in Provenza.»

Giro solo la testa e lo guardo da sopra gli occhiali da sole.

«Stai scherzando, vero?»

In risposta lui si alza e va a pagare.

«Dai, andiamo, così fai in tempo a passare dall'ufficio per telefonare.»

Lo seguo facendo attenzione a dove metto i piedi e sogghigno da sola. In questo stato non riuscirei neppure a covare delle uova, figuriamoci lavorare.

9

Mi sveglia un tocco delicato sul braccio. Apro gli occhi e Delmo mi sorride.

«Hai dormito per quasi un'ora.»

Sbadiglio e un pensiero appare e scompare.

Sono svenuta al casello d'entrata e ora siamo davanti al mio ufficio. Verona-Milano... un'ora?

Lo fisso interdetta.

«Per la precisione, un'ora e cinque minuti» risponde alla mia domanda muta.

Sono sconvolta, ho dormito ignara di rischiare la vita e l'arresto. Mi tremano le ginocchia e l'ascensore non migliora certo la situazione. Delmo ha preso le scale. Detto tra noi, le scale Liberty sono anche peggio dell'ascensore. Le sliding doors si aprono e mi accoglie Clara.

«Buongiorno, Guenda.»

«Cosa ci fai qui? Non dovevi rientrare domani?»

Le buone maniere cancellate dalla sorpresa.

Ma la mia segretaria sorride sorniona.

«Gualtiero» e cos'altro dovrebbe aggiungere?

Alzo gli occhi al cielo.

«Sono felice che tu abbia ripreso il timone. Ti presento il signor Delmo Ravaioli.»

Lei si alza fa il giro della scrivania e gli stringe la mano con vigorosa ammirazione.

«Il re della piadina», dice, «sono onorata, signor Ravaioli, lo sa che mangio in un Regno della Piadina almeno due volte la settimana?»

«Brava», replica lui ricambiando la stretta con altrettanto vigore. «E si vede che mangia bene, guardate come è in forma!»

Lei gongola e fa strada verso il mio ufficio.

Ero solo io a non conoscere il re?

Li seguo e mi accomodo alla scrivania con un sospiro. Delmo mi sfinisce e non capisco perché. È un uomo affabile e ben educato, parla un buon italiano, solo una volta oggi ha fatto un errore, ma si parlava di Templari e a sua discolpa posso affermare che tre quarti della popolazione non sa nulla della vera storia dei Poveri Cavalieri del Tempio. E allora perché sono così stanca?

«Gualtiero mi ha detto di riferire che con Sharon è tutto a posto e domani si presenterà la nuova segretaria», mi aggiorna Clara.

Delmo ed io ci scambiamo uno sguardo, lui sorride. Io non proprio, più che altro ringhio.

«Clara, devi essere forte, questa deve essere peggio di Pamela.»

Lei spalanca gli occhi, vi scorgo un lampo di terrore. La mia assistente storica ha una decina d'anni più di me, è una signora con sani principi e ottimi gusti. Impeccabile, potrei dire, professionalmente e personalmente. So che sofferenze sono le amichette di Gualtiero per lei.

«Mi prendi in giro? Peggio di Pamela non ci può essere nessuna.»

Lo afferma convinta e non posso darle torto. Pamela, quella del Mi Sex, abitualmente indossava una minigonna al limite della natica e un fazzoletto per maglietta, un tacco almeno venticinque e un trucco solvibile solo con acquaragia. E al telefono rispondeva sempre con: *dimmi, tesoro*.

«Vedrà che non le darà problemi. Natasha sa fare solo una cosa, per il resto non fa proprio nulla.»

Clara mi guarda in silenzio ma i suoi occhi parlano con il megafono: quand'è che ti decidi a prendere a calci Gualtiero?

Forse questa è la volta buona. La rabbia latente di un paio d'anni passati in balia dei suoi ormoni si accende all'improvviso e mi riporta al lavoro.

«Domani ci pensiamo. Per favore, Clara, chiama i proprietari di Novara e quelli della Provenza, fatti lasciare delle date disponibili per un appuntamento.»

«Subito» risponde e aggiunge «hanno chiamato per il castello nelle Langhe.»

Delmo, gomiti appoggiati alle ginocchia, si sporge e ascolta con attenzione.

«Il proprietario ha detto che domani ci sarà anche l'esperto agronomo per la perizia del vigneto. Diceva che gli sarebbe piaciuto avere qualcuno dell'agenzia presente.»

«Gli dica che ci saremo» risponde Delmo. «Ti accompagno io, Guenda, non puoi certo mandarci Gualtiero, no?»

«Per carità, si porterebbe dietro Natasha» commenta Clara. Poi gli sorride e se ne va.

E io? Cosa sto qui a fare? E se domani avessi avuto un altro appuntamento? Sfoglio l'agenda e il re segue il corso dei miei pensieri.

«Se hai un altro impegno, lo puoi sempre spostare. Unisci l'utile all'utile, visiti un cliente e ne accontenti un altro.»

«Non ho ancora visto la proprietà, né deciso a che prezzo base accettarla in vendita, non posso portare un acquirente.»

«Ma io non sono un acquirente! Io sono un tuo amico, no?»

Lo fisso senza sapere cosa rispondere. Non mi ricordo nemmeno come siamo arrivati a questo punto. Siamo partiti da Natasha e poi... Capite perché quest'uomo mi sfinisce?

«Va bene, ci troviamo qui alle dieci.»

Si alza e scuote la testa.

«Facciamo che passo a prenderti a casa alle nove.»

Come a casa? Nessun cliente e mai passato a prendermi a casa.

«Non sai dove abito.»

«Me lo mostri tu adesso, ti accompagno. Sei stanca e devi riposare.»

Esce dall'ufficio e lo sento chiacchierare con Clara.

Mi accompagna a casa? Ma io ho la mia macchina, ma io... sono confusa. Forse è meglio che non guidi.

Delmo ha battuto ogni record sul tratto di strada tra l'ufficio e casa mia. Fortuna che ero ancora anestetizzata dal pranzo, altrimenti le coronarie non avrebbero retto. Sono davanti al portone dell'atrio, mi volto e vedo la sua auto allontanarsi. Da una parte provo un enorme sollievo, dall'altra mi sento abbandonata.

Abbandonata?

Apro la porta di casa e il senso di vuoto svanisce davanti a una truppa di boxer festanti.

«Bravi, bravi, adesso vi coccolo tutti.»

Mi abbasso per distribuire carezze e ricevere baci affettuosi e anche un po' bavosi.

Francesco appare dal corridoio.

«Ullullullullù.»

«Ullullullullù», rispondo con un sorriso. Ci sarà qualcun altro al mondo che si saluta così? «Ciao amore della mamma, come è andata la giornata?»

«Benone. Otto e mezzo nel compito di greco e otto nell'interrogazione di fisica.»

Per lui studiare è uno dei piaceri della vita, sempre stato così. Da bambino passava interi pomeriggi a sfogliare l'enciclopedia per poi uscirsene con domande del tipo: non trovi che una Hallucigenia sparsa sia molto simile a una Thaumetopoea pityocampa?

La risposta prevista dal nostro protocollo era: me le mostri? E lui apriva i volumi e mi mostrava le foto, per lo più di esseri ributtanti come processionarie e compagnia bella.

«Cosa mangiamo per cena?» chiede, dopo avermi dato un abbraccio dei suoi. Chissà com'è che Brigitta non è ancora stata stritolata dal suo affetto irruente.

«Ti cucino quello che vuoi, ma io non tocco cibo. Oggi sono stata a pranzo sul Garda con un cliente...» Rammento ora che non gliel'ho ancora raccontato. «Il re della piadina.»

«No», fa lui con tanto d'occhi, «proprio il re del Regno della Piadina?»

Delmo Ravaioli ha il suo zoccolo di fan.

«Lui in persona. Siamo stati a pranzo alla Locanda San Giacomo e ho mangiato da rimpinzarmi.»

Ride e mi precede in cucina.

«Mi faccio una pizza» dice. La toglie dal congelatore, leva l'involucro e la infila nel micro onde.

Nel frattempo io mi preparo una tisana digestiva e depurativa.

Ci sediamo al tavolo della cucina, lui mangia ed io sorseggio l'orrido intruglio consigliatomi da Sofia. A volte penso che la mia amica sia una fattucchiera e mi propini le sue pozioni sotto falsi nomi, il tutto al fine di trovarmi un marito, ovviamente.

«Guendalina.»

Francesco fa un salto sulla sedia, i boxer abbaiano ed io mi rovescio addosso la tisana.

«Mamma!»

«Nonna, cavolo, per poco mi fai venire un colpo. Non puoi arrivare meno rumorosamente?»

«Scusami, tesoro. Hai cenato?» Appare in cucina, elegante come sempre. «Che cosa mangi?»

«Una pizza.»

«E tua madre non poteva cucinarti qualcosa?»

Lo dice senza nemmeno rivolgermi uno sguardo, come se non fossi presente.

«Ma io volevo mangiare la pizza» risponde serafico e se ne infila un boccone in bocca per chiudere la discussione.

Mamma si gira verso di me, so già quello che dirà e le facce che farà. Con un residuo di energia scatto in piedi e torno nell'atrio.

«Porto giù i cani.»

Un minuto dopo sono per strada.

Sogghigno mentre passeggio. Faccio il giro lungo, così quando torno Herr General sarà già rientrata in caserma. La serata è piacevole, l'aria tiepida e il traffico scarso. Ripenso alla giornata e sorrido. Non è che mi stia venendo una di quelle malattie senili che ti trasformano in bambini felici di tre anni? Però sono di buon umore e i boxer lo sentono, cercano la mia mano con la testa, si spintonano e fanno i buffoni.

«Siete proprio belli, belli, belli», li vezzeggio. «Dopo, la mamma vi da un biscotto.»

«Guendalì, nun parlà coi cani in pubblico.»

La voce cantilenante del professor Procopio mi strappa una risata.

«Professore, che devo fare? Lei ha provato a dialogare con mia madre?»

«Eccome no? Solo mia moglie ci riesce», ammicca. «Sono pazze uguali quelle due. Buona serata Guenda, ciao cagnoni.»

«Altrettanto a lei, professore.»

Visto che esistono ancora dei buoni vicini?

10

Sono le nove e un minuto e il mio cellulare squilla. Delmo.

«Sono giù che ti aspetto.»

«Arrivo.»

Metto le tazze della colazione nella lavastoviglie e chiamo Rosita. Lei arriva allegra e solare come quindici anni fa quando è approdata dal Messico. Da allora è rimasta tale e quale, e anche il suo italiano. Del resto, anche il mio spagnolo non è migliorato molto. L'unico che comunica perfettamente con lei è Francesco.

«Rosita, ti ho lasciato la lista della spesa sul frigorifero, puoi passare tu? Io oggi sono fuori Milano.»

«No es problema.» Prende il foglietto e legge. «Cavolfiori? Cosa es?»

Come si dirà cavolfiori in spagnolo?

«Cavolflores?» Ci provo, ma lei non capisce.

«Verduras o frutas?»

«Verduras, blanco, duro y con las foglias verdes» e mi sembra di descrivere un alieno e poi, foglias?

«No entiendo.»

Il cellulare squilla di nuovo.

«Stai dormendo?» Delmo non è uno che sa aspettare in silenzio.

«Ho un problema internazionale, lo risolvo e sono da te.» Gli appendo in faccia e cerco su Google traslate.

«Coliflor» e por Dios, finalmente posso uscire.

Non ho ancora chiuso la portiera che Delmo è già partito.

«Ci fermiamo in autostrada a bere un caffè. Problemi internazionali fin dal primo mattino? Stai bene vestita così.»

Ecco cosa intendevo con conversazione su tre livelli.

«Vada per il caffè. Sì, non sapevo come si dice cavolfiore in spagnolo. Grazie, così anche se finisco in un vitigno, mantengo un minimo di dignità.»

«Cavolfiore?»

Annuisco, ma non riesco a rispondere, sfrecciamo in Milano centro come un missile fuori controllo.

«Che cosa c'entra il cavolfiore?» insiste e pigia sull'acceleratore.

Tallona la macchina davanti con una guida nervosa che mi fa piantare i piedi in avanti e aggrapparmi a bracciolo e maniglia di cortesia.

«Allora?»

«Allora rallenta, per la miseria! Mi fai venire il mal di cuore.»

Scala una marcia, sorpassa un tram e infila un incrocio con l'arancione, prende la rampa dell'autostrada e si assesta a centosessanta, la sua velocità da crociera.

«Aumenterò l'importo della mia parcella di un dieci per cento per i rischi che mi fai correre.»

Ride e ripete: «Cavolfiori?»

«Rosita, la nostra governante, parla l'italiano malissimo e non sapeva che cos'erano i cavolfiori. Coliflor. Questa sera li cucino con la besciamella.»

Mi guarda con la coda dell'occhio.

«Di contorno a cosa?»

«Filetto spalmato di paté e avvolto in crosta di sfoglia.»

«Cucini per davvero, allora.»

Mi si corruga la fronte.

«Pensavi mentissi?»

Fa una smorfia, come per scusarsi.

«Non hai l'aria di una che cucina.»

Una spiegazione un tantino succinta. Che tipo di aspetto deve avere una che cucina? Glielo domando e lui pare imbarazzato.

«Allora?» lo incalzo io.

«Allora sembri una donna di un certo tipo.»

Lo fisso maligna e lui continua, occhi sulla strada.

«Una che non sa nemmeno che cos'è una cucina. Hai capito cosa intendo, no? Quelle che invitano gli amici e comprano tutto in rosticceria, che manco la camomilla sanno fare.»

Annuisco.

Do questa impressione? Una donna tutta affari e carriera? Io? Io, che non ho mai dato un omogenizzato al mio bambino e che come unica concessione alle schifezze compro la pizza congelata? Io, che ho fatto saltare un affare da due milioni di euro perché mio figlio aveva la febbre e voleva il brodo della sua mamma?

Non mi piace questa immagine fredda e stereotipata di me. È triste come una giornata di novembre e fredda come una casa disabitata.

«Che hai?» Delmo si intrufola nei miei pensieri.

«Pensavo a quello che hai detto.»

Gli racconto un pezzetto della mia vita. Aneddoti, ricordi, brandelli degli ultimi vent'anni d'esistenza non sempre piacevole.

Ascolta in silenzio, attento, si scorda perfino del caffè.

«Mi dispiace», dice a un tratto.

«Di che cosa?»

«Mi dispiace per il tuo matrimonio, per tuo figlio cresciuto senza un padre e per te, non te lo meritavi. Sei una donna da famiglia, tu.»

Sono una donna da famiglia? Non saprei, è una domanda che non mi sono mai posta. Da quando è nato Francesco, è sempre stato lui il mio primo e unico pensiero. Tutto il resto, me compresa, è sempre venuto dopo. È stato naturale occuparmi di lui, essere mamma e papà, fargli sentire il calore di una famiglia anche quando la famiglia non era più quella tradizionale.

«Guenda, perché non ti sei mai risposata?»

Lo guardo in tralice. Sono indecisa se rispondergli o no. Riporto lo sguardo sulla strada, un nastro grigio e dritto che si snoda in mezzo alla campagna. Il sole passa attraverso il parabrezza, mi scalda e mi abbaglia. Socchiudo gli occhi nonostante gli occhiali da sole e sento la mia voce, come non fossi io a raccontare.

«Perché non mi sono più innamorata. Alla fine credo sia solo per questo. Francesco si è impadronito di ogni mio sentimento e competere con lui è impossibile.»

Mi scappa un accenno di risata che camuffo con un colpo di tosse. Delmo mi dà un colpetto leggero sul braccio.

«Fai ridere anche me.»

«E va bene. Ho avuto qualche appuntamento galante, tutti di una noia mortale, non vedevo l'ora di tornarmene a casa dal mio bambino e dai miei cani con un libro sui Templari.»

«Magari un saggio di Barbara Frale», butta lì.

Mi raddrizzo come se il sedile si fosse trasformato in lava incandescente. Barbara Frale? L'eminenza indiscussa sui cavalieri del Tempio?

«Come fai a conoscerla?»

«Perché ho letto, o meglio sto leggendo L'ultima battaglia dei templari.» Si allunga all'indietro e prende un lettore e-book e me lo mette in mano. «Guarda, ho comprato tutti i suoi libri. Ieri sera alle tre stavo ancora leggendo.»

Sono senza parole. Ieri pomeriggio ha commesso un'inesattezza su un corpo di monaci cavalieri medievali e oggi mi dice che sta leggendo un saggio sugli stessi, scritto da una delle più eminenti studiose in materia del nostro secolo.

Il suo cellulare suona e lui si immerge in una conversazione di lavoro. Meglio così, almeno posso starmene zitta. Sono confusa da Delmo Ravaioli. Il re della piadina è un uomo dalle mille sfaccettature, non riesco a inquadrarlo in nessun cliché, sfugge da ogni mio tentativo di catalogazione. Dopo tanti anni passati ad avere a che fare con i ricchi, ho una mia personale classifica.

Al primo posto, i veri signori. Individui ineccepibili sia professionalmente che umanamente, con un'insaziabile voglia di imparare. Conosco la loro esistenza per sentito dire, mai incontrato uno.

Seguono i signori. Come sopra, ma carenti nell'apprendimento.

Al terzo posto, quelli che chiamo les messieurs. Ottimi affaristi, umanità nella norma, cultura pressoché assente.

Giù dal podio, gli industriali. Lavoratori, sempre sul pezzo, onesti e disonesti, furbi e ingenui, ma dediti solo al lavoro. Umanamente non esistono, sarebbe tempo tolto al lavoro.

A seguire, categorie che sarebbe meglio evitare.

I parvenues, di cui non si sa nulla, tranne che sono ricchi e cafoni. Il più delle volte, anche un poco mariuoli.

Gli sceicchi. Di nazionalità mediorientale, hanno una cultura diversa e pompano la ricchezza direttamente dal terreno nei loro conti in banca. Nulla è al di fuori della loro portata, probabilmente nemmeno la luna.

I russi. Molti, moltissimi, troppi. Origini oscure, ricchezze faraoniche, educazione e cultura al di sotto dell'aspettativa minima.

I cabaret, ovvero gente del mondo dello spettacolo, apparenza alle stelle, sostanza alle stalle.

I politici. Categoria residuale dove confluisce ogni specie e sottospecie del genere umano.

I calciatori. Necessitano spiegazioni?

Ravaioli, per il momento, è sul podio. Non oso sperare che sia un numero uno, sarebbe come trovare un unicorno. Io non sono una vergine pura, ormai da troppo tempo, e il cavallo cornuto è un essere leggendario, come i veri signori, appunto.

Non aggiungo altro al mio pensare perché una sterzata improvvisa, mi manda a sbattere contro la portiera. Non ho capito cosa è successo, ma l'imprecare di Delmo, il suo catapultarsi fuori dall'auto, nonché l'essere fermi in corsia d'emergenza con le quattro frecce accese, mi fa supporre qualcosa di poco piacevole.

Di fianco al guardrail, si accuccia, raccoglie qualcosa, torna indietro, risale in auto.

E io ho un cucciolo in braccio. Un cucciolo fangoso.

«Guenda, tappati le orecchie che devo smadonnare! 'Sti bastardi maledetti! Si può legare una bestia così? La pena di morte ci vorrebbe, la pena di morte.»

Io ho gli occhi in quelli del cagnolino. Sono ancora azzurrognoli, avrà un paio di mesi. Dentro di me sale un grido. Non posso evitare di emetterlo.

«In testa bisogna sparargli, altroché!»

Delmo mi fissa sorpreso, io faccio spallucce. E aggiungo: «Per Dio e per la patria!»

Ridiamo e il cucciolo ulula.

«Dobbiamo trovargli un nome», propone.

«E una famiglia», aggiungo.

«Lo tengo io, a chi lo dovrei dare? Lo chiamerò... Bernardo da Chiaravalle.»

«No, il nome di un monaco benedettino non va bene.»

Accarezzo il cucciolo, che si è già addormentato.

«Jacques de Molay! Per gli amici solo Jacques» esclama Delmo, contento come un bambino per aver appena nominato il proprio cane Gran Maestro dell'ordine templare.

«E sia», acconsento magnanima. «Io, Guenda Brunelli, siniscalco templare, arruolo te, Jacques de Molay, nei Pauperes Commilitones Christi.»

Ridiamo felici, per aver salvato una vita e per esserci dimenticati di non essere più ragazzini spensierati.

11

Imbocchiamo il viale della tenuta, ammutoliti.

Il castello dei primi del Seicento è costruito su una collina interamente coltivata a vitigni. I filari si susseguono uno dopo l'altro, precisi come pennellate di un artista, la terra è pulita e vangata di fresco, non si troverebbe un'erbaccia nemmeno a cercarla col lanternino. E so di cosa parlo, perché aiutavo nonna Guendalina nell'orto. Lei era un killer, le individuava ancora prima che avessero il tempo di germogliare.

La strada si avvolge sulle pendici e appare una vallata verde, dove luccica un laghetto alimentato da un corso d'acqua chiara. Un'altra curva e lo sguardo si perde in un bosco che delimita un prato diviso in recinti. In alcuni pascolano dei cavalli. Ancora un centinaio di metri tra le viti e ci immettiamo nel tratto finale del viale d'ingresso, scortati da cipressi che non hanno nulla da invidiare a quelli di Bolgheri alti e schietti.

Ed eccoci al castello.

Delmo parcheggia all'ombra di un ciliegio giapponese con i rami piegati dal peso dei fiori.

«Non ho idea di quanto chiedano, ma li vale tutti», dice con un sospiro.

Capisco cosa intende. La proprietà è splendida e, se l'immobile è tenuto bene quanto la campagna, darei in ipoteca mia madre per possederla.

Scendo dall'auto con Jacques in braccio. Un soffio di vento accarezza il ciliegio e mi ritrovo avvolta in un turbine di petali rosa. Alzo il viso e mi accarezzano le guance. Ho la sensazione di essere una regina amata dal suo popolo.

«È bello, vero?»

La voce appartiene a una donna, una signora con un paio di jeans e una camicia blu. Hai i capelli biondi e gli occhi così azzurri che paiono finti.

«È bellissimo», concordo. «Buongiorno, io sono Guenda Brunelli, della Brunelli Real Estate Agency, e questo è il signor Delmo Ravaioli, un amico.»

«Piacere di conoscerla, sono Angela Scagnetti. Quanto a lei, re della piadina, potrei dire che la conosco da sempre. Nei suoi locali si mangia molto bene.»

Rimango con tanto d'occhi a guardarlo gongolare. Non è boria, la sua, e non è neppure il fatto di essere un volto noto. A farlo gongolare è il riconoscimento che le sue piadine sono le migliori in assoluto. È orgoglioso del proprio lavoro e dell'etica che ha sempre seguito.

Sulla fronte dell'inafferrabile cavallo bianco è appena spuntato un bozzo, sarà un corno?

«Venite dentro, così potete andare nelle vigne con mio marito e il perito», mi osserva e sorride. «E questo piccolino da dove arriva? Gita nel fango?» Indica i miei vestiti, una volta puliti.

«Abbandonato sul ciglio dell'autostrada», le spiega Delmo e me lo prende dalle braccia con delicatezza. «Scusami, Guenda, non ho fatto caso che fosse così sporco.» Lo solleva per guardarlo meglio. «Jacqueline ha bisogno di un bagno.»

«Jacqueline? Vuoi dirmi che il nostro cavaliere templare è una femmina?»

«Già. Fine di un ordine glorioso.»

Seguiamo la padrona di casa nell'atrio.

Mia madre ha un'ipoteca che gli pende in testa come una spada di Damocle. L'atrio del castello è da dar fuori di matto. Mura di sasso perfettamente conservate, mobili d'epoca e arazzi alle pareti. Un ambiente medievale con un tocco di solarità campagnola. Ci sono fiori di campo dovunque.

«Sono la mia passione», quasi si scusa Angela Scagnetti, facendoci strada attraverso il salone dove un paio d'armature fanno la guardia alla porta massiccia che oltrepassiamo per entrare in biblioteca.

E sì, mia madre finirà ipotecata. Sono davvero impressionata. Già la struttura di legno con le spallette intarsiate è un capolavoro di falegnameria, ma i volumi che contiene mi mandano in visibilio.

«Agostino, è arrivata la signora Brunelli.»

Non riesco a staccare gli occhi dai dorsi rilegati, ne scorgo alcuni antichi e una forza, cui non so proprio resistere, mi attira a loro. Li osservo da vicino, mi chino per leggerne i titoli, vorrei toccarli, aprirli, sfogliarli e addormentarmici sopra sfinita.

La voce di Delmo supera la mia estasi.

«È laureata in storia.»

Mi giro di scatto, sorrido imbarazzata e stringo la mano del padrone di casa.

«Signor Scagnetti, perdoni la maleducazione, ma la sua biblioteca è veramente notevole.»

Sorride felice e mi fa avvicinare ai libri conservati in uno scaffale a vetri. Apre un'anta e fa un gesto con la mano.

Codici miniati, edizioni prime e, Dio Benedetto, perfino una moneta con l'effige di Caio Giulio Cesare custodita in una piccola teca di cristallo.

«Io sono... sono esterrefatta. Non posso che complimentarmi con lei per la sua collezione.»

«Grazie, grazie» e sorride con le labbra, con gli occhi e con tutto se stesso. «Può venire a vederla quando vuole, mi farebbe un enorme piacere.»

«Magari dopo», ride sua moglie. «il perito è giù nella Malvasia che aspetta.»

Io penso a un uomo immerso nella Malvasia, Delmo mi sussurra: «Speriamo che non affoghi.»

Tu guarda, ho trovato uno che concepisce le mie stesse stupidaggini.

«Guenda, mentre gli uomini vanno in campagna, noi facciamo il giro della casa? E magari il bagnetto a Jacqueline, che cosa ne pensi? Posso darti del tu?»

«Tre ottime idee.»

La seguo in un corridoio che forse un tempo era un passaggio segreto e sbuchiamo in cucina.

Angela riempie uno degli enormi lavandini in rame con acqua tiepida e uno shampoo per cani, poi mi prende Jacqueline e la immerge. Io mi tolgo la giacca e lo sguardo va fuori dalla portafinestra, in giardino, dove un'orda di cani da caccia e meticci sfreccia giocosa. Lei ride.

«Agostino non sa resistere, li alleva, li compra, li adotta e una volta ne ha perfino rubato uno.»

«Rubato?» Passo le mani insaponate sulla cucciola che trema come una foglia.

«Lo maltrattavano, legato a una catena con il minimo di cibo per sopravvivere. Una notte abbiamo parcheggiato lontano dalla cascina dove viveva, ci siamo fatti quasi un chilometro nel bosco al buio. Pensa che il cane non ha fatto bau mentre Agostino lo liberava, lo ha seguito senza bisogno di guinzaglio e da allora è rimasto la sua ombra.» Alza la testa da Jacqueline che sta risciacquando e aggiunge: «Guarda tu stessa.»

Sopra l'acquaio, una finestra affaccia su un vigneto. Un uomo è inginocchiato accanto a una pianta e controlla il fusto con una lente d'ingrandimento. Accanto a lui, Delmo lo ascolta con attenzione. Agostino, dall'altro lato, indica un germoglio con una mano, con l'altra accarezza la testa di un cane enorme, un parente stretto di un Maremmano o di un orso bianco. Sento ogni muscolo rilassarsi, le labbra mi si piegano in un sorriso. Sono pervasa dallo stesso senso di tenerezza che mi dava la manina di Francesco nella mia.

Guardando una vigna, tre uomini e un cane?

Jacqueline si scrolla e il pensiero affoga in un'esplosione di goccioline d'acqua, ma rimango confusa. Angela l'asciuga con un telo sul tavolo massiccio della cucina antica e tecnologica. Sarà simile a uno spinone questa cucciola, un cane da caccia di quelli spettinati e baffuti.

E poi sento la pentola che sobbolle piano, il profumo del minestrone che cuoce, l'odore del basilico in un vaso davanti a un'altra finestra aperta, dove il sole entra luminoso e caldo, insieme a un refolo d'aria. Non mi sposterei più da qui, mi sento a casa, come da nonna Guendalina, con le galline che chiocciavano nel pollaio e la verdura da cogliere nell'orto.

«Perché volete vendere?»

Lo chiedo non per il lavoro, in questo momento non potrebbe importarmene meno. Lo chiedo perché mi pare impossibile voler lasciare un posto del genere. A meno che i soldi non bastino più. È sempre il denaro a fare la differenza.

Angela dà un bacio alla cucciola di Delmo, lei la ricambia con una leccata sul naso.

«Questa bambina deve mangiare la pappa.»

Toglie una ciotola e del mangime per cani da un armadio dispensa che, con il legno che è servito per costruirlo, all'Ikea ci arrederebbero tre appartamenti.

Mi risponde solo quando Jacqueline divora il suo primo pasto da chissà quanto tempo.

«Questa tenuta appartiene alla famiglia di mio marito da quattrocento anni, e per quattro secoli i figli hanno sempre ereditato castello e campagna. Il bisnonno di Agostino ha iniziato a coltivare i vitigni, il padre ne ha fatto un'azienda vinicola e Agostino ed io abbiamo esportato i nostri vini fino in Australia.»

Si sposta verso la macchina del caffè e fa un cenno, annuisco e aspetto che continui, questa donna ha una storia da raccontare ed io sono pazza per la storia.

«Abbiamo due figlie. Elena è laureata in biologia e lavora come ricercatrice a Ginevra, Elisa ha una galleria d'arte a Boston. Hanno dei compagni, ma non hanno intenzione né di sposarsi né di avere bambini» e lo dice con naturalezza, come fosse un dato di fatto da accettare.

Posa la mia tazzina accanto alla zuccheriera e sorseggia il suo caffè.

«Mi dispiace non avere dei nipoti, ma la vita è esatta, non sbaglia mai.»

La frase mi sorprende e mi stordisce, come uno scarto improvviso del cavallo che ti butta a terra nel tempo di un amen.

Fisso il caffè che sto rimestando.

«La vita è esatta», mormoro ripetendo le parole.

«Sì», sorride Angela, «e per capirlo, incomincia a pensare che il caso non esiste.»

Raccoglie Jacqueline che ora sembra un cotechino da tanto si è rimpinzata e le struscia il viso sul pelo morbido e pulito. Poi me la passa.

«Vogliamo vendere per fare quello che non abbiamo mai fatto. Viaggiare, andare a trovare le nostre figlie», allarga le braccia come dire che non sa spiegare. «Vivere, vogliamo semplicemente vivere.»

«E come si fa?» Mi sfugge, non volevo chiederlo, è una domanda stupida, si vive e basta, no?

Mi fa cenno di seguirla, passiamo da un locale raccolto, una piccola sala da pranzo, con un tavolo già apparecchiato, e usciamo nel salone padronale. Lo stile è medievale, molti pezzi sono di certo originali, il camino è una presenza catalizzante con il divano in pelle scura e vissuta che vi troneggia davanti. Sopra la mensola non il blasone di famiglia, ma una foto della famiglia. Angela, Agostino e le figlie sorridenti e felici, con un puledro tra loro.

«Quello è Fulmine. L'abbiamo aiutato a nascere io e le ragazze, mentre Agostino andava a prendere il veterinario. Quando sono arrivati, era già tutto finito.»

«Mi sembra di capire che gli animali non vi piacciano», scherzo, perché sono senza parole per come si conserva questo castello che sa di storia e di affetti, di storie semplici e amore.

«Per nulla», ride lei, «proprio per nulla» e indica la parete di fianco al focolare.

È interamente occupata da un albero genealogico che pare una quercia secolare a grandezza naturale. E se prima non sapevo che dire, adesso sono proprio muta.

Mi fanno quest'effetto le ricostruzioni araldiche, mi annichiliscono con la certezza che siamo destinati a rimanere sospesi come pulviscolo in un raggio di sole fino a che un refolo di vento chiamato destino ci spazzerà via. Siamo polvere, che il piumino del tempo toglie da questo mondo. Di noi non resta altro che il ricordo, e non per tutti imperituro.

Un antico cruccio risale dai meandri della mia coscienza, nell'angolo remoto dove l'ho nascosto, insieme al sogno morto con mio padre. Lasciare un segno della mia esistenza, scrivere un saggio, fare una scoperta archeologica che avrebbe consegnato la mia memoria alla storia. Un laccio si stringe intorno alla bocca dello stomaco. Che cosa è rimasto dei nomi dipinti su ogni singolo ramo di questo albero, che sono stati uomini e donne, che hanno amato, gioito, sofferto e odiato?

Stringo Jacqueline al petto, come se il calore di un cucciolo addormentato potesse sciogliere il freddo che talvolta mi coglie, quella solitudine strisciante che mi assale quando sento il ticchettio del tempo. Lento, sempre uguale e inesorabile.

«Nessuno di loro ha potuto decidere cosa fare della propria vita.» La voce di Angela mi arriva da un'altra galassia, una scialuppa nel mare d'angoscia che mi ha travolto. «Agostino voleva fare il medico e invece ha fatto il vignaiolo. È stata una vita bellissima, ma non ha fatto quello per cui era nato.»

Una lama incandescente sta scavando tra le costole alla ricerca del cuore.

«Avremmo potuto insistere con le ragazze, le avremmo convinte a proseguire con la casa vinicola, ma sarebbe stato sbagliato. Avevano altre propensioni, altri sogni.»

Mi guarda. Io sono uno straccio, mi è passata davanti la mia vita, mi sono rivista a vent'anni, quando tutto era ancora da decidere. Deglutisco perché non voglio piangere, non posso piangere, eppure piango e scuoto la testa. Piango e mormoro.

«Non ho potuto scegliere, mi dispiace.»

Mi dispiace? Di che cosa mi dispiace? Di piangere tra le braccia di una donna che mi conosce da dieci minuti? Di aver lasciato che la vita decidesse al posto mio? Di non aver mai neppure tentato di ribellarmi?

«Guenda, puoi scegliere ora. Non è troppo tardi, se è quello che stai pensando. Guardami», mi scosta con gentilezza ma mi tiene di fronte a lei con le mani sulle mie spalle. «Agostino ed io abbiamo più di sessant'anni eppure non vediamo l'ora di essere liberi, senza più uva da cogliere e bottiglie da tappare, capisci? Abbiamo passato la vita a lavorare, abbiamo avuto successo, ma di noi, di Angela e Agostino e dei nostri sogni, non ci siamo mai occupati.»

Rimango in silenzio, la fisso tra le lacrime. Ho capito, non ho bisogno di parlare, Angela lo sa, mi porge un Kleenex e mi accompagna a visitare la sua casa.

12

Il castello e la terra che lo segue in dote sono una delle proprietà migliori che io abbia mai valutato. Lo stato di conservazione dell'immobile è impeccabile e i vigneti e la casa vinicola annessa sono uno dei fiori all'occhiello dell'enologia italiana.

Al momento, mia madre è davanti all'ingresso di un banco dei pegni.

Siamo a tavola, la padrona di casa aveva già previsto tutto. Abbiamo pranzato con i prodotti della tenuta e bevuto, manco a dirlo, un rosso riserva speciale che Delmo ha giudicato in grado di resuscitare un morto.

Angela è un'ottima cuoca e noi siamo state degne forchette. L'ospitalità iniziale si è trasformata in familiarità, mi pare di conoscere tutti da sempre. Di fatti sono in maniche di camicia, coi pantaloni sporchi di fango secco, con una mano sorreggo Jacqueline che mi dorme in braccio e con l'altra reggo il calice di vino che sorseggio per assaporare. Ne devo aver assaporato un litro abbondante perché ho una sensazione di spensieratezza che rasenta l'idiozia. Sorriso compreso.

«Facciamo una passeggiata digestiva», propone Agostino, nobile di casata e ancor più d'animo. «Vi mostro la scuderia.»

Delmo si sporge verso me e appoggia una mano sulla mia che regge il cucciolo.

«Andiamo, Guenda» e la lascia un istante di troppo.

Tempo che il tocco diventi cosciente, tempo che i nostri occhi s'incrocino e che io li socchiuda come se così facendo potessi bloccare un fuoco che divampa.

«Delmo, sei troppo vicino, ti vedo doppio.»

Piego la testa di lato e rido.

Devo aver bevuto un decilitro di troppo. Lui mi scompiglia i capelli e mi prende Jacqueline dalle braccia come fosse il nostro primogenito. Angela mi sta osservando, ammicca. Ha l'espressione furba di un elfo.

Vuoi vedere che nelle scuderie c'è un unicorno?

Una costruzione lunga e bassa in pietra e mattoni, porte di legno e maniglie d'ottone tirate a lucido, finimenti riposti in ordine perfetto, odore di cuoio e di grasso per gli zoccoli, di fieno e di cavalli. Gli odori della mia gioventù, lontano dalla strada, avrebbe aggiunto mio padre.

Sono ringalluzzita, l'annebbiamento del vino sparito. Passeggio nel corridoio centrale, spazzato ad arte e spruzzato di creolina per disinfettare. Entro nei box e accarezzo i cavalli, amori mai dimenticati, passo la mano su manti morbidi e setosi, puliti a colpi di brusca e striglia, muovo le dita nella criniera in mezzo alle orecchie abbassate per il piacere, li annuso tra le narici e aspiro il loro profumo.

«Che cosa fai?» domanda Delmo.

«Ognuno di loro ha un odore diverso. Non so come spiegarti, mi è sempre piaciuto fare naso naso.»

«Infatti loro si fidano di te, vedi?» Agostino mi fa notare che ho in braccio il muso di un cavallo. «Non avresti voglia di fare un giro?»

Il cuore fa una capriola in petto.

«Posso? Davvero?»

Potevo sì. La tenuta da equitazione con annessi stivali ci è stata prestata e adesso sono in sella a Gaspar du Belvoir e al mio fianco cavalca Delmo, su Isotta del Frassino.

Abbiamo appena concluso una galoppata pancia a terra dove è stato battuto di almeno quattro lunghezze. Del resto ho passato più tempo in sella che a fare qualunque altra cosa e, non ultimo, sono abituata alle corse fuori controllo. In un attacco di grandiosità equestre, mio padre aveva acquistato una mezza di dozzina di purosangue con una genealogia che riduceva Elisabetta II a una servetta. Era stata mamma a costringerlo a venderli, quando io, per l'ennesima volta, ero volata via dalla sella e ruzzolata per una decina di metri sulla pista sabbiosa a causa della troppa potenza. Niente di rotto e lividi a profusione, ma avevo imparato a galoppare come avessi avuto tutti i diavoli dell'inferno alle calcagna.

«Non sapevo montassi a cavallo.»

«Ci conosciamo da settantadue ore, come avresti potuto saperlo?»

Accarezzo il collo del mio bel baio e annuso l'odore del pelo umido di sudore. È lo stesso che hanno sentito tutti i condottieri, Alessandro Magno, Napoleone, Cesare, tutti, dal primo all'ultimo, chi cavalcando incontro alla gloria, chi alla morte.

«Ne avevi uno, da ragazza?»

«Ne avevo una scuderia, mio padre era un pazzo megalomane.»

Ride.

«Esagerata!»

«Esagerata?» Tiro le redini per rallentare il passo in modo che Delmo mi si affianchi. «Trentacinque, abbiamo avuto fino a trentacinque cavalli. Ti pare il comportamento di un uomo in possesso della capacità d'intendere e di volere?»

Mi fissa.

«Li montavi tutti tu?»

«Alternati, io e gli istruttori, per quasi quindici anni», rispondo, e mi viene da ridere. «Se non mi sono venute le gambe storte, è stato un miracolo.»

«Hai delle gambe bellissime», afferma con una smorfia, «dritte come fusi.»

Arrossisco, non tanto per il complimento, ma perché ho pensato al fuso che ha punto e addormentato la principessa.

Non mi ricordo in quale punto della favola appare l'unicorno, ma sono certa che prima o poi salta fuori.

«Allora, ti piace la proprietà?» Cambio argomento, esco da un terreno per me minato e mi sposto sul lavoro che, invece, è confort zone.

«Mi piace, eccome! Ci sto facendo un serio pensiero. Su che cifra si aggira?»

L'immaginare il notaio che sigla la transazione senza di me dall'altra parte del tavolo mi addolora, mi rattrista. Voglio comprarla io.

«Sei impazzita?» mi sfugge dalle labbra, ma sono così sconvolta da ciò che desidero che non sono riuscita a trattenermi.

«Chi è impazzita?»

«Nessuno, nessuno.» Mi riprendo e faccio allungare il passo a Gaspar che parte al piccolo trotto. Delmo mi segue.

«Allora, quanto vogliono?»

Lo guardo. Non siamo sincronizzati, così che quando io vado su, lui va giù e se lo fisso negli occhi mi viene la nausea. Salto un tempo di trotto e ora siamo perfettamente in linea. I cavalli, io, lui e il bosco. E magari pure l'unicorno. Sghignazzo.

«Guenda, che hai?»

«Nulla, nulla.»

«Sai dire altro oltre a nessuno nessuno e nulla nulla?»

E mo' cosa gli dico? Galoppo via e chiuso.

E Delmo galoppa al mio fianco e ride, più andiamo veloci e più ride, come doveva ridere un dio greco scapicollandosi giù per l'Olimpo. È una corsa all'ultimo respiro, con i rami che ci sfrecciano vicini. Non è una gara questa, è un momento di libertà assoluta che condividiamo come complici, un furto di spensieratezza a una quotidianità tiranna.

Rallentiamo solo quando il bosco termina e sbuchiamo in una radura isolata dal mondo. Ansimiamo e siamo arrossati, i cavalli sbuffano e si agitano, vorrebbero correre ancora un po'. Gaspar si mette di traverso e mi ritrovo affiancata al contrario contro Isotta. Delmo ed io siamo occhi negli occhi. Non so se il cuore batteva già così forte un attimo fa, certo è che adesso è proprio indiavolato. Una goccia di sudore mi scivola sulla tempia, lui allunga un dito per asciugarla, Gaspar scarta all'improvviso e il dito finisce in un occhio. Il mio occhio.

Mezza accecata, mollo le redini e l'equino, bestia burlona, ripiglia il galoppo.

«Scusa Guenda, perdonami», mi urla dietro Delmo che ha i suoi problemi con l'Isotta, che non è Fraschini ma di zampe motore ne ha da vendere.

Gli anni passati in sella, e lontano dalla strada, mi servono per riprendere il controllo della situazione e aiutare il re a rientrare in possesso della sua regalità sballottata da un destriero.

«Tutto a posto?» Ho ancora una delle sue redini tra le mani.

«Grazie, mi hai salvato. Sei meglio di un cavaliere templare.»

Arrossisco e lascio la presa su Isotta.

«Veramente?»

Ma sono completamente scema? Lui come fa a saperlo? Mica può aver incontrato un templare dal vero, no?

«Giuro», porta la mano al cuore, poi sogghigna. «Quanto vogliono per il maniero?»

«Quindici e li vale tutti.» Il respiro mi si rompe in gola. «A una condizione. L'acquirente deve essere di loro gradimento. Angela mi ha raccontato tutta la storia, questa è la casa dei conti Scagnetti da quattrocento anni, loro abitano qui da sempre, hanno cresciuto qui le figlie. Non possono venderla solo per i soldi, devono trovare qualcuno che la ami quanto l'hanno amata loro.»

Scuoto la testa, come se neppure io potessi concepire il pensiero.

Siamo davanti alla scuderia, smontiamo e teniamo i cavalli per le redini, due carezze e una grattatina dietro le orecchie e il *groom* li prende e li porta via. Io e Delmo diamo le spalle alle mura di sasso e guardiamo verso i vitigni e il castello, abbracciati da un sole caldo e benigno. Sospiro.

La mano di Delmo sfiora la mia.

«Ti piacerebbe vivere qui?»

Non dico nulla, ci guardiamo negli occhi con un'intensità che mi ferisce la cornea. Non una parola, nemmeno un respiro. Eppure un'immagine si materializza tra di noi, così reale da assorbirci e per un attimo, un attimo soltanto, siamo in un'altra vita.

«Un caffè prima di andare?» La voce di Angela spegne le luci e cala il sipario.

Non oso nemmeno ricordare ciò che ho visto, eppure l'ho visto, e ora sono sconvolta.

13

Il rientro a Milano è silenzioso. Dopo la telefonata di Clara, abbiamo scambiato un paio di frasi per decidere quando vedere la proprietà in Provenza. Poi, con Jacqueline addormentata in braccio, ho guardato chilometri di campagna scorrere veloci mentre Delmo guidava per il record mondiale sull'Alessandria-Milano.

Abbiamo appena imboccato viale Certosa e il mio cellulare squilla.

«Hai qualche preferenza su dove mangiare?»

Se Sofia esordisce con questa frase, significa che dobbiamo cenare insieme. Me ne ero completamente scordata.

«Io, veramente...» e non aggiungo altro perché siamo fermi sotto casa e la vedo con Emy che si avvicina al mio portone. «Sofia, sono qui.»

«Grazie Delmo, ci sentiamo domani, così ti dico quando abbiamo il prossimo appuntamento.»

Lui annuisce e scende. Fa il giro e apre la mia portiera, prende Jacqueline e mi accompagna fino al portone. Sofia si gira e ci osserva, socchiude gli occhi e poi li spalanca. Anche Emy mi guarda a bocca aperta.

«Ciao», saluto e li presento, «Sofia, Emy, vi presento Delmo Ravaioli.»

«Lo sappiamo chi è», mi zittisce la futura lady e si rivolge al re in persona. «È un onore per me incontrarla. Senza Il Regno della Piadina non sarei sopravvissuta a Pechino.»

Sofia? Quella che mangia solo roba verde?

«Ma tu non vivi a insalata?»

«In Italia, dove posso mangiare benissimo dovunque, ma in giro per il mondo, soprattutto in Cina, sono una fedele cliente del signor Ravaioli», mi spiega.

Lei crede di essersi spiegata, a me il concetto pare un po' nebuloso.

«Delmo andrà benissimo», concede lui all'etichetta. «Davvero sei una mia cliente? Ne sono contento, pensa che ho dovuto sudare sette camicie per aprire in Cina e adesso ne vogliono quindici.»

«Lo credo bene!» Emy gli stringe la mano. «Potrei vivere a piadine, ma a involtini primavera proprio no.»

Ridono entrambi.

Sofia si sporge per accarezzare la cagnolina che fissa tutti a turno.

«Che carino, come si chiama?»

«Jacqueline», fa il papà.

«Come Jacqueline Bouvier Kennedy Onassis», afferma lei, con un sorriso da madrina al battesimo del secolo.

«No» e Delmo scuote la testa, incredulo davanti all'eresia mondana di Sofia. «Come Jacques de Molay.»

«Jacques de Molay?» Lei è sorpresa. «Mascolino direi, però al femminile è sempre un gran bel nome.»

A me vien da ridere, Emy mi fissa con un sopracciglio alzato. «Guenda, sei di una noia mortale coi tuoi templari» mormora.

Non fosse lui, lo picchierei. Nessuno può parlar male dei miei cavalieri.

«Perché non vieni a cena con noi?»

So come ragiona Milady: ha già immaginato vestito, scarpe e acconciatura di nozze. Delle mie, ovviamente.

«Sì, Delmo, unisciti a noi», si allea Emy, che invece si occupa di inviti, cerimonia e bouquet.

Io sono qui per coreografia, non mi guardano nemmeno. «Avete già prenotato?» chiede Delmo.

«Toccava a Guenda questa sera.»

A me. Oddio. Resto ammutolita.

«Se vi fidate, ci penso io» mi salva Delmo.

«Ci fidiamo», rispondono in coro.

Poi Sofia si accorge che non sono proprio fresca come una rosa. «Ma come sei conciata?»

«Ha avuto una giornata intensa», risponde Delmo per me. «Abbiamo fatto anche una galoppata e mi ha battuto.» Mi passa Jacqueline e ammicca: «E poi la Guenda è sempre bella. Vuoi chiamare Francesco così viene anche lui?»

«Il giovedì sera ha allenamento», rispondo solo perché gli impegni di mio figlio sono incisi nel mio DNA e riuscirei a ricordarli anche con del valium in vena.

«Allora andiamo» e noi tutti lo seguiamo obbedienti.

Mi risiedo in auto e accarezzo Jacqueline con lo sguardo perso nel vuoto. Dunque, siamo tornati dalle Langhe, io dovevo uscire a cena e avrei disdetto perché sono stanca morta, poi sono arrivati Sofia e Emy e dopo? Dopo non lo so. Quando sono accanto a Delmo è come se potessi starmene seduta a osservare quello che succede senza alcun pensiero, perché lui risolve e sceglie tutto.

Non so decidermi, da una parte sono indispettita che nessuno abbia chiesto il mio parere, dall'altra sono felice di una gioia infantile che questa interminabile giornata non sia ancora finita.

Siamo a cena a La Corte della Piadina, che aprirà i battenti al pubblico tra quindici giorni. È tutto finito e operativo, deve essere solo testata la funzionalità della cucina, che quindi lavora solo per i sudditi e gli amici del re fino all'inaugurazione.

Quel che si dice non lasciare nulla al caso.

Questa sera, la sala e il personale sono tutti per noi che sediamo alla tavola del sovrano. Delmo ci spiega che sarà un esperimento. Qui siamo nel cuore di Milano, che non è più da bere e nemmeno da mangiare, è diventata una città da *Ape*.

Ape, come odio questa parola! Che cavolo di storia è? O si cena o si digiuna, non si apericena, nemmeno lo Zingarelli prevede questo termine idiota. E per cena intendo cena, seduti comodi e in buona compagnia, con diverse portate che spaziano in un universo di alimenti. Non in piedi, in balia di una folla famelica che si lancia su due penne al pesto, tre olive, quattro triangolini di torte salate e mezzo chilo di arachidi, che poi è l'unica cosa offerta in abbondanza, perché sono salatissime e fanno bere di più. Non voglio pensare che sia uno dei cibi favoriti dalle scimmie e quindi, presumo, anche dall'anello mancante di Darwin.

L'aperitivo, per me, rimane un calice di vino e qualche salatino, giusto per stuzzicare l'appetito, non per assassinare il sano mangiare a un prezzo da rapina a mano armata. Oppure pane e salame, ma questa è un'altra storia, da raccontare davanti a un caminetto acceso in una fredda notte invernale.

«Qui la piadina diventerà piatto.»

Delmo allarga le braccia per mostrarci il nuovo locale.

«Accogliente e con un pizzico di rustico», commenta Emy da esperto arredatore.

«Sì», acconsente lui, «voglio ricreare un ambiente famigliare, un locale tranquillo non mondano, genuino non biologico, tradizionale non alla moda. I prezzi saranno solo più elevati di quelli del Regno della Piadina perché qui si ha la possibilità di cenare.»

Sofia lo fissa.

«Non solo piadine?»

«Piadine e tutti i piatti della tradizione romagnola», risponde orgoglioso e indica la zuppiera che arriva dalla cucina.

Ci serve un ragazzo così alto che si deve quasi piegare in due per posarci i piatti davanti. Delmo chiacchiera con lui e quello arrossisce di piacere.

«Bravo Ale, e grazie. Anzi ringrazia tutti quanti per la cena», lo gratifica prima che se ne vada.

Mi pare che Delmo abbia una criniera bianca che gli luccica in testa e un rigonfiamento sulla fronte. Sbatto le palpebre per snebbiarmi la vista e mi accorgo di averlo fissato apertamente.

Lui mi sorride e con la coda dell'occhio scorgo Emy e Sofia che paiono gli stregatti. Che avranno mai da guardare? A parte la cucciola che ha il muso infilato nel mio piatto.

Alla Corte della Piadina si mangia egregiamente, ma se vado avanti a rimpinzarmi in questa maniera, dovrò rifarmi il guardaroba. Anche Sofia, la donna lattuga, ha reso onore alla tavola del re, e ancora non credo che Emy abbia mangiato due piatti di tagliatelle.

Ora siamo in macchina, satolli e ciarlieri.

«Siete i primi clienti, voglio un giudizio», richiede Delmo.

«Un feedback...» commenta Sofia, l'internazionale.

«Che feedback del cavolo, che non sappiamo nemmeno cosa significa! Un giudizio, si dice un giudizio» la contraddice Emy, il linguista, e gesticola senza ritegno. Adesso mi viene un attacco di cervicale, dall'aria che smuove. «Io ti assegno un dieci e lode. Ambiente semplice e di buon gusto, servizio eccellente, ma non pretenzioso, e cucina da mamma.»

«Leggera e naturale», la ciliegina sulla torta la mette Sofia.

«E tu, Guenda, non dici nulla?»

Appoggia una mano sopra la mia che accarezza Jacqueline e la lascia lì. È calda e anche un po' ruvida. Se rispondo, forse la leverà, e io non voglio. Ma non posso star zitta e intanto che penso a tutto ciò sorrido. E lo sbircio.

«Sono contento», fa lui e riprende a guardare la strada.

Avrà letto i miei pensieri? Non lo so, ma la mano rimane con me fino a che parcheggia, il suo pensiero ben oltre.

14

Sono operativa dalle sei. Non ho dormito questa notte. Nonostante fossi stanca e con i muscoli sconvolti dopo la prodezza equestre di ieri, non c'è stato verso di prendere sonno. Anche contare gli unicorni non ha sortito l'effetto sperato.

Ho bevuto un caffè giù al bar senza sfogliare il giornale. Sono di buon umore e non voglio rovinarmelo.

E adesso, di buon'ora, entro in ufficio.

Clara non è al suo posto, strano. Sento delle voci provenire dall'archivio. Clara e una donna. Ascolto con più attenzione e mi avvicino. Non è italiana. Sono vicino allo stipite, mi appoggio con la mano al muro e mi allungo incuriosita. Russa, appena appena, ma russa. L'accento è ben nascosto da un'ottima dizione, ma ogni tanto le vocali hanno il suono vibrante del vento nella steppa e il nome Natasha lampeggia nel mio cervello.

Clara e una porno star in archivio? Non mi par possibile e sono qui con un dubbio amletico stampato in faccia quando le due escono e mi colgono mentre mi dico: non capisco.

La mia segretaria mi squadra.

«Buongiorno Guenda, stai bene?»

La domanda è lecita, ho una mano appoggiata al mento e la ventiquattrore nell'altra, la borsa in spalla e la testa piegata di lato, come sempre quando rifletto. E guardo la russa, un gran bel pezzo di russa, vestita con seria eleganza e con uno sguardo vivace e intelligente.

«Buongiorno, dottoressa Brunelli», mi allunga una mano. Unghie, non artigli, curate e senza smalto. «Sono Irina Brutilova, felice di conoscerla e lavorare per lei.»

«Per me?» Mi punto un dito al petto, incredula.

«Irina è laureata in economia e commercio alla Bocconi», spiega Clara tornando alla scrivania.

«Alla Bocconi?» Non riesco a mettere insieme uno straccio di idea che abbia senso. «Non ti chiami Natasha?»

«No, dottoressa, sono Irina» e mi sorride, bella con quegli occhi color nocciola e una chioma castano ramata.

«Guenda, vuoi un caffè? Mi sembra che tu non stia bene.» Clara insiste e mi prende borsa e ventiquattrore.

Incrocio le mani davanti a me e studio la mia nuova dipendente allo stesso modo in cui studiavo un codice miniato. Questa ragazza non può essere una pornostar, c'è in lei qualcosa che mi ricorda Brigitta ed io conosco bene la ragazza di mio figlio, so che è una stella brillante di umanità e intelligenza, non dell'hard. Quindi, se Irina vale solo la metà di lei, una cosa non è possibile.

«Non ti ha portato qui Gualtiero, vero?»

Lei aggrotta la fronte e scuote la testa.

«Non conosco nessun Gualtiero.»

Sorrido e mi rivolgo a Clara.

«Vedi? Non era possibile, semplicemente non era possibile!»

«Che cosa? Di cosa parli?»

Rido e stringo con calore la mano di Irina.

«Che Gualtiero conoscesse una ragazza col cervello, no?»

Clara ride e le porte scorrevoli si aprono su Ilaria.

«Che cosa intendevi, Guenda?»

Ilaria? Ma diavolo mondo! La moglie di Gualtiero non viene mai in ufficio, sono mesi che non ci mette piede, proprio questo esatto momento sceglie?

«Una battuta sullo charme di tuo marito, che altro?» Riprendo borsa e ventiquattrore da Clara e raggiungo la moglie di quel pistola del mio socio. Le piazzo due baci veloci sulle guance. «Mi spiace dover scappare, ma ho un appuntamento con un cliente. Ci vediamo dopo» aggiungo per le altre e sono fuori.

Sono bravissima a svicolare dalle situazioni spiacevoli, non sopravvivrei a mia madre, altrimenti. Però adesso mi aspetta il cliente catalogato al numero dieci della mia classifica: il calciatore.

Sospiro e salgo in macchina, direzione Milanello.

Fa caldo per essere fine maggio. Sudo nel mio abito in fresco di lana, e per fortuna non ho messo i collant, li avrei già fatti a pezzi. L'appuntamento con il mio cliente, una nuova recluta del Milan, è nel piazzale antistante a Milanello. Ventunenne con quindici milioni di stipendio all'anno. Contratto quadriennale. Altri cinque dagli sponsor. E fanno venti e a me girano gli zebedei.

Quando mi viene incontro per poco non decollo. Un metro e novanta abbondante, occhiale a specchio azzurro e viola, camminata che Tony Manero impallidirebbe d'invidia e taglio di capelli da moicano. Cresta biondo platino. Indossa una camicia così attillata che, da quello che vedo, o porta una lorica di metallo come maglietta della salute o ha un fisico da gladiatore di suo. Aspetto che si avvicini e mi presento.

«Piacere, Guenda Brunelli, Brunelli Real Estate Agency» e gli porgo la mano.

Lui batte il cinque e mi fa pure male.

«Ola niña, soy Pablo Hernandez Soliero, para amigos, Pablito.»

Mastica parole e chewing gum tutto insieme. Ma riconosco la parlata di Rosita.

«Mexicano?»

«Bonita! Tu hablas español?»

«Poquito. Dov'è il tuo procuratore?»

Mi scosto perché mi ha appena dato una pacca sulla spalla che ha fatto scricchiolare le ossa.

«No está allí, que no podía. Tanto la casa que compro yo mismo.» Spara parole a raffica e indica la sua macchina. Una Ferrari.

La fisso. Ogni mia cellula è inorridita, non salirei li sopra nemmeno se mi torturassero. Sarebbe come morire. Non posso, nessuno può chiedermi tanto. Sarebbe come rivedere papà per l'ultima volta che...

«Te lo puoi scordare. Andiamo con la mia e guido io» ringhio, convincente al punto che Pablito mette vie le chiavi del bolide e mi segue docile.

Si deve incastrare sulla Smart, è talmente grande e grosso che quasi ha le ginocchia in bocca e tiene la testa piegata in avanti con la cresta che struscia il tettuccio. Speriamo non lasci il colore. Vederlo così mi mette di buon umore e la mia guida si fa arzilla. Lo sballotto per bene fino davanti all'ingresso della villa del commendatore brianzolo maritato alla russa. Sì, siamo stati invasi dalle cosacche e non ce ne siamo nemmeno accorti.

Pablito è pallido, io ciarliera. Gli mostro la casa che è faraonica, costruita per impressionare, lussuosa, moderna e funzionale. Sarebbe un vero peccato svenderla. Osservo il calciatore che la valuta, ha fatto un paio di domande da quindicenne e non ha degnato di uno sguardo quello che fa la differenza nel prezzo. Pavimenti di marmi e parquet pregiati, legno blindato agli infissi, bagni nuovi di zecca e riscaldamento a pannelli solari. Niente di tutto ciò interessa al ragazzo dai piedi d'oro che si muove indolente, con le mani in tasca e i tatuaggi colorati che guizzano sugli avambracci, fino a che arriviamo alla sala cinema e divertimenti vari. Qui si anima all'improvviso e, partendo dalla Madre de Dios, passa in rassegna tutti i santi dell'affollata chiesa messicana. Si prostra davanti a una consolle di videogiochi, passa le dita sul telo dello schermo da proiezione, si accomoda sulle poltrone ampie quanto un divano e si lascia andare all'indietro a braccia aperte come un Cristo, tatuato e in croce.

Toglie il cellulare dalla tasca dei pantaloni e chiama qualcuno. Non capisco nulla di quello che dice, tranne querida, per il resto potrebbe parlare aramaico. Riappende e torna da me. Sorride e mi mostra una foto sul salvaschermo del telefono. Socchiudo gli occhi per guardarla meglio.

«Si chiama Natasha?»

Potrebbe essere lei sul set.

«No», risponde, con lo sguardo di chi parla a un demente. «Se llama Inocencia, Inocencia Veranera.»

«Ah.»

«Ella es una modelo», aggiunge orgoglioso.

«Certo, si vede», annuisco vigorosamente. Di virtù, penso e per non mettermi a ridere, torno in superficie, alla luce di questa bella giornata.

Pablito piè alato, il nuovo Mercurio del calcio italiano, mi raggiunge in giardino. Sputa la gomma che mastica ininterrottamente da un'ora in un'aiuola fiorita di tulipani e narcisi e mi mette un braccio intorno alle spalle.

«Ehi chica, me gusta. Cuánto cuesta?»

Te gusta? Ah sì? E allora te la faccio gustare fino in fondo. Mi tolgo il braccio pitonato dalle spalle e sparo. Sparo come faceva papà, prezzo massimo più un cinque per cento. Alla peggio, si contratta. Se va, ha le gambe, avrebbe aggiunto lui.

«Descuento?» chiede guardandomi dall'alto in basso.

Non può intimorirmi, nessuno potrebbe intimorirmi, in questo istante sono Mario Brunelli, l'uomo dall'ego smisurato, il gigante delle trattative, il mastino dei contratti.

«Nemmeno un euro» e glielo dico ridendo.

E son felice per davvero! Chissà poi perché.

«No importa, yo lo compro igual.»

Evviva! La fondazione Brunelli ha appena incassato la cifra per mandare a scuola per un altro anno trenta bambini. Tutto firmato in meno di dieci minuti.

Sono così soddisfatta che guido verso Milanello come Delmo. Pablito tace, è contento per la casa, ma al momento, agitato come un Martini con ghiaccio e un tocco di gin in uno shaker formato Smart, non può manifestarlo. Io penso a ieri e sorrido.

Devo appuntarmi di fare un controllo neurologico. Non posso sorridere in continuazione, nessuno sorride in continuazione, a parte le oche, e poi cominciano a farmi male le guance.

15

Il commendatore brianzolo è stato così felice per la vendita della villa che ha deciso, su mio suggerimento, di fare una donazione alla Fondazione Brunelli. Ottimo. Mi piacciono le persone che, consapevoli della propria fortuna e dei propri privilegi, si ricordano di aiutare chi ne ha bisogno. Un numero tre (messieur), quasi due (signorotto), di questi tempi è cosa rara, penso varcando le porte scorrevoli.

Devo aver sbagliato ufficio.

Faccio un passo indietro, ma la targa di ottone brillante "Brunelli Real Estate Agency" è lì, appesa sul muro a destra. Quindi mi tocca rientrare e capire cosa sta succedendo.

Irina è arrabbiatissima. Si erge in tutta la sua altezza e gli occhi color nocciola mandano scintille. Parla in russo, non ho idea di quello che sta dicendo, ma sono certa che non sia nulla di piacevole. Infatti, gli occhi della sua antagonista, bistrati con due righe di Kajal spesse un dito, sono pieni di lacrime e le labbra gonfie come canotti tremano. Tremano anche i due galleggianti piazzati ad altezza sterno, e io ho paura che esplodano.

«Che diavolo succede?»

Mi rivolgo a Clara che, a braccia conserte e seduta alla scrivania, osserva la scena con evidente divertimento.

«È arrivata la neoassunta di Gualtiero, io le ho detto di aspettare e lei ha risposto in russo. A quel punto Irina è saltata su come una furia e saranno cinque minuti che gliele canta di santa ragione.»

Non so perché, ma sento che questa è una bella cosa.

«Irina, grazie mille. Ci penso io, adesso.»

Lei si gira verso di me, è arrabbiata, se avesse la coda la agiterebbe furiosamente.

«Questa donna è una vergogna per la mia gente! È colpa di quelle come lei, se noi russe siamo trattate alla stregua di...», non vuole pronunciare la parola che offende e, ahimè, a torto o a ragione, le donne si sentono dire almeno una volta nella vita.

«Puttane?»

Gualtiero. È arrivato silenzioso e dice la cosa sbagliata al momento sbagliato. Del resto, è anche nato per sbaglio, suo padre lo ricordava spesso. La rabbia che covo da anni si è forgiata in una lama perfetta che brandisco vendicativa.

«Tu sei un deficiente, Gualtiero, e sei tu che ti dovresti vergognare, tu e anche quella cretina che hai sposato. E che non ti castra solo perché così può saltare in ogni letto che vuole tenendosi stretti casa e soldi.»

«Ma Guenda, che dici?» È spaventato, sta già strusciando i piedi per terra.

Lo ammazzerei, giuro che gli metterei le mani al collo e stringerei fino a vederlo diventare blu, lingua penzoloni e occhi fuori dalle orbite, e poi lo decapiterei e metterei la sua testa fuori dalla finestra, con tanto di corona di carta in testa. Esecuzione in puro stile plantageneto, Inghilterra del quindicesimo secolo. Lo prendo per un gomito, lo spingo nel mio ufficio e sbatto la porta con tutta la forza che ho in corpo.

«Tu la devi finire.»

Lo metto a sedere in malo modo su una poltrona.

Mi guarda con gli occhi dilatati dal terrore. Non è mai stato un coraggioso, nemmeno da bambino. Allora mi faceva tenerezza, adesso mi disgusta.

«D'ora in poi tu non assumi più nessuno, nessuno» e urlo che mi fa male la gola. «Sono stanca delle tue sgualdrine cerebrolese, sono stanca della tua superficialità idiota, sono stanca fino al midollo di coprire le tue scappatelle con Ilaria. Ma non provi un briciolo di vergogna per te stesso?»

«Va bene, va bene», mormora lui, «non gridare Guenda, lo sai che non posso sopportarlo.»

«Non lo sopporti perché sei diventato un uomo di merda che ragiona con le mutande, ecco perché.» Gli indico la porta. «Fammi un favore, vattene e portati via la porno star. Parleremo della nostra situazione quando mi sarò calmata, adesso sono uno scaricatore di porto e potrei insultarti fino a vederti morto.»

Non ho ancora terminato di parlare che è già fuori, dall'ufficio e dal palazzo, insieme a Natasha.

Che Dio se li prenda in gloria!

Clara mi porge una tazza di tisana.

«Avrei preferito un caffè», la ringrazio con un filo di voce.

La scenata mi ha sfinito, ha esaurito le riserve di energie.

«No, altrimenti ti salta una coronaria, Guenda. Comunque hai fatto bene, non si poteva più andare avanti così.»

«Avete sentito tutto?»

Annuisce.

«Hanno sentito anche a quattro isolati di distanza, se è per questo» e se ne va.

Rimango mortificata e sola, sola con me stessa. Non riesco a pensare a nulla, o meglio, rimugino su talmente tante cose che, alla fine, è come avere l'encefalogramma piatto. Mi guardo in giro alla ricerca di un oggetto che catturi la mia attenzione. Lo fa la foto di Clinton.

Scatto in piedi. La tolgo dal muro e la porto nell'atrio. Sotto lo sguardo perplesso di Clara e Irina l'appendo al posto del Lucio Fontana e me ne torno in ufficio. Riempio il chiodo lasciato dal presidente con un quadro che sarà anche stato uno di quegli investimenti illuminati di papà, ma a me continua a non piacere. Come si fa ad apprezzare una tela bianca con nel mezzo una sorta di sagoma di sigaro in rilievo?

Fisso quello che per i critici è un capolavoro e mi dico che non ne capisco proprio nulla. Mai capito nulla di arte. Al Guggenheim di Venezia, ho avuto una discussione indiavolata con Emy perché lui sosteneva la grandiosità di un quadro, due metri per due, dipinto a cornici concentriche. Un gran lavoro di precisione, ammetto, ma da qua a definirlo arte c'è la stessa la distanza che passa tra la terra e Plutone. Tu non capisci, mi ha ripetuto lui con ostinazione. E non capirò no, ma due milioni di euro per una tela che potrei dipingere io stessa, che ho lo stesso talento di un gatto per l'informatica, non li sborserei nemmeno sotto tortura. Scruto il Fontana, non mi trasmette nessuna emozione, ma per lo meno non mi fa venire il magone.

Ora posso andarmene a casa.

Apro la porta e mi accoglie una rissa. Francesco, Brigitta, e i tre boxer sono pervasi dal sacro fuoco della gioventù e si rincorrono, si acchiappano, scivolano e cadono, lanciano e mordono cuscini, scappano con palline da tennis e aggrovigliano tappeti in un ammasso informe. Non si accorgono che sono entrata e tanto meno che questa furibonda allegria è contagiosa.

«Occhio», grido fuggendo in camera mia, «arriva la nonna.»

Panico. Sghignazzo appostata dietro lo stipite. I cani sono fuggiti nel cestone, si incastrano l'un l'altro e fingono di non accorgersi dei ragazzi che lanciano cuscini sui divani e riassettano tappeti con una frenesia da moviola.

«Scherzo», rido e mi chiudo a chiave per evitare ritorsioni.

Abbiamo cenato soltanto io e Francesco, Brigitta è andata a casa della madre, appena rientrata da un lungo viaggio d'affari. Abbiamo chiacchierato di scuola, università e lavoro. Io gli ho raccontato del castello nelle Langhe e della storia della famiglia che lo ha abitato per quattrocento anni, ho parlato dei cavalli e della galoppata con il re della piadina e poi ho descritto i vigneti e nel farlo devo essermi infervorata.

«Mamma, sai che era tanto tempo che non eri così entusiasta di una proprietà?» Mi squadra con la testa di lato e gli occhi socchiusi, proprio come faceva suo nonno, mio padre.

Gli sorrido e annuisco. Non ci sono mai stati segreti tra me e lui. Sono sempre stata onesta e non gli ho mai raccontato bugie, a parte una volta, ma era troppo piccolo per capire la realtà. Quando Edoardo ed io ci separammo, dissi che papà doveva fare un lavoro molto importante lontano da casa e noi non potevamo andare con lui. A suo padre non ha mai perdonato di aver abbandonato la famiglia per la carriera, a me di non averglielo detto chiaro e tondo. Comunque, ormai sono passati tanti anni e di rado tocchiamo l'argomento.

«Sai che ho persino pensato di comprarla e mettermi a produrre vino?» Intanto rassetto in cucina con lui sdraiato in mezzo ai cani come quando aveva tre anni.

«Produrre vino?» Ci pensa con la fronte aggrottata. Com'è bello, il mio bambino. «Ti si addirebbe mamma.»

«Addirebbe?» Però, mai andata oltre a un mi si addice, io.

Glielo faccio notare e lui ride.

«Voce del verbo addirsi, condizionale presente. La prof Bianchi ci sfinisce con le coniugazioni dei verbi. E comunque ti ci vedo a produrre vino. Campagna, cavalli», ammicca vistosamente «e cani.»

«Agostino, il conte, ha una biblioteca con alcuni codici miniati», aggiungo come se questo potesse aumentare il valore catastale.

«E anche storia.» Si alza e mi stritola in un abbraccio. «Quando andiamo a vederla?»

«Vuoi vederla?» Sono stupita, non era mai successo.

«Ullullullullù», strepita sbattendo le braccia a mo' di ali e battendo un piede per terra per indicare il massimo gradimento possibile.

«Ullullullullù», risponde mamma albatros.

Magari lo dico a Delmo.

Lo dico a Delmo?

«E com'è il re della piadina, mamma? Simpatico? Posizione in classifica?» Mi chiede ributtandosi tra i cani che non aspettavano altro.

Sto ancora pensando se chiamare Delmo o meno e rispondo in automatico, modalità Francesco, e quindi sincera.

«Mi piace» e mi blocco.

Che cavolo dico? Non ne sono ancora certa, devo ancora riflettere e poi ho poche informazioni al merito. Inoltre gli unicorni non esistono e i clienti non mi devono piacere, devono fare i clienti e basta.

«Che cosa? Non ho sentito.»

«Aspirante numero uno.»

«Numero uno? Un signore, un signore vero?» E fa due occhi grandi.

Non pare possibile nemmeno a lui, cresciuto come me con il culto dei veri signori, quegli individui illuminati che, se fossimo ai tempi di Platone, sarebbero preposti alle cariche più alte e importanti dello stato ideale, quelle politiche. Va come siamo caduti in basso in un paio di millenni.

«Così pare al momento, è poco che lo conosco» e cambio discorso. «Ci guardiamo un film?»

«Scelgo io», approva lui e se ne va in soggiorno.

Non mi va di parlare di Delmo, non voglio parlare di Delmo. Non vorrei neppure pensarlo, però del film non capisco nulla e quando me ne vado a letto lo sogno. Delmo, non il film.

16

Ore cinque e trenta e sono già in cucina. I cani non si sono nemmeno alzati dal cestone per farmi le feste. Sorseggio una tazza di caffè e guardo il cielo schiarirsi. Non ho sonno, sono agitata, inquieta, ho un vuoto allo stomaco e il mio umore è nuvoloso tendente al temporalesco. Accendo il cellulare e trovo un paio di messaggi di Sofia.

È un uomo magnifico, sposalo.

Poi, come ci avesse riflettuto bene: *Sposalo.*

Le rispondo con un fiotto d'acidità che mi risale nello stomaco.

Va bene, appena lo vedo, gli chiedo la mano.

Passo a Emy.

Guenda, è adorabile! E credo abbia un debole per te.

L'acidità è sparita e spunta un sorriso. Richiamo un numero tra i preferiti.

«Ciao tesoro. Davvero credi che abbia un debole per me?

«Chi?» Rumore di lenzuola che strusciano. «Che ora è?»

«Come chi? Delmo, no? Sono le sei meno un quarto.»

«Guenda, ti ha dato di volta il cervello per svegliarmi all'alba? E con una domanda del genere, poi!»

«Prima dell'alba, non è ancora spuntato il sole. Perdonami Emy, ma non ho dormito tutta la notte, non so cosa mi stia succedendo.»

Quasi mi viene il magone.

«Guenda, stai bene? È successo qualcosa a Francesco?»

«No, no, stiamo tutti bene, è solo che...»

«Delmo ti piace e ti scombussola.»

«Sì.» È tutto vero.

«Anche tu piaci a lui, te ne sei accorta?»

«No.» Anche da ragazza, non mi sono mai accorta se qualcuno mi faceva la corte fino al momento in cui tentava di baciarmi.

«E invece dovresti. Non mi pare il tipo che di sua iniziativa chiama un cane come il gran maestro templare.»

«Dici?»

«Dico sì, Guenda. L'ho osservato bene l'altra sera, è un uomo di una volta, sani principi e tutto d'un pezzo. E forse, dico forse, assomiglia un po' a tuo padre.»

Una colata di ghiaccio mi scende per la schiena.

Mio padre? Oddio santissimo, mio padre no!

Non posso innamorarmi, soprattutto non posso innamorarmi di un uomo come lui. Sono individui devastanti, ti avviluppano in una rete di attenzioni, ti fanno vivere nel mondo che creano per te, ti travolgono con un'energia adolescenziale e ti viziano fino a che credi di essere un essere speciale e poi muoiono.

Muoiono e il sole si spegne, non c'è più luce né calore, un vuoto si apre dove un tempo c'era il pulsare del cuore e d'improvviso sei immersa nel mondo reale, ma non c'è più lui alle tue spalle, non c'è più nessuno. Sei sola.

«Guenda? Sei ancora lì?»

«Sono qui» e invece sono sulle Langhe.

«Pranziamo insieme?»

«Non posso, accompagno Francesco a un torneo.»

«E non me lo dicevi?» È arrabbiato, lo so, ma me ne sono completamente dimenticata. «Lo sai che non ne ho mai perso uno da che ha iniziato, come hai potuto scordartelo?»

«Scusa, ti giuro che...»

M'interrompe ridendo. «Non scusarti», sghignazza, «sei innamorata, è normale che la memoria vada in tilt. A che ora è la gara?»

«Due del pomeriggio, al dojo. Però non sono innamorata.»

«Ma se non sai nemmeno come ci si sente da innamorati, come fai a essere così sicura di non esserlo? Ci vediamo lì, ciao tesoro, adesso dormo ancora un po'.»

E io che faccio? Come faccio a ricordarmi come ci si sente da innamorati? Qual è la sensazione di avere un dardo di Cupido in mezzo alla schiena?

Da che Edoardo è uscito dalla mia vita, ho indossato un'armatura del miglior acciaio mai temprato, non me la sono tolta nemmeno per andare a dormire, l'ho indossata per assolvere il ruolo di custode e protettore del mio bambino. Alzo lo sguardo su una delle sue ultime foto appesa al frigorifero.

Francesco mi sovrasta di oltre venti centimetri, ha le spalle che sono il doppio delle mie, gestisce la sua carriera scolastica con la precisione di un killer e ha una ragazza cui voglio bene come fosse carne della mia carne. Forse è arrivato il momento di togliermi l'armatura. A ricordarsi come si fa. E con una tempesta di pensieri in testa, sveglio i cani e li porto al parco.

«Buongiorno Guenda, siamo mattutine quest'oggi», mi accoglie il professor Procopio col giornale sotto il braccio. «Se tu c'avessi un marito, non toccherebbero a te queste levatacce.»

«Professo', è 'na persecuzione? Com'è che tutti mi vogliono trovare un marito?»

Quest'uomo è un portatore di partenopeità, impossibile non rimanerne contagiati. «Come fa a sapere che mio marito porterebbe giù i cani, se fossi sposata?»

«Andiamo al parco, va', che faccio due passi pure io» e si avvia.

Per un isolato rimane assorto. È stato primario e docente universitario di psichiatria prima di andare in pensione e rimane un illustre strizza cervelli che da sempre elargisce suggerimenti terapeutici sotto forma di consigli bonari da nonno. Il primo boxer è arrivato dopo la chiacchierata che fece con mia madre dopo la morte di papà. Solo per questo, avrà la mia gratitudine eterna.

«Vedi, figlia mia, io non lo posso sapere se all'uomo che sposerai piacciono i cani», esordisce quando varchiamo i cancelli del parco ancora deserto.

Gli piacciono, gli piacciono, qualcuno dice nella mia testa.

«Però so che quando un soggetto maschio nella norma è veramente innamorato farebbe qualunque cosa per compiacere la propria compagna, compreso passeggiare i cani.»

«E studiare i templari?»

«Studiare i templari?» Si ferma per fissarmi da sopra gli occhiali da lettura che porta in punta di naso, anche quando non deve leggere. Mi scruta e fa spallucce. «E va buo', pure studiare i templari. Mi pare strano, ma perché no? Tu tieni la fissa della storia.»

Sorrido.

Sorridi perché Delmo è un soggetto maschio nella norma che tenta di compiacerti?

Figuriamoci!

Però non hai dormito perché ieri non ti ha chiamato.

Arrossisco.

«Che hai Guenda?» Il professore mi fissa. «Non ti senti bene?»

«I primi caldi, niente che non passi con un ricostituente.»

«Guenda, fai correre un poco le creature, io vado a farmi un caffè.»

Mi dà un buffetto sulla guancia e mi lascia sola.

17

Le sette di sabato mattina. In giro ci sono solo i malati di jogging e gli amanti dei cani. Libero i miei e li faccio giocare a riportami un bastone. La loro felicità è contagiosa, rido delle buffonate e della vitalità esplosiva. Li accarezzo e li vezzeggio, poi li porto a bere a una fontanella e li rimetto al guinzaglio. Il cellulare vibra nella tasca. Un messaggio.

Una foto di Jacqueline con un collare rosso.

Le sta bene? Deve fare le vaccinazioni, da che veterinario la porto?

Sono così felice di leggere queste due righe che per un attimo sono in un mondo tutto mio, e i boxer ne approfittano. Partiamo all'inseguimento di un piccione. Io non vorrei, ma non riesco a impedirglielo. Cerco di agguantare la colonnina di ghisa, mi sfugge di un soffio e vengo trainata finché non scivolo e cado in mezzo al prato. A quel punto si bloccano e parte il torneo di lotta e leccata libera, che non vinco mai. Mi riducono in condizioni pietose, ma che devo fare? Sono alla loro completa mercé, lo ammetto, quindi ne pago lo scotto. Soccombo e mi arrendo. Mi siedo su una panchina e digito la risposta.

Le sta benissimo. Dottor Galli, viale Ippodromo 12.

Invio. Mi alzo e riprendo la strada di casa.

Certo che sei stata stringata, mi dico.

Che cosa avrei dovuto scrivere? Che mi ha fatto felice ricevere un messaggio da lui?

Perché no? Potevi offrirti di accompagnarlo dal veterinario.

Poteva chiedermelo lui.

Ti ha lanciato l'amo.

Ed io avrei dovuto abboccare?

Funziona così, mi pare di ricordare.

Funziona così cosa?

Il corteggiamento, no?

Corteggiamento?

Mi è venuto caldo, un caldo d'inferno. Sono imbarazzata da pensieri che fatico a contenere, che non riesco a escludere e mi tocca ascoltare, impotente.

«Ciao, Guenda.»

Ecco, sono pure impazzita, adesso sento anche la voce.

«Ciao, mamma.»

Meno male, questo è Francesco che va a correre. Eccolo qui che mi sorride e mi prende il guinzaglio dei cuccioli. Pazienza se hanno tre anni, per me saranno sempre i cuccioli.

«È tuo figlio?»

Ancora la sua voce. Come arrivo a casa, mi prendo due pastiglie, non so di che cosa, ma le prendo. E di fianco a me c'è Delmo che stringe la mano al mio bambino, sorridente come davanti al Papa. Io ho un'espressione idiota stampata in faccia.

«Sono lieta di conoscerla, signor Ravaioli, mamma mi ha parlato di lei.»

«Delmo?»

«Spero bene», risponde a Francesco e mi guarda. «Hai abbracciato un altro ciliegio?»

«No, questa volta mi sono rotolata su un prato.»

Lui accarezza i boxer che dopo averlo annusato per bene hanno deciso che quest'uomo è di loro gradimento.

Anche di mio.

Guendalina!

Ossignore, sto uscendo di matto!

Il mio ragazzo mi salva dal fare un buco e sotterrarmici.

«Complimenti per le sue piadine. Sono ottime.»

«Tua madre mi ha detto che cucini, sai preparare la vera piadina romagnola?» Gli ammicca con un'aria da cospiratore.

«No, non ci ho mai provato.»

«Se vuoi t'insegno.»

Giro la testa dall'uno all'altro. Se scodinzolassi e avessi la masticazione contraria, sarei il quarto boxer.

«Mi piacerebbe» e il ragazzo s'illumina. Lo fa sempre quando c'è qualcosa di nuovo da imparare, dall'aoristo greco alla linea degli echinodermi-cordati, gli antenati degli animali dotati da colonna vertebrale. Santa Wikipedia.

«Questa sera hai impegni?» domanda il re.

«No, terminata la gara di judo sono libero.»

«Judo? Fai judo?» e guarda me. «Perché non me lo hai detto?»

Perché non gliel'ho detto? Non mi viene una risposta allo scadere dei due secondi a mia disposizione e la parola passa di nuovo a Delmo.

«Dove?»

«Dojo Jūnansei, in Corso Venezia.»

«Posso venire a vederti?»

«Ne sarei onorato.» Gli stringe la mano e parte di corsa con due dei cani. «Ciao mamma, ci vediamo dopo.»

«Dai, Guenda, vai a cambiarti che mi accompagni dal veterinario. Ti aspetto in macchina che ho su la Jacqueline che dorme.»

Annuisco, questo ancora riesco a farlo. In ascensore, perché in questo stato non mi sono fidata a salire a piedi, avrei certo sbagliato piano e sarei piombata in caserma da Herr General, guardo Brutus e lui guarda me.

«Allora, eravamo al parco, abbiamo fatto la lotta e poi ho incominciato a parlare da sola. Com'è che adesso devo andare dal veterinario?»

Lui segue il discorso con attenzione, occhi svegli e fronte corrugata. Alla parola veterinario, le orecchie gli si ammosciano e l'espressione si fa guardinga.

Veterinario? urla con tutto il suo essere.

«Dal veterinario per vaccinare la cucciola, non te», lo rassicuro.

Ma appena le porte dell'ascensore si aprono, lui scappa fuori e fila su per le scale, a rifugiarsi nelle mani amorevoli della nonna, mia madre, che ha cresciuto me ed educato suo nipote come un militare in carriera, ma coi cani è il vizio fatto a donna.

«Vigliacco», mormoro ed entro in casa.

E rieccomi in macchina, con Jacqueline in braccio e Delmo che guida.

«Che hai? Hai dormito male? Sei strana.»

Strana? Non sono io, ecco il punto, ma non posso certo dirlo.

«Non ho dormito affatto.»

«Anche tu? Io mi sono rigirato tutta la notte come una porchetta.»

L'immagine poetica mi strappa un sorriso mentre parcheggia vicino allo studio veterinario.

«Beviamo un caffè così ci svegliamo?»

Un'idea geniale, magari i neuroni si riattivano e, se non dovesse funzionare, butto giù una grappa. Meglio ubriaca che alle mercé degli eventi.

Il bar è uno di quelli che costellano il cuore pulsante di Milano, tutto specchi e luccichii, posaterie d'argento e prezzi da nababbo. Delmo tiene aperta la porta per farmi entrare e in quel mentre una signora decide di uscire.

«Tu? Cosa ci fa qui?»

«Ciao Delmo, sempre ben educato.» La donna ride. È bella, ben vestita e sicura di sé. «Vivo a Milano, adesso», aggiunge allungando una mano per sistemargli il collo della camicia.

Lui fa un passo indietro.

«E questa volta a chi hai fregato la casa?»

Orpo, la ex moglie. Stringo Jacqueline tra le braccia e faccio un passo indietro, ma Delmo mi blocca il passaggio. Davanti, invece, ho lei che ora sembra la regina delle nevi.

«Delmo, la casa mi è stata assegnata dal giudice, prenditela con lui.»

«Ma l'ho ristrutturata e arredata io e tu, invece, hai affermato il contrario.»

La voce è bassa, ma il tono è minaccioso. Sono nel bel mezzo di un vespaio che diventa ancor più ronzante quando la ex ride una risata denigratoria.

«E a chi vuoi che importi?»

«A me.»

Un soffio d'aria gelida mi colpisce la nuca. Quasi quasi mi butto a terra e striscio via. Questi fra un po' se le danno di santa ragione.

«Sei proprio un villano, Delmo, rimani quel contadino che eri, non mi presenti la tua amica?» Allunga la mano verso di me, squadrando Jacqueline che la fissa.

«Lieta, sono Laura Ferrotti ex Ravaioli.»

Gliela stringo.

«Guenda Brunelli, piacere», mento con grande disinvoltura.

Qualcosa che ho detto attira la sua attenzione.

«Brunelli della Brunelli Real Estate Agency?» Mi tira un po' verso di sé per scrutarmi meglio.

Sento Delmo incombere, se non fosse che in questo momento io fungo da barriera tra lui e lei, potrebbe essere anche una bella sensazione.

«Sì, proprio lei», mi prende per un gomito e tira. «Andiamo da un'altra parte, questo bar è malfrequentato.»

La mia mano è ancora in quella della sua ex moglie che non ha intenzione di mollare.

«Mi piacerebbe comprare qualcosa sul Mediterraneo, niente d'impegnativo», fa con aria complice. «Delmo cosa sta valutando?»

«Guai a te se glielo dici!» tuona aggressivo.

Io? Dire cosa?

«Perché? È un segreto?» lo sfida lei.

«Mai sentito parlare di privacy? Magari dal tuo maestro di tennis?»

«Non ti permettere», ringhia furiosa.

Ommamma, adesso degenerano in rissa.

«Mi permetto eccome, e se mi va mostro anche le fotografie.»

Sono immersa in una miscela esplosiva, odio, rabbia, rancore, gelosia, rivalsa e chissà cos'altro. Quasi mi manca il respiro, Jacqueline uggiola inquieta.

«Delmo, va al diavolo! Tanto saprò da Ilaria quello che comprerai, prima ancora che tu firmi il contratto» e quasi mi spintona per uscire.

I tacchi sul marciapiede fanno lo stesso rumore degli zoccoli di un cavallo sull'asfalto.

«Ilaria? Ilaria, la moglie di Gualtiero?»

Sono confusa. E mo' da dove spunta Ilaria?

«Proprio lei, le due cretine sono amiche» risponde Delmo, e trasuda acidità. «Si sono conosciute al mare, facevano lezione con lo stesso maestro di tennis.»

E adesso stilla malignità rancorosa.

Ma sono finita in una telenovela messicana di quelle tanto care a Rosita?

Delmo mi spinge verso il bancone, ma io vorrei andarmene. La scenata ha attirato gli sguardi dei presenti che, da buoni milanesi, fingono indifferenza. Invece hanno sentito tutto, sospiri compresi.

«Caffè o cappuccio?»

«Una grappa sarebbe meglio», gli rispondo accarezzando Jacqueline che ha adocchiato le brioches.

«Mi dispiace, non ho potuto trattenermi», si scusa.

È mortificato e a disagio, mi fa tenerezza.

Capisco che cosa ha provato.

Mio padre avrebbe reagito allo stesso modo, forse lo farebbero tutti gli uomini che sono partiti dal nulla, senza un trampolino di lancio preparato dalla famiglia. Uomini che hanno lavorato e combattuto per emergere dalla povertà e dalla mediocrità, che non si sono fermati davanti a nessun ostacolo e, una volta arrivati dove li ha condotti la loro sfrenata ambizione, sono diventati così profondamente orgogliosi da non permettere di citare le loro origini con disprezzo. Dalla terra da dove sono partiti traggono la forza. Si guardano indietro, osservano la strada percorsa e sorridono pensando: e adesso ne farò altrettanta.

«Non c'è problema, Delmo», gli sorrido. «La tua ex moglie è sufficientemente indisponente da scusarti.»

Ordina due caffè e mormora un paio di epiteti da far venire i vermi a Jacqueline. Meno male che stiamo andando dal veterinario.

18

Il dojo è affollato. Oggi è in programma una competizione nazionale e io sono seduta in tribuna tra le famiglie. La mia, al momento, è composta da Emy alla mia destra e Delmo alla mia sinistra. Francesco è sul tatami a scaldarsi.

Dal veterinario è andato tutto bene, Jacqueline non avrà il pedigree, in compenso ha una salute di ferro. Il re della piadina mi ha riaccompagnato a casa ed è tornato a riprendere me e l'atleta dopo un paio d'ore. Durante il tragitto hanno dialogato fitto, e io li ho ascoltati con una morsa allo stomaco.

Perché? Perché Delmo ha fatto domande da padre, ha dato consigli da genitore e, non ultimo, Francesco lo ha ascoltato con gli occhi brillanti. Gli piace quest'uomo.

E io sono sempre più confusa. L'unica cosa che ho deciso da stamane all'alba è stato portar fuori i cani. Per il resto sono stata travolta dal ciclone Ravaioli. Fin qui potrebbe anche starci, Delmo è un uomo vulcanico e decisionista, ma che io provi questo senso di... cosa?

É il turno di Francesco. Quando combatte io non posso pensare ad altro che: oddio, il mio bambino, guarda come me lo sbatacchiano quei bruti!

Non voglio guardare, non riesco a guardare, posso solo nascondere la faccia sulla spalla di Emy mentre lui mi racconta cosa succede.

Delmo è stupito. «Ma fa sempre così?»

«Sempre, non può sopportare...» risponde Emy e si alza di scatto. «Vai Franci, meno uno», urla come un ossesso nel boato generale.

Tiro un respiro di sollievo e guardo il mio unico erede. Non esulta, è concentrato, va dalla sua squadra e si consulta con l'allenatore. Prendo il cellulare e digito un messaggio a Brigitta, che è a trovare la nonna materna con la madre.

Meno uno.

Ho incrociato anche i capelli, risponde in tempo reale.

Le invio uno smile sorridente.

Delmo ed Emy commentano gli altri incontri, con aria da intenditori. Li ascolto elogiare tecniche impronunciabili e varie scuole di judo. Poi tocca di nuovo a Francesco. Riagguanto il mio fidato amico e mi nascondo contro di lui, ascolto i commenti e intanto maledico il regolamento che non ammette l'uso del paradenti. Con quel che mi è costato in apparecchi ortodontici!

Questa volta è Delmo a saltar per aria. Altra vittoria, altro messaggio.

«Com'è la ragazza di Francesco?» domanda incuriosito dallo scambio di sms.

«Una splendida ragazza», risponde Emy, «carattere d'acciaio e intelligenza fuori dalla norma.»

La adora, come chiunque la conosca.

«Ed è bella come una madonna fiorentina», aggiungo io e con un tocco di poesia congiungo le mani.

«È bigotta?» Il ciglio di Delmo riassume l'antipatia romagnola nei riguardi del clero e degli assidui praticanti.

«No, perché?»

«Hai detto Madonna e hai fatto così», imita il mio gesto.

«Madonna in senso storico. Nel Cinquecento le madonne fiorentine rappresentavano l'ideale della bellezza», mi spiego.

«Ah», pare prendere un appunto mentale e indica il tatami. «È di nuovo il turno di Francesco.»

Andiamo avanti per quattro lunghissimi, interminabili e angoscianti incontri. Sono distrutta e mi mancano i tre combattimenti finali, i peggiori. Mi drogherei, se ne avessi la possibilità. Emy è andato a prendere da bere, Delmo si è seduto al suo posto, e al suo ritorno, si sono scambiati uno sguardo e un sorriso. So che si sono detti qualcosa in un codice maschile che noi donne non conosciamo ma, al momento, non posso che stritolarmi le dita in preda all'ansia.

«Guarda come sono grandi e grossi», piagnucolo fissando gli ostacoli alla medaglia d'oro.

«Anche Francesco è grande e grosso, proprio come loro», mi fa notare Delmo.

«Non sarebbero nella stessa categoria», puntualizza Emy.

«Lo metto a dieta, e la prossima gara sarà in quella inferiore che lì son tutti più piccoli», vaneggio e loro mi lasciano dire, perché il nostro campione sta salutando il suo avversario.

Dal mio stomaco non passerebbe una sola goccia d'acqua. Non riesco nemmeno a chiudere gli occhi che già Delmo urla.

«Ippon» e mi trascina in piedi a esultare.

Bravo il mio bambino! Un ippon è un punto e la vittoria del combattimento. Mando un messaggio a Brigitta.

Il primo lo ha mandato a gambe all'aria.

Mi risponde con uno smile angosciato. Sorrido. Quando assistiamo alle gare insieme, Emy ne esce praticamente accartocciato. Ormai siamo alla conclusione, nemmeno il tempo di respirare e la mia tortura inizia di nuovo. Questa volta l'avversario di Francesco è più grosso di lui, almeno cinque chili di muscoli in più e, per finire, è il campione juniores in carica. Mi viene da piangere. Quando si salutano sono già girata, gli occhi chiusi con forza e la testa appoggiata alla spalla di Delmo.

«No», lo sento fremere, «un wazari contro. L'ha tenuto giù. Questo qui è un toro.»

Signore ti prego, fa che il toro non schiacci il mio bambino e non faccia un altro mezzo punto, altrimenti vince.

«Ripartono. L'ha preso bene. Dai, dai pestalo brutto» Delmo si infervora ed Emy urla: «Bravoooo.»

Mi giro di scatto e l'arbitro assegna l'incontro a Francesco.

Respiro tutta l'aria che riesco, devo ossigenarmi per bene, devo stare tranquilla, non posso certo morire quando manca solo un passo alla medaglia d'oro. Sento i muscoli tesi come dovessi combattere io, lo preferirei, piuttosto che quest'ansia da spettatore.

Ne manca solo uno, invio a Brigitta.

Lo smile che mi arriva è disperato.

Lo speaker chiama l'ultimo incontro. Delmo mi cinge le spalle con un braccio ed Emy mi stringe la mano.

«Tranquilla, Guenda, tranquilla», mi dicono entrambi, però sono nervosi quanto me.

Un attimo prima di salire sul tatami Francesco guarda verso il pubblico e aggancia i miei occhi. Entrambi ci portiamo la destra al cuore. Fino in fondo, significa, è il nostro gesto per dare e chiedere coraggio. Un rituale che compiamo fin dal primo compito in classe alle elementari. Sì, fino in fondo, bambino mio, portati a casa questa medaglia che ti sei sudato tutto l'inverno. Mi sorride e annuisce.

Non so cosa succede, ho visto solo un groviglio di braccia e gambe e poi ho chiuso gli occhi. Sono sballottata nell'abbraccio di Delmo.

Papà, per favore, dai una mano al tuo adorato nipote, recito come un mantra, aggiungo anche una fila di richieste, per nulla sportive e assolutamente faziose, chiedo perfino che all'avversario si rompa la fettuccia che gli tiene su i calzoni, e vado avanti fino a che un urlo scuote il dojo. Sento Emy che urla come un pazzo e il re della piadina mi scosta e mi scrolla per le spalle.

«Ha vinto, Guenda, ha vinto!»

Lo so, lo vedo che esulta a braccia alzate. È un fusto di ragazzo, con pettorali e tartaruga in bella vista perché i baveri del kimono sventolano come bandiere al vento. Eppure, sarà colpa delle lacrime agli occhi, io lo vedo come alla prima competizione, uno scricciolo biondo che urlava: mamma, ho vinto, mamma!

Poi è travolto dai suoi compagni di squadra e dall'allenatore che lo portano in trionfo al podio come una sacra reliquia. Emy mi passa un fazzoletto mentre scrivo a Brigitta, lui chiama mia madre. Loro s'intendono a meraviglia, a volte ho il sospetto che lo preferisca a me.

«Medaglia d'oro», le urla nel telefono.

La sento gridare di gioia, sparerà anche qualche cannonata a salve per festeggiare.

«Guenda, aspetta qui», mi fa Delmo che non ha smesso un momento di esultare e se ne va.

Lo seguo con lo sguardo tra le lacrime. Piango almeno mezz'ora dopo ogni vittoria, devo smaltire la tensione. Fortuna che non mi lasciano sola in questi momenti, Francesco dovrebbe venire ad asciugare quel che resta di sua madre, ridotta a una pozza su uno spalto.

Delmo lo ha raggiunto, gli batte una mano sulla spalla e gli alza un braccio in segno di vittoria, poi se lo stringe al petto e lo solleva come facevo io quando era solo un bambino. Ridono e gioiscono.

«Hai visto, Guenda?» Emy mi mette un braccio sulle spalle. «Adesso non hai più scuse» e mi bacia una tempia.

Scuse? Che scuse? Mi domando anche se conosco la risposta.

Quest'uomo piace a me, a mio figlio, ai miei amici, ai miei cani e sospetto che piacerebbe perfino a mia madre, la terribile vedova Brunelli.

«Ti sei accorta che ha cambiato posto così che usassi lui come manichino antistress?»

Lo sapevo che si erano detti qualcosa in codice! Ma sono troppo confusa per comprendere cosa significa in realtà tutto ciò, so solo quello che vedo. Francesco, l'allenatore e i venti ragazzi della squadra ascoltano Delmo e gli rispondono con un'acclamazione degna di Cesare dopo la vittoria in Gallia.

Adesso ho capito a che cosa fosse dovuta l'esultanza. Siamo alla Corte della Piadina, Francesco, Brigitta che ci ha raggiunti, mia madre, io, Sofia, Emy e almeno sessanta ragazzi festanti. Delmo ha organizzato tutto in meno di due ore, è perfino riuscito a far appendere uno striscione con la scritta: Francesco numero uno.

Tagliatelle, lasagne, tortelli e anolini, piadine, affettati, arrosti e ogni ben di Dio che esce dalla cucina viene passato a fil di spada da una squadra famelica di amici e fidanzate che non smettono un momento di brindare. È più forte di me, non posso impedirmelo, sono una mamma e come tale ragiono.

«Delmo, ma non bevono un po' troppo?» Devo urlarglielo in un orecchio per farmi sentire nella baraonda.

«Non vorrai che brindino ad acqua! Con le tagliatelle è veleno», ammicca e mi mette un braccio sulle spalle.

Nonostante la presenza di mia madre, sono perfettamente a mio agio in questa familiarità che il re della piadina suscita intorno a sé. Pare Edoardo IV nella sua sfarzosa corte londinese, ma nemmeno il regale paragone fa svanire la preoccupazione per test alcolici, palloncini e incidenti.

«Giusto, ma dopo devono guidare.»

Scuote la testa e mi sorride benevolo.

«Ho noleggiato un pullman, così li riportiamo a casa tutti. Lo sapevano e sono venuti senza auto.»

Mia madre deve aver visto la Madonna perché è radiosa. Io sono senza parole e scruto Delmo da vicino.

«Per caso negli ultimi giorni ti è venuta voglia di brucare?»

«Sei ubriaca» e ride. «Pazienza, tanto ti riaccompagno io.»

Non sono ubriaca, magari un po' brilla, però, a pensarci bene, cosa mangiano gli unicorni? Tagliatelle e piadine?

Su questo dubbio che prima o poi dovrò levarmi, le luci si spengono.

«Silenzio», tuona il re incombendo sulla sala buia.

Le porte della cucina si aprono e appare un carrello che quattro camerieri nascondono tenendo teso un telo fino a che arrivano nel centro del locale. Delmo batte le mani, le luci si accendono e appare una crostata dal diametro di una pala da mulino ricoperta di mirtilli. Nel mezzo, un judoka di ceramica a mani alzate sul podio. Francesco adora i mirtilli. Infatti si apre in un sorriso che mi spalanca il cuore e, senza pensarci due volte, raggiunge Delmo e gli butta le braccia al collo.

Io, al solito, piango con il fazzoletto di Emy in mano.

«Signor Ravaioli, dopo quello che ha fatto per mio nipote, lei può chiedermi qualunque cosa.» È mia madre a ringraziarlo, con una frase che non le ho mai sentito dire in vita mia.

«Delmo, la prego signora, ed è stato un vero piacere. Francesco è un ragazzo d'oro.»

Lei annuisce all'ovvietà, certo che suo nipote è un ragazzo d'oro, è il miglior ragazzo al mondo, lo sostiene fin dalla prima ecografia.

«Va bene, Delmo, ma lei mi chiami Giuseppina» e gli affibbia un buffetto sulla manica.

Giuseppina? Siamo in tre a fissarla, Sofia, Emy ed io. Mia madre non ha mai permesso ad anima viva, ad eccezione di papà, di pronunciare il suo primo nome di battesimo, lo usa solo per firmare e lo pasticcia pure. Non mi capacito, com'è possibile?

«Chiudi la bocca», mi sussurra Sofia, «e guarda che hai incontrato un uomo raro. Avrei giurato si fossero estinti o addirittura che non fossero mai esistiti.»

«Come un unicorno», concludo io.

«Un unicorno?» Mi scruta perplessa prima di mettersi a ridere. «Sì, come no! Come un unicorno che ha trovato il Graal» commenta, e va a prendersi una fetta di torta.

Delmo è al mio fianco e mi offre un calice di champagne. Un unicorno che ha trovato il Graal, diceva Sofia?

Il re della piadina ci accompagna a casa e mentre mamma, Brigitta e Francesco salgono, mi trattiene per un gomito.

«Grazie», mi dice serio.

«Veramente sono io che devo ringraziare te per aver organizzato questa serata. Sei stato molto generoso.»

Fa una smorfia di modestia e alza le spalle e un abbaiare festoso ci interrompe. La nonna ha mandato giù i boxer a farmi da chaperon, con tanto di guinzagli in bocca così li porto a fare l'ultima passeggiata. Delmo non fa una piega, ne prende due e con un gesto indica il marciapiede.

«Passeggiata digestiva» è l'invito.

Ci avviamo lungo il viale silenzioso a quest'ora di notte. Siamo ai primi di giugno e ogni bocciolo di questa metropoli tentacolare è fiorito. È bella Milano a notte fonda in primavera, e questa sera mi pare ancor più bella.

«Capisci perché odio la mia ex moglie?»

«La tua ex moglie?» ripeto a pappagallo.

«Sì, proprio lei. La odio perché mi ha impedito di essere padre. Tu non sai cosa ho provato oggi a guardare Francesco, vederlo vincere, stare con la sua ragazza... Ti invidio, sai?»

Lo posso capire, non riesco proprio a immaginare cosa sarebbe stata la vita senza mio figlio. E sento un'empatia profonda che me lo fa prendere sottobraccio per confortarlo.

«Non m'importa che abbia avuto la villa al mare e nemmeno dell'articolo sul giornale, sono cazzate quelle. Io sono uno focoso e mi piace dar battaglia. Però il fatto che non ha mai voluto un figlio non glielo perdonerò mai. Mi ha ferito, mi ha fatto un male della Madonna.»

«Dovresti, invece», lo consiglio mentre i cani si affaccendano per i loro bisogni. «L'odio non ti farà avere figli, ti corroderà fino a cambiarti e sarebbe un vero peccato.» Brutus si strofina sotto la mia mano in cerca di coccole e di sicuro m'infonde il suo coraggio perché aggiungo: «Sarebbe un vero peccato, sei una così bella persona.»

Mi sorride.

«Grazie Guenda, anche tu.»

Una volante si ferma alle nostre spalle.

«Buonasera, signora» mi saluta l'agente portandosi due dita al berretto. «Questa volta con il marito, vedo. Porti i miei omaggi a sua madre.»

«Non mancherò, buona sera anche a lei.»

Guardo l'auto allontanarsi.

«Li conosci?» Delmo sghignazza. «Sanno già che sono tuo marito, poi dicono che la polizia non fa nulla!»

«È quello che mi ha quasi arrestato l'altra notte», confesso perché il cervello sta elaborando grammatica, sintassi e semantica della frase: sanno già che sono tuo marito.

Mi fissa incredulo. «Arrestato? E che cosa hai fatto? Non hai l'aspetto di una delinquente.»

«Perché, che aspetto ha una delinquente?»

«Non lo so, non il tuo però. Tu sei una signora, Guenda, si vede lontano un chilometro.»

«Grazie, molto gentile, però l'abito non fa il monaco, pensa a Montecitorio.»

Ridiamo entrambi di questa che dovrebbe essere una battuta e, ahimè, invece è la triste realtà.

«Dai, racconta che cosa hai fatto per farti quasi arrestare», insiste curioso.

E davanti al portone di casa, in piedi sotto le stelle, tiriamo ancora un po' più tardi con le incredibili avventure di Guenda Brunelli, la donna che credeva agli unicorni.

19

È la voce di Francesco che mi strappa dal sonno. Peccato, l'ho rincorso per tutta la notte e solo all'alba sono riuscita ad addormentarmi.

«Mamma, alzati, altrimenti faremo tardi.»

Apro un occhio sulla sveglia: sette e quindici.

Porco mondo, sono in ritardo! Mi catapulto giù dal letto e m'infilo sotto la doccia, non do all'acqua il tempo di intiepidirsi e uno scroscio gelato sveglia anche l'ultima delle mie cellule.

Oggi è domenica, non c'è scuola e nemmeno lavoro.

Infilo un accappatoio e vado in cucina in cerca di caffè e spiegazioni. Trovo solo una tazzina fumante ad attendermi.

«Faremo tardi per che cosa?» chiedo a voce alta e il citofono suona.

Sette e trenta, di domenica mattina? Sarà mia madre che si è chiusa fuori coi cani.

Vado ad aprire e nel video citofono c'è la faccia di Delmo.

«Che ci fai qui?»

La mia educazione è rimasta a letto.

«Sei pronta, Guenda? E i ragazzi?»

«Pronta per cosa?»

«Mamma, dai, vestiti, qualcosa di sportivo, ti aspettiamo giù» e imbocca le scale di corsa.

Brigitta, prima di uscire, mi butta le braccia al collo e mi scocca due baci.

«È una favola sai? Quasi quanto Francesco», ammicca e sparisce lasciandosi dietro una risata argentina.

Rimango a fissare la porta. Dunque, stavo dormendo e mi hanno svegliato, ho fatto la doccia e... dov'è che dobbiamo andare? Mah, faccio spallucce, me lo sarò scordato, e vado ad infilarmi un paio di jeans.

Sto per chiudere la porta di casa e Brutus mi raggiunge col guinzaglio in bocca.
«Tengo io i cuccioli, Guendalina, divertiti con Delmo e i ragazzi.»
La voce scende dalle scale, mia madre no.
«Va bene mamma, ci vediamo stasera.»
Imbocco le scale col cane che mi trotta al fianco.
«Tu hai capito dove dobbiamo andare?» gli chiedo.
Lui mi guarda e sbuffa. Ha l'aria di dire: che cosa vuoi che ne sappia? Io non c'ero ieri sera a cena.
Vero anche questo e apro il portone.
«Sei arrivata, finalmente»
Delmo accarezza Brutus e lo fa salire in macchina.
Francesco e Brigitta sono già a bordo con Jacqueline. Tempo di sedermi e siamo partiti.
«Ottimo, per le dieci siamo lì.»
«Lì dove?» domando con gli occhi fissi sulla strada.
Mi prende una mano e me la stringe.
«Sorpresa!», fa tutto giulivo e schiaccia ancora un po' sull'acceleratore approfittando dell'assenza di traffico.
«Delmo, rallenta, hai a bordo quattro anime innocenti e me, che fra un po' ti muoio qui sul sedile.»
Sbircio il contachilometri.
«Delmo.»
«Va bene, va bene, rallento, Guenda. Hai dormito male?»
«Non ho dormito affatto.»
«Non sarà colpa della mia cucina?»
«No, non della tua cucina» e se non fosse che dietro sono seduti i ragazzi aggiungerei che è colpa sua.
Sì, perché da quando è entrato nella mia vita, meno di una settimana fa, sono in preda a emozioni che non ricordavo di

aver mai provato, sono in balia di un vortice che mi fa girar come una trottola e, quel che è peggio, ne sono felice. Mi sorprendo a sorridere e ridacchiare, e... e niente, ma forse, e dico forse, mi sono pure innamorata.

Tre ore scarse di viaggio sono volate, un po' per la velocità, ma soprattutto per l'atmosfera di famiglia che c'era in auto. Sono a mio agio, siamo tutti perfettamente a nostro agio, tanto che quando ci fermiamo nell'aia di una casa colonica sperduta nella campagna romagnola, quasi non me ne accorgo.

«Arrivati. Questa è la casa dove sono nato.»

«Wow», commentano i ragazzi.

«Si sente subito che studiate al Classico, proprietà di linguaggio ineccepibile», rido io. «Comunque, wow, Delmo, è magnifica.»

Lui gongola, scende e va ad aprire ai cani che spariscono lasciandosi dietro un abbaiare festoso. Io rimango a osservare. La casa è ristrutturata alla perfezione, l'aia è immacolata, le piante che la ombreggiano sono potate da una mano esperta, un orto ordinato come una biblioteca mostra file di ortaggi colorati che punteggiano il verde delle foglie. Più in là, a digradare verso la campagna, il frutteto con i rami piegati dal peso di ciliegie e albicocche. E poi la pace, un silenzio fatto del frinire delle cicale e del garrire delle rondini. Le voci di Francesco e Brigitta non lo disturbano, pare che nulla possa disturbare questa quiete. Alzo lo sguardo sul tetto di cotto rosso e sbiadito dal sole e alla mente si affacciano delle parole.

«D'in su la vetta della torre antica, passero solitario, alla campagna cantando vai finché non more il giorno», recito con il cuore gonfio di una strana felicità.

«Ed erra l'armonia per questa valle. Primavera dintorno brilla nell'aria, e per li campi esulta», proseguono i ragazzi all'improvviso seri.

«Sì ch'a mirarla intenerisce il core», conclude Delmo. «Di tutte quelle che mi hanno costretto a studiare è l'unica che mi piaceva e ancora ricordo.»

Mi guarda con un sorriso negli occhi. È un attimo soltanto, ma in quest'attimo sono un tutt'uno con l'universo.

«L'è la manera d'ariver, sensa na telefonata?»

Il re della piadina ride. Io mi giro e mi si strozza il fiato in gola. Nonna Guendalina è tornata dall'aldilà. L'unica differenza è che non parla milanese, ma romagnolo.

«Mamma!» e le va incontro.

La raggiunge con due falcate e l'abbraccia quasi volesse soffocarla. La solleva come fosse una bambina, la bacia sulle guance e la rimette a terra.

«Che testa matta» ride anche lei.

Si liscia il grembiule immacolato e si avvicina. Mi squadra apertamente, poi scruta i ragazzi e infine si ferma con le mani sui fianchi. È piccolina e minuta di corporatura, porta i capelli grigi raccolti in una crocchia e potrebbe avere dai sessanta agli ottant'anni. Ciò nonostante, Benito Mussolini incuteva meno soggezione. Delmo dietro di lei sogghigna.

«Te», mi punta un dito contro.

Mi sento già colpevole, di cosa non lo so.

«Buongiorno signora, sono Guenda Brunelli. Questo è mio figlio Francesco e lei è Brigitta, la sua fidanzata.»

Siamo in fila, sorridenti e sugli attenti.

«Bei ragazzi, brava», annuisce soddisfatta dopo averli valutati con attenzione.

«Grazie», rispondo.

«Te magnet il sussi?»

«Il sussi?» Cacchio, che cos'è il sussi?

«Il sushi, mamma», la corregge Delmo.

«Sì, insomma quella roba lì.»

«No signora, io odio il sussi, mi fa proprio schifo», dico di getto, sollevata.

Lei sorride e ammicca.

«E i tagliatel?»

«Le adoro.»

Annuisce e indica i ragazzi. «Vu endréd.»

Poi si rivolge a noi e aggiunge, con quel che mi sembra un sogghigno: «E vu, a arcoj i ov.»

Dà una carezza a Brutus e a Jacqueline e li squadra come ha fatto con i ragazzi.

«Bei cani, brava» e si avvia seguita da tutti.

«Che carisma tua mamma», mi viene spontaneo.

Delmo ride e mi prende sottobraccio.

«Mi sgrida ancora come avessi dieci anni.»

«Son contenta, pensavo che fosse solo la mia» e rido. «Devo dire a Francesco di abbattermi, se lo farò anche io.»

«Gli darò una mano», risponde e si ferma.

Darà una mano? Tra vent'anni, Dio volendo e permettendo, sarà ancora qui, con me? Troppi pensieri tutti insieme che sbattono contro la rete del pollaio.

Oddio, più che un pollaio mi sembra un monolocale con giardino e piscina. Le galline sono pulite da esposizione e razzolano festose intorno a una mangiatoia riempita di granoturco. Proprio granoturco, bei chicchi gialli che sotto i becchi scrocchiano, non quegli orridi pastoni puzzolenti che avevo visto in un allevamento. Delmo prende un cesto di paglia appeso alla recinzione e apre il cancelletto, mi fa passare, entra anche lui e richiude.

«Hai mai raccolto le uova?»

Mi sfrecciano in mente decine di ricordi legati a pollai e galline.

«Per chi mi hai preso? Guarda che ho passato estati intere ad aiutare mia nonna e...»

«Mi ammazza!»

«Delmo?» Lo vedo che tenta di catturare una gallina, pare Rocky Balboa in allenamento.

«Chiudi il cancello», urla correndo per l'aia.

È un meccanismo automatizzato che s'innesca, mi lancio sulle fuggitive, ne sorpasso quattro e le blocco, però ne scappa una. Se mamma Ravaioli è sanguigna la metà di nonna Guendalina, Delmo ed io siamo nei guai fino al collo. Anzi, siamo già annegati: Brutus ne ha una in bocca. Lo agguanto per il collare e gliela faccio sputare a scrolloni. Lei riparte starnazzando, ma sulla sua scia si butta Jacqueline, che ha appena scoperto di essere un cane da caccia. L'acciuffo per la coda appena in tempo.

«Zitta, zitta», urlo sottovoce e rincorro la pennuta con un boxer da quaranta chili che trascina me e la cucciola.

La gallina fugge nell'orto.

Madonna, facciamo un disastro, riesco a pensare prima che Delmo, con le zampe dell'altra strette in una mano, gli si lanci sopra.

Presa.

Speriamo non spiaccicata.

Il re mette una mano sotto la pancia e poi si alza bloccandola. Viva.

«Vu!»

La voce arriva da lontano. Ma dice proprio a noi.

Stiamo già correndo in ritirata a schiena bassa verso il pollaio con le fuggitive quando arriva il resto della frase.

«Le uova?»

«Quasi, mamma, arriviamo», ansima suo figlio e intanto tiene il cestino che riempio con attenzione.

«Dai, Guenda, fai in fretta» e si guarda alle spalle.

«Andiamo, andiamo» e siamo già fuori dal recinto.

Lui chiude ed io, io non lo so cosa mi prende. Afferro un uovo, gli faccio due buchini, uno sotto e uno sopra, con il chiodo che serve per appendere i cesti e lo bevo, ancora caldo da cova. Delmo mi fissa come fossi verde e con le antenne mentre ripeto l'operazione e gliene passo uno.

«Non lo diciamo a tua mamma», aggiungo come facevo un millennio fa con Gualtiero, allora mio compagno di giochi.

«No, no, non glielo diciamo» e brinda con me.

«Vi ho detto di prenderle, non di berle.»

Beccati. Come due ragazzini, nascondiamo il corpo del reato dietro la schiena. Sono l'imbarazzo fatto a persona. Che figura, alla mia età.

Lei ride e si avvicina. Mi accarezza una guancia e si rivolge al figlio.

«T'è capid finalment?» e se ne va col cesto delle uova.

«Sì, mamma, ho capito.»

«Che cosa hai capito?» chiedo.

«Guenda, sei proprio bionda.»

Mi da un bacio in fronte e mi accompagna in casa.

Bionda sono bionda, ma che cosa c'entra?

La cucina della casa natale di Delmo è esattamente come me l'aspettavo: grande, luminosa e profumata di cose buone. Il ragù che sobbolle, l'arrosto che si rosola e le patate che si dorano, il sentore del rosmarino, del basilico e della salvia piantate in un vascone sul porticato che si apre con una vetrata scorrevole. Chiudo gli occhi e sono nella mia infanzia, manca solo un profumo. Fiuto con attenzione e in parte lo ritrovo. Non è torta di mele ma crostata di albicocche. Sbatto le palpebre, un raggio di sole illumina la farina che aleggia nell'aria. Intorno a un tavolo per giganti, mamma Ravaioli, Francesco e Brigitta sono infarinati fino ai gomiti, impastano e chiacchierano come se si conoscessero da sempre. Lo sguardo va a Delmo, e anche lui ha il mio stesso sorriso idiota stampato in faccia.

«T'a vist i ragassein, Delmo? Sanno fare le tagliatelle e ben anche.»

Ne è così felice che non riesce a trattenersi e accarezza Francesco sulla guancia.

Lo stomaco mi si stringe in una morsa di tenerezza, mi salgono anche le lacrime agli occhi per dir la verità, ma sono lesta a ricacciarle indietro.

«Posso aiutare ad apparecchiare, signora?»

Non riesco a guardare gli altri lavorare mentre io non faccio nulla. Mi fissa con le mani infarinate su fianchi. Di nuovo Benito Mussolini sbiadisce in una caricatura.

«No signora. Cesira» e il nome pare una fucilata.

«Cesira», ripeto e sorrido.

Annuisce e scuote la testa insieme.

«No, ha già fatto l'Agnese. Da quando il Delmo me l'ha portata qui, non mi fa far più niente!» Lancia un'occhiata a metà tra il rimprovero e l'affetto al figlio e si rimette a impastare.

«Brontolona», le risponde lui e indica una porta alle mie spalle con un gesto della testa.

Lo seguo lungo una scala di pietra fino a un'altra porta, di quelle antiche, di legno e ferro battuto. Delmo la apre e siamo in dispensa. E intendo proprio dispensa, non uno di quei locali che nelle case moderne diventano delle orride discariche di tutto ciò ancora non si ha il coraggio di buttare o il deposito di cibi confezionati. Proprio no. Qui dalle travi del soffitto pendono culatelli, salami, coppe, prosciutti e pancette. Su un ripiano coperto da un telo immacolato spunta un prosciutto affumicato, al suo fianco una forma di parmigiano, sopra una fila ordinata di caciotte dalla crosta invecchiata. Sento la salivazione aumentare e senza volerlo deglutisco. Per distrarmi seguo Delmo che passa sotto un arco di mattoni e va in cantina. Un locale lungo e stretto, qui le pareti sono di pietra e fa freddo. Rabbrividisco e guardo gli scaffali di legno ricolmi di bottiglie.

«Lo produciamo noi, ancora come faceva mio padre», spiega Delmo e ne prende un paio.

«E il ben di Dio che c'è di là? Fatto da voi?»

Ride, tasta un paio di salami e ne sceglie uno, me lo passa e agguanta un culatello.

«Con tutta questa terra sarebbe un peccato, no?»

Effettivamente sarebbe proprio un peccato e il pensiero di vivere una vita autosufficiente dal mondo mi solletica per la seconda volta in meno di tre giorni.

Devo decidermi a prenotare quella visita neurologica.

Durante la nostra assenza, la sfoglia delle tagliatelle è stata stesa, ora sono alla fase del taglio. All'opera, maestra Cesira.

Questa donna batterebbe qualsiasi macchina della Barilla. Tempo che Delmo recuperi i bicchieri e stappi la bottiglia, che lei ha già tagliato e disposto ad asciugare un quantitativo industriale di pasta. Brigitta e Francesco sono ammutoliti.

«Pivellini», li prendo in giro.

«Finì! Delmo, sciutura el vin» comanda, come mia madre.

«Fatto» e lui le passa un bicchiere, lei assaggia e schiocca la lingua. «Buono. Delmo alla tua, che sia la volta buona!»

Lui ride che non si può fare a meno di seguirlo in questa ilarità di cui non ho capito l'origine, ma che trascina tutti, anche i cani che ci hanno raggiunto e abbaiano festosi.

20

Siamo seduti a un tavolo da famiglie di tredici figli più mogli, nonni e nipoti. La tovaglia è di un bianco abbagliante e le stoviglie sono di porcellana spessa, che se ti cadono dalle mani rimbalzano per terra. Il pane è ancora tiepido e fa briciole che è una meraviglia quando lo si mangia col salame. Dal portico guardiamo la campagna, ettari ed ettari arati e coltivati a grano. In lontananza una stalla lunga e bassa e nei pascoli intorno decine di mucche. Bucolico, non saprei come definirlo altrimenti.

Cesira ha deciso di farsi chiamare nonna dai ragazzi, e li tratta proprio come fossero suoi nipoti. Mi sorprendo a pensare che la ex moglie di Delmo deve aver profondamente ferito anche lei con la scelta di non avere figli.

E già, perché le nostre scelte personali influiscono sempre sulle persone che ci vivono accanto. Nel bene e nel male. Dalla decisione più banale a quella più importante. Per questo io non decido mai, salvo non ne sia costretta. Ho paura, non tanto della decisione, quanto delle conseguenze sugli altri, su Francesco, mia madre, Gualtiero e via dicendo, fino al lattaio.

Immobilismo, lo chiama Sofia, prudenza, la chiamo io. Infatti mi sono evitata parecchi grattacapi. E ho vissuto la metà.

Agnese, che in realtà si chiama Salima, ci porta le tagliatelle e ci serve sotto lo sguardo attento di Cesira.

«Brava, brava, mangia anche te e il Rivo, mi raccomando e spegni il forno che l'arrosto brucia.»

«Mamma, perché la chiami Agnese e suo marito Rivo?»

«Son ben più belli come nomi e poi non sono capace di dirli i loro» e ride da doversi asciugare gli occhi.

Uguale a Delmo, se lui portasse una parrucca con chignon grigio.

Infilo la forchetta nelle tagliatelle, le giro e ne porto un boccone grondante di ragù alla bocca.

Che mi venga un colpo! Sono le migliori mai mangiate in assoluto, un tripudio di sapori che fa sospirare. Non parla più nessuno, tutti in religioso silenzio a gustare questo piatto uscito da un'Italia contadina che si è quasi estinta. Siamo dei privilegiati, seduti alla tavola dell'abbondanza che la terra offre in cambio di duro lavoro.

«E poi scappano dalle campagne per venire in città, e a fare cosa? Per diventar formiche in un formicaio quando in realtà siamo rondini?» mi chiedo ad alta voce.

«Hai ragione, mamma, è un po' che ci penso anche io. Sono sempre stato felice in campagna, mi piacciono gli animali e amo vivere all'aria aperta.»

Nonostante la giovane età, Francesco ha il mio stesso sentire. E in parte è colpa mia. Ha vissuto la sua infanzia tra la cascina di nonna Guendalina, la scuderia e il giardino con fontana a Milano. Ogni volta che lo portavo in città, faceva certi capricci che, se è ancora vivo, lo deve al fatto che non ho mai superato il sottile confine che separa le madri dalla follia. Lui amava stare in mezzo a un prato, con un filo d'erba cucca in bocca a guardare il cielo. Gli avevo raccontato che Dio lo dipingeva con le nuvole e noi dovevamo indovinare quale fosse il soggetto. Lo abbiamo fatto centinaia di volte e lo farei di nuovo, anche adesso. Il miglior modo in assoluto di prendersi una pausa, altro che hammam, dove ti strigliano come un cavallo infangato dopo una galoppata.

«Cosa vuoi fare dopo il liceo?» chiede Delmo con l'arrivo dell'arrosto e le patate.

Francesco e Brigitta si scambiano un'occhiata, veloce e complice, ma io sono la mamma, a me non sfugge nulla. Quei due hanno in mente qualcosa, penso. Ma intanto Agnese ci serve e la domanda cade nel vuoto.

La carne, come tutto il resto, è da costellazione Michelin, e la crostata di albicocche meriterebbe di diventare patrimonio Unesco. Sorseggiamo un moscato bianco zuccherino e frizzante, più una bibita che un vino e la pace del primo pomeriggio è rotta da un motore sferragliante, che sbuffa e arranca lungo la strada polverosa che porta all'aia.

«Agnese, metti su il caffè», comanda Cesira e si alza per andare ad accogliere i visitatori.

Una Renault 4, quelle con il cambio attaccato al cruscotto che hanno smesso di produrre più di vent'anni fa, di un colore verde scuro rugginoso, con i parafanghi che non hanno un millimetro di lamiera non ammaccata, si ferma con un gran stridore di freni.

Due uomini, camicia bianca e maniche rimboccate, e due donne, abiti di cotone blu taglio classico, scendono. Parlano tutti insieme e tolgono dal baule qualcosa, Cesira s'intromette e adesso parlano in cinque. Quando arrivano al tavolo fanno un baccano da stadio.

Sono semplicemente fantastici.

Appartengono a un mondo che credevo scomparso, fatto di gente semplice, che non si è fatta incantare da progresso e consumismo. Persone che all'alba sono in piedi e guardano il sole sorgere sopra una distesa di terra che aspetta di essere dissodata, arata e seminata, prima di restituire qualcosa in cambio.

Cesira ci presenta come gli amici di Delmo e quando tocca a me scambia uno sguardo veloce con le altre donne che annuiscono appena. Si sono scambiate informazioni, lo so, sono anche io una donna, e noi, quando siamo in sintonia, abbiamo la capacità di parlarci con lo sguardo.

Agnese porta in tavola dolci, dolcetti e dolciumi vari di produzione casalinga che scatenano chiacchiere e risate. Probabile che alzino anche il diabete.

Delmo m'impedisce di infilarmi in bocca la terza miniatura di crostata di fragole.

«Forza, basta mangiare, andiamo a vedere la terra.»

Lo seguiamo, io con una certa riluttanza, i ragazzi e i cani con più entusiasmo.

Lui fa strada dietro la cascina e all'improvviso compare un laghetto, alimentato da un torrente.

«Non me lo aspettavo», dico fissando l'acqua trasparente con il fondale di sabbia chiara.

«Piscina di campagna», sogghigna. «Ragazzi, i costumi sono là dentro» e indica un capanno di legno simile a quello per gli attrezzi. Brigitta e Francesco non se lo fanno ripetere e spariscono.

Noi due proseguiamo verso i campi coltivati seguiti da Brutus e Jackie, che arranca per stargli dietro. Il sentiero è ombreggiato da pioppi dai tronchi pallidi e slanciati, eleganti come indossatrici in passerella.

«Questi li ha piantati papà», racconta Delmo, «e le piante da frutta laggiù il nonno.»

«Assomigli a mia nonna Guendalina. Anche lei conosceva ogni singolo albero.» Prendo la mano che mi porge per superare il dislivello di una scorciatoia che porta sotto un ciliegio che ci sovrasta. Ha i rami così carichi che quasi toccano terra. Ne agguanto uno e assaggio un frutto. Una vita cancellata in un secondo. È bastato sentire il tepore della buccia liscia che scrocchia tra i denti e, prima ancora che il succo rosso vermiglio mi scenda in gola con il suo gusto zuccherino, ho di nuovo dieci anni. Per prima cosa raccolgo due coppie di duroni, rosso scuro, panciuti e lucidi, e li indosso a mo' di orecchini. Mi pavoneggio con Delmo che ride e si siede con le gambe allungate e la schiena appoggiata al tronco. Saltello in giro, sono la fatina delle ciliegie, tornata da un passato remoto per rimpinzarmi. E lo faccio, mi rimpinzo proprio e sputo noccioli come un mitra pallottole.

«Certo che sei diversa», commenta Delmo che si è acceso un sigaro delle dimensioni di un missile.

«Perché diversa?»

«Non ho mai incontrato una donna che beve uova appena raccolte e sputa i noccioli delle ciliegie.»

Mi blocco con un ramo in mano. Dovrei provare vergogna, il buon senso mi suggerisce di sentirmi in colpa, e invece sono felice, ma proprio felice, come una regina nel suo palazzo.

«Grazie, Delmo, è uno dei complimenti più belli che ho ricevuto in vita mia.»

Mi siedo accanto a lui, voglio godermi questa improvvisa presa di coscienza. La mia vita, ricca di soddisfazioni e tante bellissime cose inutili, non mi appartiene più. Voglio stare all'aria aperta in mezzo agli animali. Forse ci voleva solo del tempo e l'incontro con un re perché ritrovassi la strada di casa. Perché il mio DNA campagnolo, modificato dall'ambizione di mio padre, tornasse alle origini.

Brutus si sdraia al mio fianco e mi mette il muso in grembo. Ecco, adesso l'attimo è perfetto. La natura, il sole, il mio cane e Delmo. Sì, anche lui. Che mi vede senza giudicarmi, che è entrato come un vento impetuoso nella mia vita e ha spazzato via la polvere che mi impediva di vedere chi ero e chi sono diventata.

Il ciliegio allunga la sua ombra protettiva, un mantello che ci rende invisibili da un mondo di sole abbagliante e di mille tonalità di verde. Il canto delle cicale è un rumore che si è fatto silenzio.

«Vedi?» Delmo indica i campi che si estendono a perdita d'occhio. «Li ho comprati per coltivare il grano come dico io.»

«E come dici tu? Il grano non si semina e poi si raccoglie?» chiedo con gli occhi socchiusi, un po' per la luce, un po' perché non mi riesce di tenerli aperti.

«Certo, però nel mezzo c'è un mondo. Prima di tutto devi evitare che attecchiscano le erbacce. Una volta le estirpavano a mano, ma su campi come questi è impossibile. Adesso usano i diserbanti e, per tenere lontani i parassiti, gli anticrittogamici, veleni su scala industriale, che impregnano quello che dopo ti mangi.»

«Sì, lo so, per questo il biologico ha preso piede.»

Annuisce e prosegue.

«Beh, cara la mia Guenda, io sono andato oltre al bio.» Si mette seduto dritto e mi agguanta una mano stringendola per richiamare la mia attenzione. «Io vengo dalla campagna, sono nato e cresciuto qui, ho visto seminare, accudire e mietere decine di raccolti. Non è solo questione di erbacce e parassiti, quelli ci sono sempre stati, è questione di amore e rispetto per la terra. Questo fa la differenza.»

«Sei un manager new age, Delmo» e lo dico senza alcuna ironia.

«Cazzate», scuote la testa divertito, «non so nulla di energie e musica rilassante, so solo quello che ho imparato da mio padre e lui dal suo. La terra ti è amica, ma tu la devi trattare con rispetto, devi darle il tempo di riposare, devi accudirla anche quando lei non ti dà nulla in cambio. Una volta funzionava così dappertutto, l'uomo mangiava quello che coltivava, ovvio che ci mettesse tutto l'impegno possibile. Se fai una torta per Francesco ci metti solo il meglio, se la facessi per un estraneo ci metteresti tutta quell'attenzione?»

La domanda rimane ad aleggiare nell'aria calda del primo pomeriggio. Di primo acchito risponderei sì, ma poiché il primo acchito sta facendo una pennichella post-prandiale, tiro a indovinare.

«Credo di no. Quello che faccio per Francesco è dettato dall'amore che provo per lui, non certo dal perfezionismo o da qualcosa d'altro.»

«Vedi? Se fai le cose per amore, le fai meglio. Devi amare quello che fai. Io amo la terra e mi piace coltivarla, mietere il grano e trasformarlo in farina che uso nelle mie piadinerie. Capisci perché le piadine Ravaioli sono le migliori al mondo?»

«Perché ami la terra?»

«Esatto, perché amo la terra», annuisce contento che condivida il suo pensiero.

Io non lo so se ho capito, non mi sono mai posta il problema, però so che sono sempre stata felice in campagna, tra ortaggi, alberi da frutto e animali.

«Ho iniziato da questi terreni, i primi che ho comprato, ma la farina che produco non è sufficiente per la richiesta di più di trecento piadinerie.»

Lo guardo in tralice, chissà perché penso a mio padre che se ne esce con notizie del tipo: ho comprato uno chalet a duemilatrecento metri sulle Alpi Retiche.

«Ho terreni in tutto il mondo e li coltivo a modo mio.»

«Niente diserbanti e pesticidi», aggiungo per fargli capire che comprendo il disegno universale che ha in mente.

«Non solo, utilizzo tecniche come la cristalloterapia e pago un team di scienziati per studiare nuovi metodi di coltivazione.»

Non può aggiungere altro perché Francesco e Brigitta piombano sul ciliegio come due corvi affamati.

Il discorso rimane in sospeso tra di noi come una vibrazione dell'aria. Io mi allungo meglio contro il tronco e sonnecchio, accanto a me il fedele Brutus, Jackie e un unicorno.

È ormai sera quando Delmo ci lascia sotto casa, ma non se ne va. Scende e citofona a mia madre.

«Giuseppina, sono Delmo, mandi giù i cuccioli così li porto a far l'ultima passeggiata» dice al video e il portone si apre. Tempo dieci secondi e i cani arrivano con il guinzaglio in bocca e le code sventolanti come pennacchi per festeggiare un amico.

«Vedi», sottolinea Francesco, «piace ai boxer e pure a nonna.»

E quindi?

E quindi niente, non sto bene, ho sempre un sorriso idiota stampato in faccia.

21

Quando mi sveglio, i ragazzi sono già a scuola.

Rosita mi coccola con un espresso dei suoi. Lei non si fida delle capsule, vuole vedere cosa c'è dentro, quindi le disseziona, raccoglie il caffè e lo usa in una moka che risale alla Seconda guerra mondiale. Il risultato è sorprendente, e l'effetto collaterale è paragonabile a una dose di anfetamina. Infatti arrivo in ufficio sulle ali di un'energia stupefacente.

Clara e Irina sono nascoste sotto le scrivanie.

«Buongiorno», le saluto perplessa.

«Buongiorno Guenda. Reggi questo, per favore», ricambia la mia segretaria porgendomi un cavo.

Irina gattona all'indietro. «Buongiorno dottoressa. Per favore, può tirare questi fili fino a là?»

Indica una scatola elettrica incassata nel muro alle mie spalle. Eseguo ubbidiente.

«Ma che cosa state facendo?»

«Non chiedere, Guenda, tanto non capiresti nulla, aspetta solo e vedrai.»

Fa piacere sapere che i propri dipendenti hanno fiducia nelle tue capacità cognitive. Il telefono suona e al secondo squillo rispondo, dato che sono l'unica in piedi e con le mani libere.

«Brunelli Real Estate Agency, buongiorno. In cosa posso esserle utile?»

«Guenda? Da quando rispondi tu?»

«Da quando le mie segretarie si nascondono sotto la scrivania.»

Delmo ride e intanto suona un'altra linea.

«Scusa, ti metto in attesa.»

Schiaccio il pulsante lampeggiante e, prima ancora che riesca a parlare, la voce nasale della contessa mi schiaffeggia.

«Mi passi la Brunelli.»

«È la Brunelli che parla. Dica, contessa Urbelli», rispondo con un soffio siberiano.

Clara mi lancia un'occhiata in tralice.

«Come si è permessa di revocare il mandato?»

La voce è gesso sulla lavagna.

«Ho esercitato il diritto dell'agenzia di recedere perché l'immobile non soddisfaceva alcune condizioni.»

«Dottoressa, per favore, prema *invio* sul mio computer», sussurra Irina.

«E quali sarebbero queste condizioni?»

Il tono suscita un senso di disagio, come direbbe Brigitta. Io invece dico che mi fa montare una rabbia cieca. L'*invio* lo premo pensando d'infilare un dito nell'occhio della contessa.

«La metratura dichiarata e quella certificata devono corrispondere, al millimetro.»

«Anche sull'altro PC», aggiunge la russa tecnologica.

«Gualtiero mi ha detto che lo avrebbe venduto comunque» sbotta la Urbelli in un crescendo di arroganza.

La tastiera di Clara rischia di fare la fine di una delle tavolette di Bruce Lee.

Intanto suona un'altra linea. Ma quante ce ne sono? Penso e premo il pulsante che lampeggia.

«Brunelli Real Estate...»

«Guenda? Perché rispondi tu?»

«Gualtiero, adesso non ho tempo», gli sbatto il telefono in faccia perché devo assolutamente sbottare con quella cafona della contessa.

Pigio uno dei tasti ed esplodo.

«Ascolti bene, nobildonna delle truffe, l'altra volta le ho detto di portarmi una perizia giurata congruente alla sua dichiarazione, questa volta le dico direttamente di andare al diavolo. Una sola telefonata ancora e porto la pratica dall'avvocato, sono stata chiara?»

«Per Dio! Sei stata fantastica Guenda, ma hai sbagliato persona.»

Blocco la risata di Delmo passando all'altra linea, ma ormai la rabbia è andata.

«Allora?» Nemmeno la nobile domanda la rinfocola di nuovo.

«Allora, cara la mia contessa, vadavialcù» e metto giù.

Clara può anche stare gattoni a inseguire Irina che si trascina dietro un mazzo di cavi, ma non le sfugge nulla.

«Guenda, c'è il signor Ravaioli.»

Giusto. Riprendo il telefono e intanto mi chino per cercare di capire cosa stanno facendo queste due.

«Delmo?»

«Hai sistemato la nobildonna?»

«Spedita per posta aerea», sghignazzo.

«Perché parli al telefono?»

La domanda mi lascia perplessa e, soprattutto, ancora piegata a novanta gradi. Volto la testa e incrocio gli occhi neri di Delmo.

«D'accordo, a dopo», dico alla cornetta rimettendola a posto. «Ciao Delmo.»

Lui è distratto da Clara e Irina che sedute a terra scelgono, tagliano e legano cavi elettrici.

«Cosa fanno?»

«Non saprei, qualche collegamento forse.»

Annuisce con le mani in tasca e una ruga scolpita in mezzo alla fronte.

«Andiamo a far colazione.»

Mi prende per un braccio e un attimo dopo siamo al bar.

Ecco, con il re della piadina è sempre così. Un attimo prima sto facendo qualcosa e un attimo dopo sono con lui in un altro posto.

Brioche, cappuccio e spremuta, tutto finito in meno di due minuti. Delmo ed io non siamo gente che spreca tempo per mangiare.

«Quando fissi l'appuntamento per vedere la tenuta in Provenza?»

«Dopo chiamo i proprietari e ti faccio sapere.»

Annuisce e mi accompagna al portone del palazzo che mio padre aveva ribattezzato il Brunelliberty.

«Io devo andare via qualche giorno» e come lo dice, il mio stomaco si torce in una morsa dolorosa.

«Dove vai?» Cerco di essere distaccata, ma percepisco una nota lamentosa nella mia voce.

Mi odio per questo.

«Londra e Parigi. Ho in programma l'apertura di due nuovi Regni della piadina», mi osserva con le mani in tasca. Tiene la testa piegata di lato e gli occhi socchiusi, come faceva papà, come Francesco e come me quando riflettiamo. «Verresti con me?»

Non posso impedirmi di sorridere a trentadue denti, in testa ho solo i nomi di due capitali che lampeggiano nel vuoto siderale. Mi ricorderò di chiamare il neurologo?

«Ho bisogno di consigli immobiliari», mi solletica.

La tentazione è immensa, ma il mio senso del dovere di più.

«Non posso, Delmo. Mio figlio, i cani, l'ufficio...»

Non termino l'elenco degli impedimenti perché mi blocca sollevando una mano.

«Ferma lì, aspetta» e richiama un numero dal cellulare.

«Buongiorno, Giuseppina, come sta?»

La mascella mi casca e rimango a bocca aperta. Mi sento un salmone bollito. Delmo ha il numero di mia madre? E la chiama con questa confidenza?

«Ascolti, Giuseppina. Io ho un paio d'affari immobiliari da concludere in Europa e il parere di sua figlia mi è fondamentale. È vero che me la presta per qualche giorno? Poi potrà chiedermi quello che vuole.»

Rimane ad ascoltare la risposta e a guardare me, che sono qui incredula.

«Perfetto! Giuseppina, lei è un tesoro, mi ricorda proprio la mia mamma. Allora posso dirlo a Guenda, sa, prima volevo parlare con lei, non vorrei mai crearle un problema.»

Ma tu guarda che mascalzone bugiardo, dice la mia espressione. Lui ammicca trionfante, saluta e infila cellulare e mani in tasca.

«Come fai ad avere il numero di mamma?»

«Me lo ha dato lei. Il volo per Londra parte domattina alle nove, passo a prenderti alle sei.»

«E perché te lo ha dato? Quanti giorni staremo via?»

Gualtiero attraversa la strada e ci raggiunge.

«Buongiorno, avete già preso il caffè?»

Lo degniamo appena di un cenno.

«Perché gliel'ho chiesto», riprende Delmo. «Giovedì sera siamo a casa. Abbiamo da vedere due immobili e poi facciamo quello che vuoi.»

«E perché gliel'hai chiesto? Moderni o d'epoca? Avremo tempo per visitare qualcosa?»

«Ho anche quello di Francesco, Brigitta, Sofia ed Emy. Uno moderno e uno storico, a me sembrano ottimi investimenti», fa una pausa per sorridermi, «e dopo possiamo andare dove vuoi.»

Gualtiero alza le sopracciglia, vorrebbe parlare, ma io lo precedo.

«E a cosa ti servono? Dov'è quello moderno? Allora andiamo anche a Temple Church.»

«Perché voglio avere tutti i numeri per rintracciarti. A Londra. Anche sulla luna se vuoi.»

«Ma di che diavolo state parlando? Non ho capito nulla» se ne esce il mio socio, che non ha nemmeno idea che esistano conversazioni a tre argomenti contemporanei.

«Dopo ti spiego, Gualtiero», Delmo lo conforta con compassione. «Allora? Vieni?»

Annuisco, non riesco a parlare, vorrei chiedere perché vuole potermi rintracciare sempre, ma non ne ho il coraggio. Conosco la risposta, ma se la sentissi dalla sua voce... ecco, non posso nemmeno pensarci.

Però ci penso tutto il giorno mentre studio il mercato immobiliare londinese e parigino. Lo accantono soltanto mentre telefono a qualcuno dei contatti che papà aveva creato in Europa. All'epoca sosteneva che se a Ginevra ci fosse stata un'epidemia di dissenteria, lui lo avrebbe voluto sapere. A parte il fatto che i problemi intestinali elvetici non mi parevano di alcun interesse per il mercato immobiliare, lo reputavo un pazzo egotico. Adesso so che era un pazzo assolutamente geniale. Forse perché Frau Mann, residente a Pregny-Chambésy sul lago di Ginevra, dopo aver passato un inverno di problemi gastrici, aveva deciso di acquistare una villa sul lago di Como dove trascorre la vecchiaia in un clima più mite. Una villa faraonica, che ovviamente le era stata offerta e venduta da Mario Brunelli.

22

La realtà sembra muoversi alla velocità di Delmo, accelera e rallenta a seconda del ritmo che il re le impone. Guardando Londra che sfila fuori dal finestrino di un taxi, ho la sensazione che il mondo abbia accelerato perché noi arrivassimo qui in un attimo. Difatti alle due del pomeriggio siamo già al primo appuntamento. Seicento metri quadrati vista Tamigi, a due passi dalla Torre.

«Bello», fa Delmo.

«Bello, ma troppo caro», ribatto.

«Però la possibilità di avere tavoli fuori sul lungo fiume è impagabile.»

«Dopo aver ammortizzato il costo. Tra una decina d'anni, occhio e croce, nel frattempo lavori gratis.»

«Però è bello.»

«Però è caro», insisto mentre l'agente immobiliare segue la conversazione come una partita di tennis.

È talmente concentrato che quando Delmo gli rivolge la parola si gira immediatamente verso di me. Io gli sorrido con un misto tra divertimento e compassione.

«Is it so expensive because Henry VIII has stayed here?»

Mi fissa senza comprendere il senso di quello che ho detto. Delmo se la ride e mi lascia giocare.

«Excuse me, ma'am?» chiede spiegazioni mister Tolthoof ed io lo accontento, spiego, spiego e spiego.

Mio padre usava questa tattica. A chiunque chiedeva delucidazioni, lui forniva migliaia di dettagli dal più importante al più inutile, al solo scopo di intontire il suo interlocutore con una sicurezza diamantina e una preparazione minuziosa. In pratica gli racconto la storia della casa reale Tudor, inframmezzandola con dati catastali, statistici e già che ci sono ci metto anche l'allerta terrorismo. Concludo dichiarando che l'immobile è sopravvalutato.

Delmo si avvicina e mi sussurra: «Sei sicura?»

Lo squadro con disprezzo.

«Ti pare che sia venuta qui senza essermi documentata sui prezzi? Se questo non ti piace, ne ho altri due da mostrarti.»

Si apre in un sorriso che mi dà la stessa soddisfazione delle coccole dei miei cani, mi sento...

«May I know what your budget is? »

«Enough to buy the Tower», risponde Delmo.

Non posso fare a meno di sogghignare, se questa l'avesse sentita papà, gli avrebbe mollato una pacca sulla spalla.

«Oh, I mean...» e mister Tolthoof non sa più cosa rispondere.

Questo è il momento giusto per fare un'offerta stracciata. Lo scopo è quello di innescare una contrattazione che vedrà vincitore chi ha la maggior resistenza. Come in un suq arabo, dove ci si ammazza di cortesie e caffè per acquistare un tappeto. E la tattica funziona.

«Guenda, sei un mastino», mi sussurra Delmo che non ha aperto bocca mentre io e il mediatore anglosassone giochiamo gli ultimi set della finale di Wimbledon lanciando e ribattendo offerte e contro offerte.

Il DNA non è cosa da prendere alla leggera, e in questo momento sono il clone di Mario Brunelli, l'uomo che non conosceva limiti e, come lui, ho fiutato il primo segno di cedimento. È il momento di mettere mister Tolthoof alle strette.

Guardo l'orologio e mi fingo stupita.

«Oh my God, it' so late», dico e indico a Delmo l'uscita. «We have another appointment to see a building near.»

Ed è il linguaggio del corpo che parla al posto mio e dice: guarda, ti ringrazio, ma adesso vado a vedere qualcosa di meglio che costa anche di meno. Nessun mediatore di nessuna nazionalità al mondo può resistere a questo messaggio. Lo so, anche io sono un mediatore e anche io vedrei rosso.

«Three million, last offer.»

Delmo ha il senso degli affari, lo fissa negli occhi e sospira, è combattuto, aggrotta la fronte e poi spara.

«Va bene, ma le tasse di proprietà le paga il venditore» e gli stringe la mano in una morsa.

Sorrido benevola e traduco l'ultima condizione capestro:

«The seller will pay the property tax» e la parola tassa qui, come sul patrio suolo, ha il suono di una pietra tombale che si chiude.

Tira un venticello umido portatore di pioggia quando Delmo ed io usciamo dallo studio del mediatore. Il re della piadina ha appena firmato una proposta d'acquisto con scadenza domani a mezzogiorno e il suo umore è alle stelle. I proprietari avvertiti telefonicamente hanno ufficiosamente accettato. Mi trascina come fossi una bambola verso il Tamigi e punta diritto alla Torre. Se non fosse che devo quasi correre per stargli dietro, sarei molto felice.

«Dai, Guenda, muoviti, altrimenti ce la chiudono sotto il naso.»

In meno di due minuti siamo dentro. Sul prato dove giustiziarono la Bolena.

«Proprio qui?» domanda quando glielo racconto.

«Proprio qui.»

Si fa pensieroso, guarda con attenzione la torre bianca dove sono stati tenuti prigionieri decine di uomini e donne, e poi sospira.

«Sai, Guenda, anche io le avrei tagliato la testa.»

«Alla Bolena? Sei d'accordo con la storia che la vuole una donna intrigante e piuttosto maligna?»

«No, non a lei, alla mia ex moglie.»

Dopo averla incontrata, non mi sento di contraddirlo.

«A quante in tutto ha fatto tagliare la testa?»

«A due, una l'ha ripudiata, da una ha divorziato, una è morta di parto e l'ultima gli è sopravvissuta. Ma non farti venire strane idee, lui era un re.»

«Se per questo anch'io», sorride del suo stesso paragone. «Due re senza fiuto per le donne», commenta e s'incammina verso l'ingresso del luogo dove sono custoditi i gioielli della corona.

«Più che altro pazzi ossessionati dalla discendenza», sintetizzo tra me e me.

Lo splendore dei gioielli è tale da lasciarmi senza fiato.

Camminiamo intorno a teche di vetro spesse come un muro di mattoni e osserviamo corone, tiare e diademi, scettri, globi e collier. Qui dentro è custodita una ricchezza che va oltre ogni immaginazione.

«Quale ti piacerebbe avere?» mi chiede Delmo mettendomi un braccio intorno alle spalle.

Rido perché non ho mai neppure sognato di possedere un gioiello come uno di questi che mi brillano sotto gli occhi. E anche per superare l'imbarazzo di un gesto così intimo che mi riscalda il cuore.

«Allora? Quale ti piacerebbe?», insiste.

«Quello» e indico un anello di zaffiro e brillanti che potrebbe essere lo stesso che Carlo regalò a Diana. Mi sembra il più modesto.

Siamo fuori dalla mostra cassaforte, investiti da uno scroscio di pioggia che ci costringe a correre verso la torre vera e propria. Arriviamo zuppi e inzaccherati, ma ridiamo come ragazzini.

«Dai, Guenda, adesso mi fai da guida» e io obbedisco.

Gli racconto della Torre e di chi l'ha fatta costruire, degli uomini che sono passati di qui, qualcuno prima di indossare la corona, molti altri prima di andare al patibolo. Mi perdo nei meandri della storia e parlo di un'epoca morta da mezzo millennio, eppure per me così vivida che non mi sorprenderei di vedere apparire davanti a me Thomas Cromwell o la Bolena stessa. Delmo non mi interrompe mai. È interessato, attento, non fa domande inutili e pende dalle mie labbra.

Usciamo che ormai è sera, le nuvole che hanno oscurato il sole per tutto il giorno se ne sono andate e hanno lasciato un cielo blu, limpido e pieno di stelle. Passeggiamo lungo il Tamigi, l'aria è fredda e umida, ciò nonostante continuiamo a camminare in silenzio. Non c'è imbarazzo tra di noi, le pause della conversazione non sono pesanti da sopportare.

L'ora della cena è passata da un pezzo. Io non ho fame, ma Delmo non vuole sentire ragioni. Vuole festeggiare E per festeggiare, secondo lui, ci vuole del buon vino, motivo per il quale punta una vineria.

«Guenda, ti piace il Brunello?»

Ma non mi ascolta neppure, mi fa sedere a un tavolo sotto le stelle e sparisce all'interno.

Ne approfitto per tirare il respiro. Stare al fianco di Delmo è come andare in barca vela sul lago, non si sa mai da che parte arriverà il vento e, soprattutto, quanto durerà.

Tempo che distolga lo sguardo dal fiume che scorre nero poco distante da me e un cameriere ha già apparecchiato per due, acceso una candela e lasciato un piccolo vaso con dei fiori freschi. Sono perplessa, ma lo sono di più quando il re torna con un secchiello di ghiaccio e una Magnum di champagne.

«Hai cambiato idea sul vino?»

«Non avevano il Brunello e lo champagne è più adatto a festeggiare, Guenda. Tra tre mesi torneremo qui per l'apertura del Piadina's Kingdom.»

«Piadina's Kingdom?» e ho le sopracciglia all'attaccatura dei capelli.

«Sì, il Regno della Piadina all'estero si chiama Piadina's Kingdom, così capiscono. Questi qui» e con la mano indica la gente seduta intorno a noi e i passanti che si godono la serata, «non parlano l'italiano. E neanche nel resto del mondo. Dovresti sentire come pronunciano *regno* in Cina o in Russia Sembrano mia madre con qualunque termine straniero.»

A giudicare da come ride, deduco che la pronuncia lasci veramente a desiderare, però ha ragione.

«Ottima mossa di marketing, con un nome impronunciabile uccideresti il passa parola.»

Ammicca compiaciuto. Fa partire il tappo dello champagne che finisce su un gruppo di ragazzi affacciati al parapetto del fiume, quelli si girano e lui grida:

«To the Queen!»

«To the Queen!» risponde mezza Londra.

Io no. Delmo ha gli occhi fissi nei miei e io non riesco a respirare. Figurarsi parlare.

Meglio bere un goccio, mi dico, ma tra un brindisi e un altro, un ricordo e un sogno nel cassetto, sono passate due ore e la Magnum è quasi finita. Del resto, basterebbe guardarci per capirlo.

Un taxi ci ha riportati in albergo. Cerco di apparire sobria mentre lui ritira due chiavi dal concierge. Se dovessi compilare la scheda d'arrivo in questo momento, scriverei Fata Turchina.

Ridiamo come due adolescenti alle spalle del boy lift, il ragazzo dell'ascensore, quando ci accoglie con un *ma'am e sir*, pronunciati con una deferenza riservata solo ai reali. Al nostro piano Delmo gli allunga discretamente una banconota da cinque sterline e a me sussurra: «Sono stato maleducato, non volevo pensasse che ridevamo di lui.»

Mi concentro sulla sua ombra che si staglia sulla porta bianca della mia camera. Non mi pare ci siano corna che spuntino da nessuna parte, ma quando Delmo mi da un bacio in fronte per augurarmi la buona notte e va via, sono certa di aver visto una coda fluente e bianca. Da unicorno.

Sospiro e mi giro. Sono in una camera d'albergo, piuttosto grande e lussuosa, per essere precisi, e la mia valigia è appoggiata su un piano. Aggrotto la fronte. Come ci è finita qui? L'ho vista sul nastro trasportatore all'aeroporto, poi non ricordo. E sì che lo champagne l'ho bevuto dopo. E io, come sono arrivata qui?

Delmo. Quando sono con lui, smetto di pensare. Anche di preoccuparmi. Sorrido.

Quando torno prendo un appuntamento da un neurologo, promesso.

23

Il telefono suona alle sette in punto. Lo so perché ho un orologio digitale che mi lampeggia negli occhi su un comodino che non è il mio. Nemmeno il letto e il cuscino sono miei. Sollevo la cornetta con il sospetto di essere in una camera d'albergo e una salva di cannone mi esplode nell'orecchio.

«Buongiorno, Guenda, dormito bene? Tra mezz'ora ti aspetto giù per la colazione. Lascia la valigia pronta.»

Faccio per rispondere, ma il re non si può interrompere, non tanto per rispetto all'etichetta, quanto per la sua incontenibile irruenza.

«Sono felice tu sia qui con me. Dai, dai, Guenda, vieni giù che non vedo l'ora» e riattacca.

Guardo il soffitto e sospiro.

Sarà una lunga giornata e sorrido.

Un cameriere mi accompagna al tavolo dove Delmo mi aspetta. Si alza e fa un cenno alla mia scorta.

«Stai proprio bene vestita così» è la sua accoglienza.

Mi salgono le lacrime agli occhi mentre mi fa accomodare e una scivola dalle ciglia e mi cade sul tubino azzurro che indosso.

«Perché piangi? Non piangere, Guenda, non piangere che ci sono io! Cosa è successo? Dimmelo che sistemo tutto.»

Le rassicurazioni non mi confortano, anzi peggiorano la situazione, adesso sto proprio lacrimando.

Solo papà mi dava il buongiorno così e solo papà si preoccupava esageratamente se versavo una lacrima. Minacciava anche di spaccar la faccia personalmente a chiunque facesse soffrire la sua bambina.

Abbozzo un sorriso asciugandomi gli occhi.

«Non è nulla. È che mi hai ricordato mio padre, solo lui è stato così attento a me.»

La spiegazione gli deve piacere perché si rasserena, mi stringe affettuosamente una mano ed esclama:

«E aveva ragione a farlo. Le donne si trattano così.»

Socchiudo gli occhi per squadrarlo meglio. So che non dovrei farlo, Sofia dice che mi viene un'espressione arcigna, per nulla carina, ma non posso farne a meno. Non voglio perdermi il momento in cui dalla bella fronte ampia di Delmo spunterà un corno bianco a spirale.

Un profumo invitante mi distoglie dai miei pensieri esteto-mitologici. Hanno portato un carrello con una mezza dozzina di vassoi ricoperti da campane d'argento che, sollevate con un tempismo teatrale, rivelano uova soffici e pancetta croccante, pan cake fragranti, prosciutto, formaggio, uova sode, salmone, panna acida, frutta di stagione e tropicale, caffè e tè di ogni tipo possibile.

«Quando arrivano gli altri ospiti?» chiedo.

«Perché? Hai invitato qualcuno?»

Ha un'espressione di fastidio incredulo dipinta in faccia. Mi ha creduto! Scoppio a ridere.

«No, non ho invitato nessuno, lo dicevo per la quantità di cibo.»

Ammicca e si serve abbondantemente. Io lo imito e quando ce ne andiamo, dietro di noi lasciamo un graspo d'uva e un avanzo di marmellata d'arance.

L'appuntamento con il mediatore è a mezzogiorno ma noi ci ritroviamo molto prima su un'auto dell'hotel con tanto di autista.

«Dove andiamo?»

«A far compere.»

«Vuoi fare shopping?» e lo guardo di sbieco. Non lo facevo un tipo da shopping.

«Che shopping d'Egitto! Dobbiamo comprare i regali per la famiglia, no? Vorrai mica tornare a casa a mani vuote?»

Decine di fotogrammi di Francesco e di tutti coloro che amo e ho amato mentre mi abbracciano e sorridono davanti a un regalo che avevo portato loro mi sfrecciano in testa.

«Certo che no.»

Annuisce benevolo e mi aiuta a scendere.

Harrods, what else?

Se lavorare con Delmo è faticoso, fare acquisti con lui è debilitante. Dopo una confezione di cioccolatini a forma di corona e tanto di foto della regina impressa sulla carta che li avvolge, un cappellino azzurro che si intona con il mio vestito e un paio di speroni per quando gli insegnerò a montare come si deve a cavallo, ho capito che devo stare zitta e tenere lo sguardo fisso di fronte a me.

Abbiamo passato in rassegna cinque piani e la metà dei trecento reparti con lo stesso zelo di una legione romana. Delmo non fa prigionieri. Sì o no. Mai un momento di indecisione. Oddio, avrebbe dovuto almeno esitare davanti all'acquisto di un quadro di fine Settecento. Di certo un investimento, a parte il soggetto: la decapitazione, appena avvenuta, della Bolena. Ha commentato che lo acquistava perché gli ricordava me. Il commesso, impeccabile, mi ha sussurrato:

«Be careful, ma'am.»

Sono solo le dieci del mattino e ho già bisogno di una pausa. L'autista non ha commentato davanti alla quantità di sacchetti e alla valigia per contenerli tutti, del resto è anglosassone. Fosse stato napoletano, mi avrebbe fatto ridere per dieci minuti.

«Temple Church» gli ordina Delmo e io sono felice.

Temple Church è stata costruita dai Templari e per me i Templari sono meglio di James Bond.

Sono impaziente come una bambina quando trascino Delmo oltre il portone di legno e lancio i soldi per l'ingresso al cassiere. Mi fermo solo quando arrivo nella Round Church. Pazienza se The Chancel è chiusa per alcuni restauri. Sono nel cuore della templarità, proprio dove volevo essere. La chiesa del tempio di Gerusalemme è stata usata a modello per questa, pianta circolare con cupola lignea e sei colonne di sostegno che formano altrettanti archi a tutto sesto. Nel centro, circondate da una ringhiera di metallo, dieci tombe di cavalieri del Tempio. Bianco e pietra, gli unici colori sono quelli dei vetri piombati.

«Hanno girato il Codice da Vinci qui», mi sussurra Delmo.

«Però esiste fin dal 1185, anche se solo gli storici lo sanno.» Trasuda curiosità e stupore.

«Guenda, per favore, raccontami la sua storia.»

E io gliela racconto sottovoce, perché nel tempio non si può disturbare. Parto dal principio e arrivo ai giorni nostri. Delmo ha gli occhi spalancati come volesse assorbire ogni singolo dettaglio.

«Ancora oggi sono usate per le funzioni religiose» concludo come una guida patentata.

«Ti piacerebbe sposarti qui?» Fa cadere la domanda da una distanza abissale.

Lo fisso, credo mi stia prendendo in giro.

«Solo se mi facessero indossare l'abito templare e non uno da donna.»

«Basta che non facciano indossare quello da donna a me» e tutto giulivo, senza lasciarmi il tempo di riflettere, mi prende per mano e si avvia all'uscita. «Undici e mezza, dobbiamo andare.»

Di già? Mi pareva di aver messo giù i piedi dal letto dieci minuti fa e siamo già a mezzodì? Delmo in abito da sposa?

Dal mediatore è questione di poco. Leggo il contratto due volte e con attenzione, è tutto in regola per quel che mi riguarda, e anche l'e-mail del legale, cui lo avevo mandato ieri per un controllo, dà il via libera. Delmo deve avere un team di banchieri che lavorano per lui perché consegna al mediatore un documento che attesta il versamento della sua commissione e il dieci percento del prezzo d'acquisto pattuito come caparra confirmatoria e anticipo. Il passaggio di proprietà avverrà tra quindici giorni da oggi con il versamento del saldo. Grazie e arrivederci.

Alle tre siamo di nuovo in giostra, Parigi ci aspetta.

24

Sono le sei e mezza e siamo di fronte alla Tour Eiffel. Tutto intorno è un tripudio di natura. Parigi in primavera è meravigliosa.

Al momento però non apprezzo nulla, sono troppo impegnata a trattenere la colazione nello stomaco.

Il viaggio dall'aeroporto a qui è stato peggio che circumnavigare Capo Horn con una tempesta in corso. Delmo non avrebbe dovuto promettere cento euro di mancia all'autista, a patto che arrivassimo in tempo. Siamo arrivati in anticipo, e meno male, così ho il tempo di riprendermi e non vomitare sui piedi del mediatore.

Cosa che si meriterebbe perché non si va al lavoro con le infradito di gomma, soprattutto se devi vendere una proprietà quotata due milioni e mezzo di euro in una città distante dal mare almeno trecento chilometri. Mio padre gli avrebbe riso in faccia, si sarebbe sistemato i polsini con tanto di gemelli rigorosamente in platino e avrebbe detto "Ragazzo, voglio tutta la prima fila, sdraio e ombrelloni compresi. Già che ci sei prepara anche un pedalò."

Gli starebbe bene, rimugino, mentre lo seguiamo all'interno di un bar. Cinquecento metri su due piani, vista Senna e tour Eiffel. Il prezzo è accettabile considerata la posizione, ma gli interventi per adattarlo a Regno della Piadina non saranno da poco.

Delmo mi legge nel pensiero.

«A Londra è tutto da fare, qui è da mettere a posto, che costa di più.»

Annuisco e fisso il bagnino che si è avvicinato al bancone di marmo per ordinare.

«Rien à boire, nous sommes ici pour travailler» dico, e senza attendere risposta salgo le scale.

Delmo mi segue e al piano superiore concordiamo che la nostra prima ipotesi va ripensata. Pareti a vetri che affacciano su un terrazzo che corre lungo tutta la lunghezza, ombreggiato da tende da sole e affacciato sulla Senna.

So che Delmo lo vuole, lo leggo nell'espressione dei suoi occhi che vedono già il locale pronto per l'inaugurazione. E anch'io lo voglio, sono un agente immobiliare, fa parte del mio lavoro soddisfare i miei clienti.

Non è vero, mi smentisco, lo voglio anch'io perché quando Delmo è felice, io sono felice.

Spalanco gli occhi all'enormità del pensiero e mi spavento, anzi mi terrorizzo proprio, e la contrattazione è la mia salvezza. Faccio un giro rapido e torno dal mediatore, che nel frattempo si è seduto a un tavolino nel déhor. Però non ha preso nulla da bere, buon segno.

Delmo mi segue paziente e sussurra:

«Guenda, fai tu che sei bravissima.»

Sogghigno, mi accomodo, squadro i pantaloni sportivi e la camicia senza cravatta, sospiro con disapprovazione e sguaino la spada. Povero, ho un guizzo di pietà.

L'elenco delle cose negative si allunga insieme al muso del mio interlocutore e alla mia faccia tosta. Il re osserva, tace e annuisce con serietà alle mie parole. Visto il prezzo di partenza equo, la proprietà doveva essere al corrente delle problematiche di un immobile con quasi duecento anni di vita, da adattare a una nuova attività imprenditoriale.

Monsieur Perrot si dà per vinto e ci sconta quasi un quindici per cento. Di più non potrei ottenere: d'accordo la crisi, ma siamo pur sempre in centro a Parigi.

Delmo acconsente con un cenno e una stretta di mano, appuntamento al giorno dopo a mezzogiorno nel suo ufficio, se la proprietà accetterà. Io insisto per saperlo entro un paio d'ore perché abbiamo trattative in corso per altri due immobili.

Non è vero, ma è la procedura standard in questi casi, fa parte del gioco.

Delmo riceve la telefonata mentre arriviamo in albergo. Sorride e tuona: «Allor, a domain» che non capisco se sia francese o romagnolo.

«Guenda, stasera ti porto a cena nel più bel ristorante di Parigi! Te lo meriti proprio» e in uno slancio di felicità mi stringe in un abbraccio.

È un pezzo d'uomo, Delmo, e probabilmente non sa di essere forte in egual misura. Annaspo in cerca d'aria, con la faccia schiacciata contro il suo torace, le mie costole vicine al punto di rottura. Mi rimette per terra quando ormai ho i bulbi oculari sporgenti, tanto che persino il concierge tira un respiro di sollievo. Avrà pensato volesse stritolarmi.

«Ce l'hai un vestito da mettere?»

Consegno il passaporto all'uomo dietro il banco che, sapesse del quadro della Bolena, chiamerebbe la Gendarmerie, e rispondo:

«Non mi pare di essere mai andata in giro nuda.»

«Ma no, Guenda, un vestito da sera intendo, quelli che le donne indossano quando gli uomini sono in smoking.»

Sogghigno.

«Quello delle mogli o quello delle amanti?»

Il concierge spalanca gli occhi e fissa Delmo che sfoggia un cipiglio arrabbiato.

«Non dirlo nemmeno per scherzo! Da moglie e non ripetere mai più una scemenza del genere.»

Sono stupefatta, non mi sembrava poi questa gran sciocchezza, ma dura poco perché mi trascina in una delle boutique dell'hotel.

Io mi sento il sussurro del concierge nelle orecchie:

«Faites attention, madame!»

Delmo ha deciso che vuole vedermi in *robe de soirée* e niente lo smuoverebbe dalla sua decisione. Per sé, ha già acquistato uno smoking e adesso è seduto come un pascià a vedermi provare abiti che potrei indossare solo a Capodanno, e solo se fossi invitata alla cena di gala a Buckingham Palace.

Le commesse gli sfarfallano intorno mentre lui indica questo e quello. Non è soddisfatto delle mie scelte, a suo dire troppo modeste. Ogni volta che esco dal salottino di prova, mi scatta una foto, mi fa girare su me stessa e poi scuote la testa con decisione.

«No, non va bene» e nuovo cambio.

Su un vestito lungo in chiffon rosa pallido, un modello che avrebbe potuto indossare Ginger Rogers, si zittisce. Mi fa sfilare e filma, digita qualcosa sul telefono e mi sorride.

«Ti piace? Sei bellissima. Per me è questo, ma aspettiamo la risposta.»

«La risposta di chi?»

Mi mostra lo schermo del cellulare con un messaggio di Francesco.

Mamma sei uno schianto! Questo, questo, questo.

«Questo?» domanda Delmo.

«E questo sia» acconsento confusa.

Mi guardo allo specchio, mi osservo per bene perché è difficile riconoscermi in quella donna in chiffon rosa pallido, come le scarpe e la pochette che Delmo mi ha fatto mandare in camera da una delle commesse.

Ho anche i capelli raccolti e la manicure fresca. Insieme alla borsetta è arrivato anche il *coiffeur* dell'hotel con un biglietto.

Tuo papà non mi avrebbe perdonato la mancanza.

Vero. Papà era uno da regalo totale, perché un cavallo se posso regalarti una scuderia?

Il cellulare squilla, la quinta di Beethoven. Mia madre mi chiama a rapporto. Mi concentro e rispondo con grande garbo.

«Ciao mamma, come stai?»

«Tua madre sta benissimo, come Francesco, Brigitta, Sofia e i cani» risponde Emy. «Tu, invece? Hai indossato quello splendore rosa? Dove ti porta a cena? Scommetto che ti porterà da Maxim, Delmo è quel tipo d'uomo.»

«Ciao Emy, sei da mia madre?»

«Certo che siamo qui» risponde Sofia. «Mangiamo le tagliatelle dei ragazzi, la crostata di tua mamma e poi guardiamo un film. Tuuuuuu? Invece che faiiiiiiii?»

Cantilena per prendermi in giro. So che come tutti gli altri sta morendo dalla curiosità di sapere cosa succederà questa sera. Deve succedere qualcosa, perché con un abito del genere deve accadere qualcosa per forza, che so, un valzer sugli *Champs Élysées*, un tango in *Place de la Concorde*, un bacio di Delmo...

«Andremo a cena e poi a dormire, siamo qui per lavoro» rispondo a lei, ma a me stessa dico: sì, come no!

Deve avermi sentito perché riferisce e ridono tutti.

«Grazie per il sostegno morale, fa piacere avere degli amici e una famiglia.»

«Guenda, per una volta non ti preoccupare. Goditi quello che ti offre la vita, cioè Delmo, che non è poco. Credimi, qui siamo tutti pazzi di lui.»

Deglutisco nervosamente e scruto la parete di fronte a me come vi potessi trovare una via d'uscita da questa conversazione.

«È un cliente, Sofia.»

«È un uomo, Guenda. Ed è anche un unicorno.»

«Non ci sono prove definitive.»

Ride, con quella sua risata conquistatrice.

«Sapevo le avresti occultate, per cui ne ho raccolte altre e messe in cassaforte. Te le mostrerò appena torni e adesso ti saluto, i ragazzi hanno messo in tavola le tagliatelle. *À bientôt, ma chère amie, et vive l'amour!*»

Guardo fuori dalla finestra.

Place Vendôme è illuminata e quasi deserta. Napoleone, sulla colonna di bronzo che fece fondere con i cannoni presi agli austriaci dopo Austerlitz, mi guarda dall'alto in basso. In vita ha dovuto diventare imperatore prima di potersi permettere uno sguardo in discesa.

Divago perché sono inquieta, tutto questo turbinio che Delmo ha messo nella mia vita mi spaventa. Tutti sono contagiati dalla sua voglia di vivere, dal suo buon umore e dal suo gran cuore.

Anche io, solo che io, a differenza degli altri, ho paura. Una terribile, enorme e indomabile paura. Delmo ha tutte le qualità che avrei sempre voluto in un uomo, compresa la follia latente, nemmeno poi tanto, di papà. I miei amici si lamentavano della noia mortale che c'era in famiglia, io e mamma del continuo movimento senza mai un attimo di tregua.

Ho paura di non riuscire più a fare a meno delle sue attenzioni. E non è stato il divorzio a ridurmi una donnetta terrorizzata, è stata la morte di mio padre. Come se all'improvviso il sole non fosse più sorto, come se tutti i computer e le connessioni internet del mondo avessero smesso di funzionare. Papà non ha lasciato dietro di sé problemi finanziari, ha semplicemente lasciato il vuoto. E ora quel vuoto lo sta riempiendo Delmo a una velocità impressionante.

Mi torco le mani perché so di essere al nocciolo della questione. Non è la paura di innamorarmi che mi ossessiona, è la paura di perdere quel qualcuno di cui mi sono innamorata.

Ho mal di testa dal gran pensare e chi troppo pensa pazzo diventa. Io, grazie ai miei genitori, ho già abbastanza follia nel mio DNA da poter evitare di lavorarci.

Prendo la pochette rosa e scendo nella hall.

«Guenda», mi accoglie Delmo prendendomi le mani e squadrandomi da testa a piedi, «sei bella come la Madonna!»

«Grazie, Delmo, e tu elegante come un re.»

Iniziamo la nostra serata parigina con una risata e un messaggio a Emy.

Hai vinto. Maxim.

Chez Maxim è uno dei ristoranti più famosi e antichi di Parigi, qui si cena in abito da sera senza sentirsi fuori luogo. L'atmosfera è liberty, come i dipinti alle pareti, l'illuminazione e le vetrate. Pare che nell'aria fluttuino gigli, calle e rose oltre ai profumi di una cucina raffinata e, ça va sans dire, francese.

Delmo è un ottimo anfitrione, ceniamo e brindiamo al nuovo Piadina's Kingdom e a un tratto mi trovo a spiegargli come vedo il secondo piano, quello con le vetrate sulla Senna.

«Bianco e parquet chiaro, tavoli tipo osteria ma più piccoli, più leggeri, al posto delle sedie che occupano più spazio metterei degli sgabelli impagliati. Sulla parete bianca un quadro solo, una fotografia antica di un cascinale come quello di nonna Cesira, che ricordi le origini della piadina e la tua filosofia di produzione.»

Ho detto nonna Cesira? Perché ho detto nonna Cesira come fosse la nonna di Francesco? Perché istintivamente sento che è così. Del resto, istintivamente avevo capito che quella befana con residenza da un chirurgo estetico della mia ex suocera non sarebbe stata altro che un nome sull'albero genealogico di mio figlio.

«Sì, mi piace» dice pensieroso mentre finisce il *foie gras*, poi aggiunge: «e mi piace anche che la chiami nonna Cesira.»

«Ci sa fare con i ragazzi, li ha trattati come nipoti.»

Sorride, compiaciuto come un fattore dopo un raccolto abbondante, un compiacimento genuino, sano. O forse ho semplicemente bevuto troppo, di nuovo.

Dopo la *pêche flambée*, con un'altra mezza dozzina di ingredienti di cui non ho capito il nome, scopro che Delmo ha organizzato anche il dopo cena.

Non mi svela dove finché ci alziamo dal tavolo.

«Adesso andiamo a fare il giro di Parigi su un battello, musica sotto le stelle.»

«È una splendida idea» gli rispondo, guardandolo negli occhi con in testa un valzer.

E metto un piede in fallo.

25

Una stilettata di dolore parte dalla caviglia, passa dallo stomaco, si porta dietro un'ondata di nausea e arriva dritta al cervello. Devo essere sbiancata appendendomi al braccio di Delmo.

«Guenda? Guenda, ti sei fatta male? Fammi vedere.»

«No, non è niente» e mentre parliamo la caviglia si gonfia sotto i nostri occhi.

La fissiamo inorriditi diventare un melone. A me viene da vomitare, al maître un attacco d'isteria che travolge il suo staff.

Delmo, invece, assume il comando e li spedisce in cucina a prendere del ghiaccio. Quindi fa chiamare l'autista dell'hotel e s'informa sulla miglior clinica ortopedica di Parigi. Mi tiene tra le braccia e intanto mi sballotta a destra e a manca tuonando ordini, senza apportare alcun giovamento né alla nausea né alla caviglia.

Il capo staff ha richiamato l'attenzione della sala con l'appello accorato di una signora in difficoltà. Si presenta un cardiologo che costringe Delmo a mettermi su un divano così da poter sentire le mie pulsazioni, intanto un chirurgo valuta il danno. Un avvocato offre a Delmo i suoi servigi: qualora in seguito volessimo far causa a Maxim, il suo numero è sul biglietto da visita che gentilmente gli mette tra le mani.

Il re torna a concentrarsi su di me.

«Ti fa male, Guenda? Vuoi qualcosa per il dolore?»

«Delmo, è una storta, posso sopportare.»

Il chirurgo parla con il cardiologo, fissano la caviglia, il primo prende il piede e lo ruota. Io salto per il dolore e entrambi scuotono la testa e commentano: *le tendon.*

Il tendine, Dio non voglia! Quando capita ai cavalli, sono almeno venti giorni a riposo, più altri venti di passeggiate sull'asfalto.

Ma forse per gli umani la riabilitazione è diversa.

Comunque sia, venti giorni di dipendenza sono per me una condanna a morte. Mi salgono le lacrime agli occhi, non di dolore, ma di frustrazione, impotenza e rabbia.

Ma dovevo storcermi una caviglia proprio la sera del gran ballo? Dannazione!

Lasciamo Maxim come fossimo star, con staff e medici che ci scortano all'auto, aprono la portiera e infine ci augurano buona fortuna come il coro di un musical.

«Delmo, perché non mi fai sedere al posto di tenermi in braccio? Staresti più comodo.»

«No, se ti tengo così non sballotti e la caviglia non ti fa male, e poi io sono comodissimo.»

Inutile discutere con lui, meglio tenere le energie per quando serviranno.

«Il giro in barca era su un bateaux-mouche?»

Chiedo per far conversazione, distrarmi dalla posizione un tantino imbarazzante e da un dolore pulsante che aumenta di minuto in minuto.

Annuisce.

«Con musica classica?»

Fa spallucce. «Io ho chiesto che sapessero suonare di tutto perché avresti scelto tu.»

Allontano la testa per guardarlo meglio. «Io? Perché avrei dovuto scegliere io? E gli altri?»

Adesso è lui che si scosta per inquadrarmi meglio, sul viso ha l'espressione di chi non ha capito.

«Quali altri? Saremmo stati io e te, chi avrei dovuto invitare?»

«Io e te? Nel senso che hai noleggiato tutta la barca con tanto di orchestrina solo per noi?»

Annuisce.

«Però venti musicisti non mi sembrano un'orchestrina» commenta come a chiedere conferma.

«No, hai ragione sono una bella orchestra.»

Se non fossi impossibilitata a farlo, mi prenderei a calci per aver rovinato una serata del genere.

«Non pensarci nemmeno» dice con aria minacciosa prima di tirarmi a sé e farmi appoggiare la testa sulla sua spalla.

«A cosa non devo pensare?»

«Di aver rovinato la serata. La rifaremo migliore quando torneremo per l'atto dell'immobile.»

Sbatto le ciglia per snebbiare la vista dalle lacrime e vedere il corno bianco che spunta.

Entro all'American Hospital of Paris con l'autista che apre le porte e Delmo che mi tiene in braccio. Mi mette su una sedia a rotelle solo dopo che un'infermiera, o forse un sergente maggiore dei Marines travestito da infermiera, lo fissa con un ultimatum nelle pupille.

Il mio arrivo è stato annunciato dal cardiologo che lavora qui così, mentre Delmo sbriga le formalità burocratiche, io vengo visitata e radiografata.

L'ortopedico ha tastato, pigiato, girato a destra e a sinistra il mio piede fino a che, soddisfatto, mi ha spedito in sala gessi. Prima mi ha fatto un'iniezione di antidolorifico, spontaneamente, dopo che gli ho detto che avrei vomitato per il dolore.

Mi riconsegnano a Delmo sulla sedia a rotelle. Dalla sua espressione capisco che mi riprenderebbe in braccio, ma l'infermiera fa un cenno all'autista e quello apre le porte così che lui è costretto a correrci dietro per tenere il passo. Mi caricano in auto prima che possa obiettare qualcosa.

Riesce ad assicurarsi del mio stato di salute solo quando siamo già partiti.

«Cosa ha detto l'ortopedico?» chiede prendendomi una mano tra le sue.

«Stiramento del legamento peroneo anteriore, nulla di grave. La cattiva notizia è che devo tenere il gesso per venti giorni, la buona è che il gesso è solo nella parte posteriore, davanti è solo fasciatura.»

Controlla quello che gli ho detto tastando con una mano.

«Hai un gesso cabriolet, in pratica.»

«Che stupidaggine!» esclamo, ma la battuta serve a distrarmi dal pensiero di dovere dipendere da qualcuno per i miei spostamenti.

Incomincio a sentire la stanchezza, sbadiglio e vorrei chiudere gli occhi, ma siamo arrivati.

Davanti all'ingresso del Ritz il concierge ci aspetta con una sedia a rotelle. Dovrebbero aggiungere il servizio alla brochure dell'hotel, così uno sa di potersi rompere una gamba con tranquillità.

Delmo mi accompagna in camera e bofonchia qualcosa quando entriamo.

«Che dici? Sono così stanca che non ho capito.»

«Avrei dovuto assumere un'infermiera per la notte.»

«A fare che? Per somministrarti dei tranquillanti? Smettila di essere così ansioso e spingimi in bagno.»

Mi fissa inorridito.

«In bagno? Da sola? Io non posso entrare con te!»

«Sei molto gentile a preoccuparti, ma ti assicuro che posso benissimo reggermi sull'altra gamba mentre mi cambio.»

«Sei sicura?»

«Sono sicura» e per dimostrarglielo mi alzo e saltello in bagno.

«Ti aspetto qui, se hai bisogno chiama.»

Non è la prima volta che m'ingessano qualcosa, diciamo che sono piuttosto esperta su come vivere con un arto immobilizzato.

Mia madre aveva la pessima abitudine di sfinirmi con i suoi rimproveri per il mio comportamento spericolato tale e quale a quello di mio padre. Come se essere investita da un tedesco fuori controllo sulle piste da sci fosse stata una mia scelta. Nemmeno prendere un calcio mentre pulivo gli zoccoli a un cavallo lo era stato. Quindi, pur di starle alla larga, ho imparato a fare tutto da me, anche con la mano destra ingessata. Tranne guidare, lì mi è toccato e temo mi toccherà ancora dipendere.

Quando apro la porta, Delmo è lì davanti che aspetta.

«Che fai qui?»

Mi prende in braccio e mi porta a letto.

«Volevo essere pronto in caso di bisogno.»

Sorrido di questa sua premura, mentre mi sistema le coperte. Non riesco a reprimere uno sbadiglio. Gli prendo una mano e lo tiro a me.

«Grazie» riesco a dirgli con la voce impastata dal sonno.

Mi accarezza una guancia e osserva il mio viso con attenzione, come farebbe un pittore con un quadro appena terminato.

Vorrei aggiungere che mi fa sentire protetta come quando c'era papà e la vita era molto più semplice, che per la prima volta da tanto, tantissimo tempo, mi sento anche una donna, non solo una figlia, una madre e un agente immobiliare, ma credo che nell'antidolorifico ci fosse anche un sonnifero.

«Di nulla, Guenda, ora dormi» e mi appoggia le labbra sulla fronte.

Lo bacerei, ma Morfeo mi spinge a forza nel suo regno.

26

Mi sveglio con un raggio di sole negli occhi. Mi stiro con la voluttà di un boxer.

«Buongiorno, Guenda, come ti senti?»

Per poco non cado dal letto. Delmo è seduto su una poltrona, vestito con un completo grigio gessato e cravatta bordeaux. Sorride, ma ha il viso stanco.

«Io bene, tu non troppo direi.»

E all'improvviso ricordo la sera prima.

È strano come con il buio alcune cose della vita appaiano diverse. Sarà una questione di luce, forse di notte si ha la tendenza a vivere il presente piuttosto che speculare sul futuro. Non saprei dire, ma so che in questo istante tutto ciò a cui non ho pensato ieri sera mi sta sfilando in testa con tanto di cartelli e striscioni. Il re intuisce il mio stato d'animo, non fa alcun accenno, mi prende in braccio e mi porta in bagno, dove mi lascia con un bacio in fronte.

«Ti aspetto di là.»

Sospiro e mi do della stupida. Mi tolgo la camicia da notte e inizio uno di quei dialoghi interiori devastanti. Ne parlai una mattina al parco col professor Procopio, lo psichiatra.

«Guenda», mi disse fissandomi da sopra gli occhiali da lettura, con il giornale appoggiato alle ginocchia, «tu sei una di quelle donne che d'istinto capiscono chi hanno davanti. Non per nulla ti piacciono gli animali e ci vai d'accordo. Loro sono come te, con una differenza. Tu hai la ragione, che è altrettanto sviluppata, e mette in discussione ogni tua scelta, motivandola con l'educazione, la cultura, la società e tutto ciò che ne consegue. Così, per prendere una decisione prima devi risolvere il conflitto tra istinto e ragione. E, per quel che ti conosco, vince sempre la ragione per sfinimento dell'istinto e tu fai la scelta sbagliata.»

A quel punto feci per interromperlo, ma lui mi zittì con una mano.

«Guenda, a me puoi mentire, ma a te stessa no. Tu, Edoardo non lo volevi sposare e nemmeno volevi fare l'agente immobiliare. Per quanto riguarda il lavoro, dove esiste la componente monetaria non metto becco, ma per il matrimonio posso esprimere il mio parere professionale. Il tuo istinto ti diceva che non era cosa, e così è stato. Mo', figlia mia, pensa quello che vuoi, ma la scienza è questa.»

Aveva e ha ragione. Mentre lavo i denti fisso la mia immagine nello specchio. L'istinto vorrebbe truccarsi, pettinarsi con cura e sceglier l'abito giusto per apparire nel miglior modo possibile. La ragione sta urlando come una lavandaia che i clienti sono clienti e basta, che con un figlio diciottenne il tempo per queste cose è passato da un pezzo, che la libertà di fare quello che vuoi con un rapporto fisso è ridotta ai minimi termini e che al posto di perdermi in fantasticherie dovrei leggere l'e-mail del legale per sapere se il contratto che Delmo firmerà è in regola.

Delmo.

Mi trucco, mi sistemo i capelli e saltello in camera, lui è sul balconcino vista Napoleone. Magari stanno avendo una conversazione da re a imperatore. Non mi intrometto e raggiungo l'armadio. Scelgo un abito, la gamba dei pantaloni non entrerebbe con il gesso, e me ne torno in bagno.

E adesso che scarpa metti? Urla la ragione a corto di argomenti.

Una Chanel tacco otto e mi faccio portare in braccio.

Affondo dell'istinto e fine dell'incontro.

Per il momento.

Nella sala ristorante del Ritz devono essere abituati a tutto, perché nessuno degna di uno sguardo Delmo che mi porta in braccio. Non c'è stato verso di fargli usare la sedia a rotelle. Due camerieri sono in attesa di scostare la sedia per farmi sedere e appoggiare la gamba su uno sgabello imbottito. Gli altri ospiti accennano un discreto saluto col capo. Solo una signora seduta di fronte a me osserva la scena con un sorriso appena accennato. Deve avere superato gli ottanta, ma il portamento è dritto e tiene il mento proteso in avanti.

Trasuda classe, charme, sicurezza e denaro. È almeno una duchessa, ci scommetterei. Sposta lo sguardo su di me e inaspettatamente ammicca.

Bonne chance, le leggo sulle labbra.

Merci, risponde l'istinto con un sorriso a trentadue denti.

Delmo richiama la mia attenzione. «Ascolta, Guenda, volevo andare a Versailles, ma con la tua caviglia è meglio rimandare a un'altra volta.»

«Hai intenzione di portarmi di nuovo a Parigi?» chiedo mentre indico i pancake fumanti e lo sciroppo d'acero.

«Certamente, mi piace la tua idea del regno parigino. Voglio che lo arredi tu.»

«Io mi occupo di compravendita di proprietà immobiliari, non di design d'interni.»

Un cameriere gli ha appena messo davanti un piatto di uova con il bacon che potrebbe sfamare una famiglia di quattro persone.

«Però hai un ottimo gusto e potresti farti aiutare da Emy, non è il suo lavoro?»

Squilla il telefono e il discorso rimane in sospeso. Meno male, stavo per ritrovarmi un'altra professione.

«Oui, oui, ça va», conclude la telefonata e aggiunge: «Era l'agente immobiliare, chiede se possiamo anticipare alle dieci.»

«Ti butta all'aria i programmi?»

Sorride e finisce il suo breakfast.

«Ho già fatto tutto quello che dovevo fare» risponde, senza ulteriori spiegazioni. Non che io ci faccia caso, in questo momento ho il mio bel daffare a conservare un po' di dignità mentre vengo portata fuori in braccio dal Ritz. Chissà se è già successo nella sua lunga e memorabile storia o potrò vantarmi del primato.

Nell'ufficio del mediatore, che ha gli stessi gusti di Gualtiero in fatto di segretarie, Delmo conclude l'accordo per l'immobile parigino con la proprietaria in persona. Parigina di nascita e cittadina del mondo. Sei mariti, uno più ricco dell'altro, tre volte divorziata e tre volte vedova. Ottantasette anni, un paio di centinaia di migliaia di euro in un orologio e un anello, un diamante così grande che quando è colpito da un raggio di luce dobbiamo tutti socchiudere gli occhi.

Madame Garnier sarà avanti con gli anni, ma è più lucida e in forma di certi trentenni. Dopo la firma strappa a Delmo la promessa di essere invitata all'inaugurazione.

«Le sue piadine sono formidabili», lo lusinga con un affascinante accento francese. «Le ho mangiate a Mosca e a New York, adoro il prosciutto crudo.»

«Madame sarà nostra ospite d'onore», risponde Delmo con grande galanteria.

Ma nostra di chi? Il Regno della Piadina è suo.

«Le interesserebbe una villa a Cap Ferrat?» se ne esce la signora.

Il solo sentire Cap Ferrat mi fa salire le lacrime agli occhi. Era il posto dove papà mi portava quando voleva star solo con la sua bambina.

«Certamente, quando possiamo vederla?»

Per essere più veloci di Delmo bisognerebbe tenerlo ammanettato e imbavagliato.

Usciamo con un appuntamento tra quindi giorni, già fissato e inserito in agenda.

«Sei contenta, Guenda?» mi chiede.

Io guardo il panorama.

Non ha voluto sentire ragioni. Quando siamo usciti dall'ufficio del mediatore, ha decretato: bisogna festeggiare. Quando ho ribadito che lo avevamo già fatto la sera precedente, ha scosso la testa e ha riso: «E li chiami festeggiamenti?»

Quindi ora siamo a pranzo al *58 Tour Eiffel*, al primo piano della torre. Tavolo accanto alla vetrata. Splendido, se non fosse che ogni volta che guardo in basso mi viene voglia di buttarmi a terra e strisciare il più lontano possibile dal baratro. Però non mi va di fare la guastafeste. Delmo ha smosso mari e monti per avere proprio questo posto e mi ha portato in braccio, per un tratto anche in spalla come un sacco, fino a qui. Ragion per cui rispondo:

«Benissimo, grazie», ma la voce è gracchiante di paura. Lui sposta l'argomento sull'arredamento di una casa al mare. Posizione: sud della Francia, località: Cap Ferrat.

Ma Dio Santissimo! Non l'ha nemmeno vista in fotografia!

Il nostro volo atterra in orario. Allo scalo trovo una sedia a rotelle ad aspettarmi, e per questo ringrazio di cuore lo steward previdente. Delmo insiste che non era il caso, poteva benissimo portarmi lui.

Ritiriamo i nostri bagagli più la valigia di regali e io sono costretta a spingermi da me, perché di scovare un facchino a Malpensa non se ne parla.

All'uscita troviamo un uomo ad aspettarci. Delmo lo abbraccia con grande affetto prima di presentarmelo.

«Davide, questa è la signora Brunelli. Lui è il figlio maggiore del mio amico Teo Venturi ed è il direttore dei Regni della piadina del nord ovest.»

«Felice di conoscerla, signora, ho sentito tanto parlare di lei. Mi dispiace per la sua caviglia.»

Ha sentito tanto parlare di me? Sono all'ordine del giorno nelle assemblee del Regno?

«Grazie, Davide, piacere mio.»

È giovane, trent'anni a mala pena, un bel ragazzone di quelli che fanno l'orgoglio delle mamme. E guida con prudenza.

Davide aveva già provveduto a parcheggiare l'auto di Delmo vicino a casa mia, così dopo averlo aiutato con i bagagli, se ne è andato. Poiché l'ascensore è troppo stretto per farlo salire con me in braccio, il re ha deciso di mettermici dentro seduta sulle valige. Premo il tasto e lui prende le scale. Arriva quando si aprono le porte.

Sogghigno guardando l'orologio.

«Quarantacinque secondi, puoi far di meglio.»

«Bah!» esclama risentito. Mi puntella contro il muro, scarica il resto e carica me in braccio.

Suono il campanello con la punta della scarpa. Le mie chiavi sono rimaste nella tasca di Delmo e, tenendomi in braccio, non possiamo prenderle né io né lui.

I cani abbaiano e Francesco apre.

«Mamma? Cosa hai fatto?» mi fissa stranito.

«Non preoccuparti, ragazzo, la mamma sta benissimo, solo una storta. Adesso la mettiamo sul divano e poi le prepariamo una cena coi fiocchi.»

Entra e si blocca. Io sbircio oltre la sua spalla e mi blocco.

«Edoardo? Che diavolo ci fai qui?»

Questa è l'accoglienza che riservo al mio ex marito.

«Potresti almeno fingere di essere contenta» mi rimbrotta con quella sua aria di superiorità.

Certe cose non cambiano mai.

«Perché dovrebbe essere contenta?» La domanda arriva da mia madre, seduta in punta di poltrona con tre boxer accanto che fissano Edoardo con malumore.

«Guenda, come hai fatto a farti male?» interviene Brigitta. É un animo sensibile e cerca di sviare il discorso.

«Si sarà comportata da spericolata come al solito», risponde il mio ex.

«È stato un incidente» ringhia Delmo, «e se lei, gentilmente, alza il fondoschiena dal divano posso mettere comoda la padrona di casa.»

Ci sono persone che hanno un'intelligenza superiore alla media in alcuni campi, ad esempio l'analisi finanziaria dei mercati, ma mancano completamente di qualunque altra dote. Edoardo ne è l'esempio. Professionalmente è un semi dio, umanamente è una cacca intera.

Si alza con riluttanza e guarda Francesco.

«Non mi presenti l'amico di tua madre?»

È la vedova Brunelli che batte tutti sul tempo e ha la stessa espressione dei cani. Feroce.

«Mio nipote non è un valletto addetto alle presentazioni e tu dovresti essere in grado di farle da te.»

Mamma lo odia, con tutta se stessa e anche un po' di più. Non gli perdonerà mai di non aver adempiuto al suo ruolo di padre, non potrebbe dopo aver visto suo marito in quella parte. Per lei la famiglia è sacra e il suo senso di appartenenza, possesso e difesa è paragonabile solo a quello di un mafioso. Ucciderebbe a mani nude per me e Francesco.

«Non ce n'è bisogno, Giuseppina, se il signore non è capace, ci penso io. Sono Delmo Ravaioli, piacere di fare la sua conoscenza.»

Le parole sono molto educate, ma lo sguardo che si scambiano lui e mia madre per nulla. Sono alleati e non hanno intenzione di nascondere la loro intenzione comune.

«Il re della piadina?» Edoardo è improvvisamente interessato. «Il proprietario dei Piadina's Kingsdom?»

«Sì.»

Modalità analista finanziario attivata. Edoardo si trasforma, sorride, perde l'aria di superiorità e fa quello che sa fare meglio. Dopo due anni di vita comune posso anche permettermi di affermare l'unica cosa che sa fare. Spiega a tutti noi perché la società di Delmo sta scalando le classifiche dei migliori business internazionali e io comprendo da dove arriva la grande liquidità che permette al re di comprare due immobili milionari in due nazioni diverse in meno di settantadue ore.

«Edoardo, credimi, ci basta conoscere Delmo per acquistare le sue azioni, non dobbiamo certo stare ad ascoltare te e i tuoi pettegolezzi da Wall Street.»

Mia madre ci sa fare, riuscirebbe a spegnere un incendio con un'occhiata.

«Che ne dite di mangiare qualcosa?» Brigitta riconosce la dichiarazione di guerra. «Franci, qualche idea?»

«Ci penso io.» Delmo sparisce in cucina. Uno dei cani e mia madre lo seguono.

Edoardo si avvicina a Francesco.

«Io non mi fermo a cena.»

«Nessuno ti ha invitato» cinguetta la voce di mamma.

Brigitta e io sghignazziamo.

Il mio ex marito ignora la precisazione e si rivolge a suo figlio.

«Domani vorrei presentarti Cindy. Ci vediamo a pranzo, ti mando un messaggio. Buona serata a tutti» e si avvia per andarsene.

«Cindy come Cindarella di Cenerentola?» domanda la nonna dalla cucina. «Tu il principe non lo puoi fare, Edoardo, potresti fare solo uno dei ratti che tirano la carrozza.»

La risata di Delmo è più rumorosa della porta che sbatte.

Mentre tutti sono indaffarati con la cena, io ne approfitto per chiamare in ufficio. Clara risponde al secondo squillo.

«Ben tornata, Guenda, com'è andata?»

«Due contratti conclusi e una caviglia ingessata» riassumo i due giorni appena trascorsi, che mi sembrano due mesi.

«Sei immobilizzata?»

«Più o meno. Finché posso saltellare ce la faccio, ma guidare col gesso è impossibile.»

Rimane in silenzio qualche secondo, di sicuro sta rimuginando sulla mia agenda per sistemare gli appuntamenti. La lascio fare e guardo i boxer che annusano l'aria. C'è un profumo invitante, ma non identifico il piatto.

«Per i prossimi quindici giorni hai solo il tragitto in Costa Azzurra, ma presumo ci andrai con il signor Ravaioli. Per il resto ti accompagno io. Irina può rimanere qui da sola.»

«Di già?» mi scappa detto perché sono abituata alle assistenti di Gualtiero che, se lasciate sole in ufficio, avrebbero organizzato un porno party.

«Irina è formidabile, credimi, Guenda. Tecnologicamente è avanti anni luce. Ha messo mano al sito dell'agenzia e in tre giorni abbiamo incrementato i contatti del cinque per cento.»

Sono senza parole. Per quel poco che ho visto, Irina mi piaceva già, ma adesso le voglio bene, ancor di più quando ascolto il resto.

«Anche con l'amministrazione è un portento. Il Bramieri è rimasto senza parole quando ha rinegoziato tutti i contratti per le bollette, da quelle telefoniche a quelle del riscaldamento. Risparmieremo quasi cinquecento euro al mese.» Fa una pausa di mezzo secondo e conclude: «Che gran colpo di fortuna che lei cercasse lavoro e il signor Ravaioli l'abbia mandata qui!»

L'ha mandata Delmo? La domanda rimane sospesa nel mio cervello per un attimo, fino a che Clara la spazza via con una delle migliori notizie degli ultimi vent'anni.

«E dovresti vedere come tratta Gualtiero! Non gli concede un minimo di confidenza e con una gentilezza glaciale lo spedisce ai vari appuntamenti» sghignazza. «Gli prepara un memorandum per ogni immobile, così che deve solo leggere e sorridere al cliente.»

«È un'idea geniale, Clara. Avremmo dovuto pensarci noi.»

Sento squillare un'altra linea. «Adesso ti lascio, ci vediamo domattina. Buona serata, Guenda.»

Bene, il mio problema più assillante è stato risolto, gli spostamenti sono assicurati. Ora, la manutenzione quotidiana. Mi alzo e saltello in camera mia. Meglio farci l'abitudine perché questa sarà la mia andatura abituale per i prossimi giorni.

27

Francesco ha dovuto ribaltare due cantine prima di trovarle ma, quando esco dal bagno, le trovo appoggiate al muro ad aspettarmi. Le accarezzo con affetto: sono le stampelle che mi regalò papà per il mio primo gesso. Le aveva fatte fare apposta per me. Rosse. Metallo super leggero, sistema ammortizzante, imbottitura doppia per mani e braccia. La Ferrari delle stampelle, le definì quando me le consegnò e non aveva torto.

Percorro il corridoio avanti e indietro per riprenderci la mano, ma a quanto pare è come andare in bicicletta, una volta imparato, non lo dimentichi più.

«È in tavola.»

La voce di Brigitta mi chiama e il mio stomaco gorgoglia affamato.

Entro in cucina e Delmo è seduto, tutto intero, dove sedeva papà. A quel posto al tavolo della cucina non si siede mai nessuno, è una legge non scritta.

Delmo s'illumina alla mia vista e ride guardando le stampelle rosse.

«Tuo padre mi ha preceduto! Tocca disdire tutto, a meno che tu non ne voglia un paio di un altro colore.»

«No, no, queste bastano e avanzano, grazie comunque del pensiero.»

A tavola, ho il tempo di osservare con quanta familiarità lo tratta mia madre e con quali occhi lo guarda mio figlio. Io mi limito a godermi la serenità della mia famiglia e dell'uomo che sembra già farne parte.

Sorrido.

Domattina prendo un taxi e vado dal neurologo.

Mangiamo saltimbocca alla romana con purè di patate e una crostata di marmellata di albicocche, cucinato tutto da Delmo con l'aiuto di Brigitta. Mia madre la guarda con affetto evidente, è la nipote femmina che non ha avuto ed è la donna che si prende cura con me del suo nipotino. Mamma è una donna d'altri tempi, cresciuta e vissuta con dei canoni molto rigidi che applica per giudicare il resto del mondo. Qui da noi una velina o un calciatore resisterebbero sì e no dieci minuti prima di essere scaraventati fuori con un commento lapidario su abbigliamento e comportamento.

I ragazzi si siedono di nuovo con noi dopo averci servito il caffè.

«Sorpresa!» fa Francesco e prima che mi possa preoccupare continua: «sono arrivati gli esiti dei test di ammissione.»

Sono stupita perché mi pareva non avessero le idee ben chiare. «Lo avete già fatto?»

«Li abbiamo già fatti, cinque in tutto, storia, antropologia, economia, ingegneria gestionale e agraria», mi corregge Brigitta con gli occhi verdi che brillano più del solito. «Siccome non avevamo ancora deciso quale facoltà scegliere, abbiamo preferito tenerci tutte le porte aperte.»

«Anche quelle che non varcheremo mai», aggiunge lui.

È evidente che le loro idee sono molto più chiare e in ordine delle mie.

«E questi risultati?» interviene mia madre sbrigativa.

«Passati tutti e cinque», rispondono e non so perché mi aspetto quello che Delmo sta per dire.

«Dobbiamo festeggiare!» lo anticipo.

«Guenda, mi hai rubato le parole di bocca.»

Mia madre sta già prendendo una bottiglia dal frigo e Brigitta i bicchieri. Francesco mi stringe una mano e mi fa ridere con l'imitazione dell'albatros urlatore.

Quando suona la sveglia, sono uno straccio. Mi sono addormentata solo alle prime luci dell'alba. Mi ha dato noia la caviglia, ma molto di più i pensieri che mi sfarfallavano in testa. Ormai me ne sono fatta una ragione, Delmo è attratto da me e io lo sono da lui, forse ne sono proprio innamorata, ma su questo punto istinto e ragione non sono scesi a patti. Da una parte c'è un sì, scritto a caratteri cubitali, e dall'altra un: non diciamo scemenze, visibile a dieci chilometri di distanza. Pazienza, sono abituata a queste discussioni interminabili.

I ragazzi sono già usciti per andare a scuola e Rosita mi accoglie col profumo del suo caffè e un'esclamazione tutta messicana.

«Madre de Dios!»

Vuole che le racconti come mi sono fatta male.

«Guendalina!»

L'urlo ci fa trasalire.

«Guendalina, sei pronta? Ti accompagno in ufficio con la tua macchina, così porto Brutus a fare le vaccinazioni.» Trangugio il caffè troppo bollente e con le mie stampelle fuoriserie la raggiungo.

In città uso una Smart a due posti. Mamma è a quello di guida e io ne occupo uno e mezzo con il gesso. In grembo mi tocca tenere un boxer di quaranta chili che ne approfitta per dimostrami tutto il suo amore.

Clara mi osserva entrare con le stampelle rosso Ferrari.

«Se non è stato un ammiratore focoso con pelliccia, allora è stato uno dei cani. Hai mezza faccia senza trucco e sei piena di peli.»

«Brutus aveva la visita dal veterinario. «Dov'è Irina?»

«Mi ha chiesto un giorno di permesso per sistemare delle faccende personali.» Abbassa la voce di un paio di toni. «Sai, è fidanzata.»

«Che c'è di strano? È una ragazza bellissima, non credo che le manchino dei corteggiatori.»

Clara rotea gli occhi.

«Fidanzata in procinto di sposarsi» puntualizza e io penso a parroci da conoscere, ristoranti da prenotare e a centinaia di altri impegni che precedono un matrimonio.

Penso anche a quanta fatica sprecata per passare con Edoardo due miseri anni e anche piuttosto brutti.

«*Vive l'amour*!» commento, e vado a togliermi il travestimento da boxer.

Clara aveva ragione, il nuovo sito dell'agenzia è veramente accattivante. La storia della Brunelli Real Estate Agency è scritta da un romanziere. Papà e il padre di Gualtiero, Brunelli e Colombo, il fondatore e il suo socio, sono dipinti come eroi d'altri tempi con una visione futuristica degli immobili di prestigio. Gualtiero e io siamo i degni eredi dell'impero, io la colonna portante e lui il principe delle pubbliche relazioni. Mi scappa da ridere perché chi ha pensato questa definizione conosce il mio socio e anche l'arte di vendere fumo.

Le migliori foto del nostro parco immobili scorrono sullo schermo con descrizioni chiare e nello stesso tempo misteriose. Quel dico e non dico che, come il vedo non vedo, stuzzica la curiosità.

C'è anche un modulo per l'iscrizione alla newsletter, ma noi non ce l'abbiamo una newsletter. Scorro col cursore sul menu e scopro che invece ce l'abbiamo. Un giornale a cadenza quindicinale con una decina di pagine dove trovo articoli, riferimenti e link sull'andamento dei mercati immobiliari internazionali, tassi di cambio nelle principali valute e una sezione di fiscalità. Abbiamo già ottocento iscritti.

L'interfono squilla.

«Guenda, l'ingegner Borsotti sulla due. È interessato alla casa a Saint Moritz, l'ha vista su internet.»

Francesco e Brigitta lo dicevano da tempo, che tutto ormai passa da Internet.

Pare che sia proprio così. L'ingegnere sta cercando casa in montagna e in rete ha trovato la nostra agenzia. La nostra storia gli ha dato fiducia ed è lusingato di parlare proprio con me, la figlia dell'uomo che ha venduto una casa al presidente degli Stati Uniti.

Provo il solito guizzo d'odio per Bill Clinton e conduco il discorso sulle case di montagna. Conveniamo che quella in Engadina sarebbe adatta a lui, alla moglie, che pare viva con gli sci ai piedi, e ai due figli. Lo informo che essendo impossibilitata a guidare dovrà accompagnarmi lui. La proposta lo diverte moltissimo. Lui è un ingegnere aeronautico e pilota. Andremo a Zuoz con l'aereo della società che li produce e che lui dirige. Da lì a Saint Moritz sono pochi chilometri. Mi manderà un'auto a prendermi per portarmi all'aeroporto da cui decolleremo, quando fisseremo l'appuntamento con i proprietari.

Ho il sospetto che Borsotti non sia solo un ingegnere, ma anche un militare a giudicare dall'organizzazione e dall'assenza di fronzoli.

Delmo ha deciso che devo pranzare con lui.

Andiamo alla Corte della Piadina, che aprirà i battenti fra otto giorni, tavolo riservato e menu leggero. Ci sorridiamo come due imbecilli e non diciamo nulla, ma non è un silenzio pesante. In Delmo non c'è nulla di pesante o noioso, ha un temperamento impetuoso, ma un'indole profondamente buona e generosa. Stargli vicino è faticoso perché vive come guida, sempre a velocità sostenuta. Per lui esiste solo il presente, ma è costantemente proiettato nel futuro.

Il suono del suo cellulare ci fa sobbalzare.

«Sì, sì, vado a prenderlo io, non preoccuparti, poi vengo a casa.» Sorride e conclude: «Sono proprio felice, Iri.»

Iri? Chi è Iri? La domanda rimbalza nel mio cervello, ma Delmo s'illumina all'improvviso e io mi distraggo.

«Non te l'ho detto, Guenda! L'architetto mi ha mandato i disegni per l'arredamento dei nuovi Kingdom. Te li lascio così li guardi e domani ne parliamo.»

«Delmo, io non sono un'arredatrice d'interni» ribadisco. Cerco di farlo ragionare prima che sia troppo tardi.

«Tam fe murì, Guenda!» esclama come farebbe sua madre. «Tu puoi fare quello che vuoi con quella testa lì» e, poiché lui è convinto di quello che dice, il discorso è concluso.

Mi riaccompagna in ufficio e mi scorta fino alla mia scrivania sotto lo sguardo divertito di Clara.

«Questa sera ceno con il mio socio nei Piadina's Kingdom russi. Prima però passo a prenderti e ti riaccompagno a casa» promette prima di andarsene.

«Che simpatico e gentile» è il commento di Clara quando mi raggiunge per un pomeriggio di pratiche burocratiche che non posso più rimandare.

Delmo arriva puntuale. Con lui un uomo, ma non un uomo qualsiasi, bensì il papà di Irina, direttamente da Mosca.

«Molto piacere di conoscere Lady Brunelli, grande molto piacere» e intanto mi stritola una mano. «Io Vladimir Brutilov, Irina mia bambina.»

«Piacere mio, signor Brutilov» rispondo un po' stordita da tanto calore.

«Guenda, se non ti dispiace, passo a fare una commissione e poi ti riaccompagno.»

Delmo non aspetta risposta e parte.

Nonostante la guida sia sempre garibaldina, sono distratta da un pensiero: il socio di Delmo è anche il padre di Irina? Faccio qualche ipotesi strampalata e ci fermiamo poco distanti da Tiffany.

«Torno in un attimo» e Delmo ha già attraversato la strada.

«Io veramente felice, mia bambina sposa.»

«Che bello, ne sono contenta», rispondo, ma qualcosa m'infastidisce.

«Delmo è come figlio per me» e a un tratto, risalito dalle profondità della psiche un virus attacca il mio cervello. Un pensiero mi sfreccia davanti, ma è troppo brutale perché io voglia afferrarlo.

«Lui fa grande festa per festeggiare matrimonio.»

Il matrimonio di Irina con chi?

Delmo esce da Tiffany, ha un piccolo sacchetto di carta blu Tiffany in mano e io sono tremendamente a disagio. Se non fosse per gesso e stampelle scenderei e me la darei a gambe. Non posso e tento di rincuorarmi.

Uno può benissimo fermarsi in gioielleria, no?

Magari per comprare un anello.

Di fidanzamento.

Con Irina.

Del resto, qui davanti a me c'è suo padre, felice come un bambino per le nozze di sua figlia.

Davanti a me sulla macchina di Delmo che, quando sale, mi trova agonizzante.

«Guenda, sei pallida come uno straccio, ora ti porto subito a casa», appoggia il suo acquisto accanto a me.

Approfitto della sua concentrazione sulla guida nel traffico e sbircio nel sacchetto. C'è un biglietto oltre a un pacchetto. Non so che mi prende, ma sposto la mia borsa così i due davanti non possono scorgere quello che ho intenzione di fare. Infilo la mano nel sacchetto e prendo la piccola busta tra pollice e medio e con l'indice sollevo la falda. Ho gli occhi fissi davanti a me e quando Delmo mi osserva dallo specchietto continuo a guardare la strada. Il cuore mi batte contro le costole forsennato quando riesco ad aprire la busta. Sempre con l'indice faccio scivolare fuori il cartoncino. Delmo parla con Vladimir. Sposto lo sguardo e il cuore si ferma.

Ti amo. Per sempre. D

Mi sono trasformata in un automa.

Spingo giù il biglietto e la falda si richiude, come una tomba sui miei sogni.

Sono proprio felice, Iri.

Iri, Irina.

Dentro di me sale una colata di fiamme. Lo odio, odio quest'uomo, lo detesto, lo disprezzo e disprezzo anche me stessa per essermi fatta trarre in inganno dalle sue attenzioni. Mi sembra un incubo, ma nonostante le unghie infilate nel palmo della mano non mi sveglio e continuo a sentirmi malissimo.

Ho frainteso le attenzioni di Delmo pensando fosse interessato a me, mentre lui è in procinto di sposare un'altra. La mia segretaria. Che mi ha fatto assumere senza dirmi di avermela mandata lui stesso!

«Fortuna che siamo arrivati, mi hai fatto venire il mal di stomaco con la tua guida.» Lo dico perché così posso defilarmi velocemente senza dare spiegazioni.

Ho paura di mettermi a piangere e fare una piazzata e dire cose del tipo: avresti dovuto sposare me!

Delmo mi accompagna comunque fino all'ascensore e m'infila sottobraccio i disegni per l'arredamento dei Kingdom.

«Ci sentiamo domani», fa per avvicinarsi al mio viso ma io mi ritraggo come fosse l'essere più disgustoso al mondo.

Non gli rispondo e pigio il **tasto**.

Papà da lassù deve aver smosso le sue conoscenze, perché i ragazzi dormono da un compagno e mamma ha la sua serata di bridge. Sento gli schiamazzi dei suoi amici fin quaggiù. I boxer mi vengono incontro festosi. Capiscono al volo che c'è qualcosa che non va. A dire il vero, tutto non va e mi accascio in lacrime sul divano.

«Come ho potuto essere così stupida?»

In risposta ottengo una leccata in faccia che mi strappa un sorriso. Non è la prima delusione della mia vita e credo non sarà neppure l'ultima. In fondo non mi sono compromessa, non è successo nulla. Una semplice infatuazione. Però sono in lacrime e ho un dolore al petto che rischia di sopraffarmi.

La verità mi piomba addosso come una valanga.

Sono innamorata di un uomo che sta per sposare un'altra. Più giovane e molto più bella di me. Il solo pensiero di incontrarlo di nuovo mi fa tremare le ginocchia.

Devo trovare il modo di evitarlo.

Ho bisogno di una sbornia, una sana e salutare sbornia che non mi faccia pensare più a nulla. Faccio rotolare la bottiglia sul pavimento fino al divano, lo raggiungo con le stampelle e mi accascio con le lacrime già pronte a riprendere da dove le avevo interrotte.

Non posso incontrarlo, devo trovare una scusa. Non fosse per questa caviglia volerei via per una vacanza, è da tanto che non lo faccio. La parola volo torna ripetutamente fino a che l'acchiappo per quella che è: un suggerimento divino.

Il portatile è sul tavolino. Entro nell'agenda dell'ufficio e tra le note trovo una serie di date per visitare la casa di Saint Moritz. C'è anche quella di domani. Prego gli dei degli innamorati delusi, disperati, e anche un po' fessi, che anche l'ultimo tassello s'incastri e compongo il numero di telefono che trovo nella scheda clienti. Sono le otto di sera passate da poco, ho ancora qualche speranza.

«Buonasera ingegner Borsotti, sono Guenda Brunelli della Real Estate, la disturbo?»

«Per nulla signora, dica pure.»

«Ho ricevuto poco fa le date disponibili per la proprietà che le interessa. Domani sarebbe una di quelle. Mi dispiace di darle così poco preavviso...» e non mi lascia finire la mia bugia.

«Domani andrà benissimo. Se mi dà l'indirizzo di casa mando un'auto a prenderla, visto che non può guidare. Noi ci vediamo all'aeroporto di Linate.»

Eseguo gli ordini e per ultimo ricevo l'orario.

«Alle sei e zero zero arriverà la macchina. Buona serata signora Brunelli.»

«Ricevuto, passo e chiudo colonnello» e subito dopo, imbarazzatissima, aggiungo: «Mi dispiace signore, volevo dire ingegnere.»

Ride.

«Per la verità, sono tenente colonnello. Passo e chiudo.»

Sospiro e sorrido. Un uomo di spirito e anche il mio salvatore, domani mi porterà in volo lontano da Milano, sulle montagne dove di sicuro non vivono gli unicorni. E ricomincio a piangere, manco fossi una bambina che ha appena scoperto che le favole sono solo favole.

28

Alle sei e due minuti sono sul sedile posteriore di un'auto diretta a Linate. Dietro di me lascio solo un memo per Clara, un messaggio alla famiglia e il mio cuore infranto. La notte non ha portato consiglio e la bottiglia di rosso ha solo peggiorato la mia capacità di deambulare così che ho dovuto gattonare a letto, per guardare il soffitto fino al trillo della sveglia.

Ho analizzato la situazione fingendo di non esserne la protagonista, ho cambiato punto di vista mettendomi nei panni di tutti gli interpreti e ho dato ragione a tutti, perché dal loro punto di vista avevano tutti ragione.

Ma io continuo a stare male. Molto di più di quando Edoardo se ne è andato. Mi torna la voglia di piangere. Chiudo gli occhi, li stringo più forte che posso, come se così facendo potessi cancellare tutte le immagini di Delmo. Delmo Ravaioli, il re della piadina, un vero signore, di quelli che aiutano sempre le donne in difficoltà. E io per lui sono semplicemente una donna in difficoltà e un agente immobiliare capace di fargli fare ottimi affari. Forse anche un'amica, ma nulla di più.

C'è solo una cosa che mi ronza in testa, una nota stonata nel mio requiem: perché non mi ha detto che stava per sposarsi?

Aveva paura che lo giudicassi come Gualtiero? Dopo aver incontrato Irina, tutto avrei potuto pensare tranne che fosse quel tipo di russa.

E allora, perché non me l'ha detto? Vuoi vedere che l'ha conosciuta in ufficio da me? Innamorati e fidanzati in meno di una settimana? No, questo non è possibile, l'ha mandata lui in agenzia, quindi la conosceva e l'amava già prima. Dio mio, che cantonata ho preso!

L'auto si ferma davanti alla scaletta abbassata di un jet privato e per il momento smetto di farmi domande senza senso cui non posso dare una risposta. L'ingegnere mi apre la porta e mi aiuta a scendere.

«Buongiorno, signora Brunelli» e con gentile decisione mi leva le stampelle di mano e le passa all'autista. «Perdoni signora, ma così facciamo prima e non corriamo rischi inutili.»

Mi prende in braccio e mi deposita direttamente su un sedile di pelle color cognac che farebbe la sua figura in un salotto elegante. Se non fossi così depressa, triste, disperata e sull'orlo perenne delle lacrime, potrei apprezzare un volo su di un giocattolino di una decina di milioni ma, poiché lo sono, guardo sfilare il mondo sotto di me pensando a Delmo.

E più rifletto più mi convinco che non posso accusarlo di nulla. Lui è stato solo gentile con me e con la mia famiglia, ma non ha mai cercato nemmeno di baciarmi. Tra dieci minuti atterriamo all'aeroporto di San Giacomo, così informa dagli altoparlanti il comandante ingegnere tenente colonnello.

E Delmo ritorna prepotente nei miei pensieri. Non posso accusarlo di scorrettezza, però lo devo evitare, come la peste. Non voglio che sappia che sono innamorata di lui, nessuno lo deve sapere, sarà più facile far finta di nulla.

Le ruote che toccano terra e il rumore dei motori sembrano una risata alla faccia delle mie previsioni.

L'alta Engadina ci accoglie con una giornata ventosa. Il sole fa capolino di tanto in tanto tra le nuvole, illuminando a tratti una delle vallate più famose al mondo. L'immobile che dobbiamo vedere è situato fuori Saint Moritz. La strada per arrivarci fortunatamente non passa davanti a casa mia. Uno dei tanti investimenti fortunati di papà. Qui passavamo parte dell'estate e tutti week end d'inverno. È affittata da anni. Non ho mai avuto il cuore di venderla, ma nemmeno il coraggio di tornarci e affrontare i ricordi.

Intanto imbocchiamo la strada per Suvretta, o The Money-land, per dirla alla Brunelli.

Alla nostra sinistra, tra le piante secolari del parco, si staglia un castellozzo. È massiccio, costruito in pietra scura quasi marrone e, nonostante i dettagli gridino lusso sfrenato, riesce a intristire perfino uno dei panorami più belli al mondo. La costruzione risale a metà dell'Ottocento, è appartenuta al re di Bulgaria, poi allo Scià di Persia, a Berlusconi e ora non saprei.

«Tetra», commenta l'ingegnere.

«Assolutamente d'accordo», convengo.

La strada s'inerpica sulla montagna, tra proprietà con recinzioni degni di un perimetro militare e squarci di prati verdi dove pascolano le mucche.

Superiamo ville i cui proprietari sono nomi del jet set internazionale e anche qualche testa coronata; passiamo anche lo skilift che porta direttamente su un comprensorio di decine di chilometri di piste e arriviamo a Chesa Randolina. La casa della rondine, traducendo dal romancio.

Non è una proprietà pretenziosa, anzi, l'aspetto è quello di una baita, ma di una baita cinque stelle in una delle location più ambite e costose del globo.

Ci si arriva da un viale di un centinaio di metri che curva per due volte in mezzo ai pini. Entriamo in un salotto accogliente, arredato nello stile tipico di qui, tutto in legno d'abete, che continua a profumare anche dopo essere diventato un tavolo o una credenza.

A sud, una vetrata si apre sul giardino, un fazzoletto verde bordato dai fiori alpini. Steli lunghi e resistenti, con grappoli di petali e corolle colorate che ondeggiano al vento. Un raggio di sole illumina il lago di Surlej e la penisola che lo divide da quello di Silvaplana. L'ingegnere sospira al mio fianco.

Non si può rimanere insensibili davanti a uno spettacolo del genere.

Riprendo il ruolo dell'agente immobiliare, gli mostro il grande camino dirimpetto alla vetrata e gli prospetto l'immagine di serate in famiglia, con il fuoco che crepita e la neve che cade. Poi parto di corsa con le mie stampelle, onde evitare di piangere.

Nella cucina, grande, luminosa e arredata con ogni tipo di tecnologia, Borsotti è già quasi convinto.

Le quattro camere da letto con rispettivi bagni al piano di sopra, tutte affacciate su un balcone che gira intorno alla casa, gli stampano un sorriso in faccia.

Ma quello che lo convince è lo stanzino per gli sci. Riscaldato, scaffalato per gli scarponi, con le rastrelliere per gli sci e accesso diretto al giardino che per un tratto della proprietà costeggia una pista.

«Posso fare un video e mostrarlo a mia moglie?» chiede speranzoso.

«Certo che sì, non credo lei voglia divulgarlo.»

So perfettamente che, se la signora dice sì, l'affare è fatto. Sono sempre le donne l'ago della bilancia.

«Faccia con comodo, ingegnere, io esco in giardino a godermi il panorama.»

Appena fuori c'è una panca. Mi siedo, appoggio la schiena al muro e lascio vagare lo sguardo su quelle montagne che ben conosco.

Le nuvole hanno preso possesso di buona parte di cielo, e dal Corvatsch scende una coltre nera e minacciosa che si espande maligna a oscurare l'orizzonte.

Il tempo segue i miei pensieri. Per un attimo nella mia vita è apparso il sole di Delmo, giusto il tempo di riscuotermi da un torpore di anni e abbandonarmi all'insonnia perenne. Sospiro con un groppo in gola e prendo il telefono dalla borsa. WhatsApp lampeggia e mi richiama sulla terra.

Francesco mi comunica che questa sera ha organizzato una cena con gli amici. Bene, perché in pratica vuol dirmi: più torni tardi, meglio è.

Clara elenca:

1 Lo sceicco ha fatto il primo degli atti notarili per una delle case milanesi.

2 Ha chiamato il signor Ravaioli.

3 Lo sceicco vorrebbe acquistare una villa sulla costiera Amalfitana. Io gli ha parlato della casa a Capri.

4 Ha chiamato di nuovo il signor Ravaioli.

5 Lo sceicco vuole andare a vedere la villa a Capri.

6 Gualtiero ha cercato di svicolare da un appuntamento, ma Irina gli ha fatto una scenata e ce l'ha mandato lo stesso.

7 Il signor Ravaioli ha chiamato per la terza volta in mezz'ora per sapere dove sei.

8 Ci hanno proposto una casa a Lipari.

9 Guenda, porco demonio, chiama il signor Ravaioli! Non posso passare il tempo a rispondergli che sei fuori con un cliente.

10 Tua madre ha deciso di andare in Riviera con Brutus, i cuccioli rimangono a casa con te.

Il primo sorriso della giornata appare mentre rabbrividisco dal freddo. Il vento si sta facendo rabbioso e artiglia la pelle. Controllo le telefonate che non ho sentito per via della suoneria a zero.

Dodici, e tutte di Delmo.

La professionalità del nostro rapporto m'imporrebbe di chiamarlo, la dignità me lo impedisce. Gli invio un messaggio che mi costa lacrime a sufficienza per inzuppare un fazzoletto.

Sono in Svizzera con un cliente. Non posso chiamare.

Tempo di inviare e la luce lampeggia di nuovo.

Guenda, sono fuori di me dalla preoccupazione, non potevi avvertirmi che oggi non eri a Milano? Come fai con il gesso?

Preoccupato? E perché mai? Ci conosciamo da undici giorni e quattro ore e lui è fidanzato con un'altra.

Però mi ha parlato della ex moglie, mai di una fidanzata, rifletto sull'orlo del congelamento. Non poteva, si è fidanzato dopo, quando ha conosciuto Irina. Ma non abbiamo detto che la conosceva già?

In testa sento la voce del professor Procopio che esclama: Guenda, che fesserie vai pensando!

Non so cosa pensare, so solo che mi sento a pezzi. Nessun uomo ha mai fatto breccia nel mio cuore, che è sempre stato di papà prima e di Francesco poi. Nemmeno Edoardo, a voler essere veramente onesti, è riuscito a portarsene via una briciola.

E invece adesso il mio cuore fa un male maledetto al solo pensiero di non rivedere Delmo, di non essere travolta dalla sua energia e non essere schifosamente viziata dalle sue attenzioni.

Ti telefono quando torno.

Ho bisogno di tempo per potermi abituare alla situazione, cioè al suo imminente matrimonio con Irina. Un tuono mi fa fare un balzo, ma non è colpa solo del rombo che ha squassato il cielo.

Potrò andare in ufficio tutte le mattine e incontrare la donna che sposerà l'uomo di cui sono innamorata? Sarò costretta a licenziarla, la prima collaboratrice valida, intraprendente e intelligente dopo anni di porno star.

Non puoi chiamarmi adesso?

No.

Potrei, ma non voglio, mi metterei a piangere e dovrei confessare. Piuttosto butto il telefono nel lago.

Sei sicura? Ho voglia di parlarti.

Una mano gigante mi afferra e incomincia stringere, faccio fatica anche a respirare.

Non abbiamo urgenze. L'appuntamento per Cap Ferrat è fra quindici giorni.

Mi tengo sul lavoro che è un terreno sicuro.

Non voglio parlarti di lavoro, voglio invitarti a una festa.

Chiudo gli occhi e appoggio la testa al muro. Alla sua festa di fidanzamento con Irina. Gesù, che errore madornale ho fatto!

Devo andare.

Spero di aver digitato bene perché ho gli occhi così pieni di lacrime che, se le lascio scendere, la valle ne sarà inondata. Rientro in soggiorno e mi lascio cadere su una delle poltrone. Il mio morale è più nero del cielo in questo momento.

Non so quanto tempo è passato, sono rimasta qui a rabbrividire senza pensare a nulla. Mi sento un guscio vuoto. È l'ingegnere a riscuotermi e lo fa con una bella notizia. Sua moglie è entusiasta e vorrebbe venirci il prima possibile. Affare fatto, eppure in me non c'è un briciolo di soddisfazione, nemmeno quella strettamente professionale. Nascondo il mio stato d'animo sotto un sorriso e chiamo Clara per preparare un accordo. I proprietari vivono qui vicino, magari riusciamo a incontrarli in giornata.

Ci riusciamo e abbiamo appuntamento a pranzo al Palace. Sempre se sopravvivo ai ricordi e alla delusione per Delmo.

29

Il Palace Hotel di Saint Moritz è uno di quei luoghi che ti fanno tornare indietro nel tempo, quando Egon Von Fürstenberg festeggiava con ettolitri di champagne e le donne più famose del mondo, quando il bel mondo era fatto di industriali, attrici e teste coronate, in pratica quando tatuaggi e influencer non erano di moda.

I proprietari ci stanno aspettando a un tavolo nella sontuosa sala ristorante.

I Brunner, clienti della mia agenzia da anni, sono coniugi ultrasettantenni tedeschi, pelle incartapecorita dal sole, ma occhi limpidi di chi ha tempo e possibilità di godersi la vita. I figli ormai grandi che vivono negli Stati Uniti, il ginocchio del marito che non gli permette più di sciare e la voglia di viaggiare li hanno portati alla decisione di mettere in vendita Chesa Randolina.

Sembrano felici che sia un padre di famiglia ad acquistarla. Quelle mura sono abituate alle voci e alle risate dei ragazzi. Un'ondata di malinconia mi travolge, mentre la conversazione scivola piacevole tra una portata e l'altra.

Delmo è l'unico uomo che ho incontrato ad avere il mio stesso senso di famiglia, la mia passione per la campagna e gli animali e l'unico a voler conoscere e frequentare mio figlio. Non che io abbia avuto numerose esperienze di corteggiamento, anzi, secondo Emy e Sofia sono un sepolcro imbiancato ma, quelle rare volte che mi è capitato, dopo mezz'ora realizzavo sempre che io e il mio accompagnatore appartenevamo a specie e razze diverse, del tutto incompatibili.

Guardo la torta di noci e vedo la cucina di nonna Cesira. Sì, lo so, è assurdo, è successo tutto in fretta, come in una commedia americana. Ma è successo. Mi si stringe il cuore al pensiero di Francesco. Non ne abbiamo mai parlato, ma so che è già affezionato a Delmo, perfino a mia madre piace. E anche Emy e Sofia, i miei amici più cari, sono stati travolti dal ciclone Ravaioli.

Ma Delmo sposerà Irina.

Non me.

«Vogliate scusarmi» dico mentre inforco le stampelle, «devo fare una telefonata di lavoro.»

Gli uomini si alzano come galateo impone, ma io sono già a metà sala. Ho la necessità impellente di chiudermi in bagno e piangere fino a consumarmi gli occhi.

Aristotele Onassis e mio padre sostenevano che è meglio piangere sui sedili di una Rolls-Royce che sulla panchina di un parco.

Io piango sul water (chiuso) di un bagno del Palace Hotel di Saint Moritz, diciamo che sono a metà strada, ma la pena la sento tutta intera. Mi asciugo le lacrime senza devastare il trucco e respiro profondamente fino a che mi calmo quel tanto che basta per poter uscire e accomodarmi su qualcosa di meno imbarazzante. Una poltroncina nell'antibagno fa al caso mio, giusto un momento per controllare posta e messaggi. Il lavoro è sempre stato la mia ancora di salvezza.

Quattro telefonate di Delmo e una di mia madre.

Tre messaggi.

Il primo, di Emy.

È successo qualcosa tra te e Delmo? Mi ha chiamato tre volte.

Il secondo, di Sofia.

Brava Guenda! Tienilo sulle spine. Delmo è adorabile, mi ha chiamato tre volte per sapere dov'eri.

Nel terzo, il rimprovero di mamma.

Guendalina, è così che ti ho educato? Richiama immediatamente Delmo!

E io che volevo far passare tutto in sordina. Come farò a spiegare che io e Delmo non potremo più frequentarci? Falso problema: lo capiranno da soli quando lui sposerà Irina.

Non rispondo a nessuno, non ne ho voglia, non saprei cosa dire e nemmeno voglio pensarci.

Torno a tavola giusto in tempo per caffè e kirsch, un liquore di ciliegie che si beve intingendovi una zolletta di zucchero. L'ingegnere, oltre che tenente colonnello e dirigente d'azienda, è anche un ottimo uomo d'affari, si è contrattato il prezzo da sé, ottenendo anche un giusto sconto. A me non resta che chiamare Clara per riferire la cifra da mettere sul contratto e farmelo spedire qui al Palace.

Sono quasi le sei quando ci congediamo dai Brunner. Non appena varchiamo la soglia dell'hotel per raggiungere la nostra auto, siamo investiti da una folata gelida. Nevischia. Borsotti non impreca, per lo meno non a voce alta e davanti a una signora, però ha un cipiglio che lascia presagire maledizioni pesanti.

Il nostro autista ci ragguaglia sulla situazione meteo e le nostre speranze di raggiungere Zuoz e decollare per Milano si assottigliano sempre più. Ci proviamo comunque.

Stamane la primavera inoltrata vestiva prati e boschi di tutte le sfumature di verde e la natura si crogiolava al tepore del sole. Adesso sembra di essere in gennaio, con i colori nascosti dal bianco, quello della neve che ha già ricoperto tutto con una coltre leggera e che ci turbina intorno riducendo la visibilità a meno di due metri. La temperatura non voglio nemmeno nominarla. Borsotti chiama la torre di controllo solo per confermare la sua certezza: con un tempo così, non si vola.

Dietrofront.

«Mi dispiace» dice, come fosse colpa sua.

«Nessun problema» rispondo e ne sono felice.

Non devo rientrare a casa e rendere conto al mondo che mi sono innamorata di un uomo che sposerà un'altra.

Al Palace, dove siamo tornati per passare la notte, declino l'invito a cena dell'ingegnere e mi ritiro in camera. È stata una lunga giornata e sono stanca, ho le braccia che mi fanno male da quanto ho usato le stampelle e anche la caviglia pulsa maligna. Avvolgo il gesso in un sacchetto di plastica e, con una manovra spericolata, riesco a infilarmi nella vasca da bagno. Berrei anche un bicchiere di vino, ma ci metterei mezz'ora per completare tutta la trafila, per cui affronto WhatsApp senza il sostegno dell'alcol.

Guenda, adesso basta tenerlo sulle spine. Chiamalo, il poveretto è disperato.

Il messaggio di Sofia mi fa venire voglia di risponderle: già, trovare un buon agente immobiliare è più difficile che trovar moglie al giorno d'oggi.

Arriva un messaggio di Francesco, che mi annuncia di essere a casa con alcuni amici.

Chiamo.

«Ciao amore della mamma.»

«Ullullullù.»

Francesco riesce sempre a strapparmi una risata.

«Mamma albatros questa sera non rientra al nido. Sono bloccata a Saint Moritz da una tormenta di neve.»

«Non temere, mammina, organizzo una missione di salvataggio!»

«Grazie, ma non ne ho bisogno. Al momento sono a mollo in una vasca da bagno del Palace. Tornerò domani, tempo permettendo.»

«Va bene, mamma, allora buona serata»

«A doma...»

«Mamma», mi interrompe, «chiama Delmo, ha bisogno di sentirti.»

E quel poco di buon umore è schiacciato da una valanga di tristezza.

«Va bene, buona notte.»

Sono di nuovo sull'orlo delle lacrime. Mi salva la telefonata di Emy, o forse no.

«Che hai, Guenda? Perché piangi?»

«Sono stanca, ecco tutto.»

«E io sono un latin lover. Ma per favore!» sbuffa infastidito. «Sono stanco anch'io, quindi raccontami cosa è successo tra te e Delmo. E non mi dire che non è successo nulla, perché se così fosse, non mi avrebbe tempestato di chiamate chiedendomi di te e tu adesso non staresti piangendo.»

Non riesco a impedirmi di sbottare:

«Io sono solo il suo agente immobiliare! Perché non chiama la sua fidanzata, invece di stressare me?»

Sta zitto qualche secondo, poi scandisce: «Fidanzata. E chi sarebbe la fidanzata?»

«Irina.»

«Irina? Irina la tua nuova portentosa segretaria?»

«Sì.»

Capisco la sua incredulità, pare impossibile anche a me.

«Ne sei sicura?»

Purtroppo sì, e gli racconto dell'incontro con il signor Brutilov, del pacchetto di Tiffany, del biglietto e della festa di fidanzamento.

«Guenda, sono esterrefatto. Mi sembrava sinceramente interessato a te. E anche Sofia ne era convinta.»

«Anche io» mugugno tra le lacrime.

«Guenda, tesoro, non piangere sul latte versato. Il mondo è pieno di uomini, diciamo che Delmo è servito a svegliarti e a farti uscire dal tuo mondo.»

«Già, per prendere una palata in faccia.»

Non dice nulla perché non c'è nulla da dire. Delmo sembrava un vero signore, addirittura un unicorno. Ma le favole sono, per l'appunto, favole e gli unicorni non esistono.

«Sopravvivrai e io sarò sempre con te. Ti voglio bene, Guenda. Ci vediamo domani sera da me, meglio lasciar fuori Franci.»

«Ti voglio bene anch'io, Emy. A domani.»

Domani arriverà dopo una notte che si preannuncia lunga ed estenuante quanto la giornata.

Non rispondo né alle telefonate né ai messaggi di Delmo e spengo il telefono. Poi, con indosso un accappatoio, ordino una cena leggera e una bottiglia di vino rosso, un ottimo vino rosso.

Se devo affondare, affonderò in grande stile.

Questa era un'esclusiva di papà, nessun armatore pronuncerebbe mai una frase del genere.

Ceno a lume di candela davanti a una finestra che dà sulla tormenta che imperversa sul lago, sorseggio un vino pregiato in una lussuosa camera di un esclusivo albergo, ma sono sola e infelice come non mai.

Al diavolo Onassis e anche mio padre!

Non posso impedirmelo e il pensiero torna a Delmo e a quello che sarebbe stato. Il fatto che sia satolla e alticcia non migliora il mio umore, ma fa incastrare l'ultimo tassello del mio incubo formato puzzle gigante.

Famiglia, figli.

Delmo vuole una famiglia e soprattutto dei figli. Irina è giovane e si suppone in grado di dare un seguito alla sua dinastia. Il quadro della Bolena mi sfreccia davanti agli occhi, ma anche l'immagine di Delmo che brinda alla regina guardando me. Resisto, mi alzo e prendo l'iPad dalla borsa. Devo lavorare, se lavoro non ci penso e se non ci penso la smetto di piangere.

Faccio scorrere l'e-mail e ne trovo una di Sofia.

Guenda cara,

sai che ti sono amica da sempre e che da sempre abbiamo scelto di dirci la verità. Emy mi ha raccontato tutto e non posso che stringerti forte e dichiarare guerra al traditore!

Mai, mai, mai avrei potuto immaginare! Avrei scommesso vincente su di lui... perdonami Guenda, so quanto stai soffrendo.

Sappi che sarò sempre al tuo fianco e insieme supereremo anche questa. Ti voglio bene e ci vediamo da Emy domani.

Gli amici sono un porto sicuro dove tornare quando il mondo è in burrasca. Sofia ed Emy sono i fratelli che non ho avuto, gli zii che hanno coccolato e viziato Francesco e anche i figli adottivi che mia madre, il generale, ha comandato a bacchetta.

Gli occhi mi cadono su un'e-mail dall'ufficio privato dello sceicco Muhammad Nadir Al Nahyan. Un nome fatto apposta per saltare all'occhio. La scorgo velocemente e sorrido. Le lettere del signore del petrolio sono scritte dal suo segretario personale che interpreta i suoi desideri e li traduce alla fiorita maniera araba. Il risultato è questo.

As-salāmu 'alaykum

Mia cara e splendente Miss Brunelli, possa Allah far brillare sulla sua vita e su quella dei suoi cari il sole. Possa l'onnipotente far sgorgare acque sempre limpide per dissetarla. Lo sceicco vuole gentilmente sapere quando andrete a Capri.

Sorrido e mi allungo per prendere il bicchiere. Sorseggio e con il cursore scorro la barra di sinistra della posta elettronica. Mi fermo su quella di Sofia e le rispondo.

Domani sera voglio bere e ubriacarmi in maniera molesta. Ti voglio un mondo di bene.

Invio e leggo l'email di Clara. Quando torno ho una riunione con Bramieri per la firma del bilancio, e un appuntamento per una villa sul lago di Como che potrebbe andar bene per un mausoleo. Tipo quello di Lenin sulla Piazza Rossa a Mosca.

Lo sceicco mi ha mandato un'altra e-mail.

«Cazzo», mi scappa detto a voce alta. Appoggio il bicchiere e fisso lo schermo con orrore.

As-salāmu 'alaykum

Lo sceicco è onorato del suo affetto e ricambia con abbondanza. Rimane a sua completa disposizione per farla ubriacare in maniera molesta e suggerisce di farlo su uno yacht al largo di Capri.

No! No, non posso averlo fatto. Maledetta me e il cursore di questo iPad maledetto! Come ci si scusa in arabo? Mi agito sulla poltrona in preda al panico.

Wa-Alaikum-Salaam

Egregio sceicco, sono mortificata per aver causato questo terribile malinteso. Le ho inviato per errore un messaggio destinato a un'amica in profonda crisi, con l'intento di farla ridere. Perdoni ancora, e domani le comunicherò la data per Capri.

Rileggo, controllo il destinatario e spedisco. Una bugia ma ben congeniata, che però non ha l'effetto sperato.

As-salāmu 'alaykum

Lo sceicco non desidera le sue scuse, ma la ringrazia per la splendida idea. Sta contattando alcuni cantieri nautici per acquistare uno yacht da lasciare a Capri e la invita fin d'ora alla prima crociera.

Spengo l'iPad per impedirmi di fare altri danni e mi lascio andare contro lo schienale della poltrona. Fuori turbina una tempesta, solo neve e vento gelido. Sbadiglio e chiudo gli occhi. Il sole sbuca da dietro i faraglioni, uno yacht bianco si dondola all'ancora sul mare piatto e Delmo urla: Dai Guenda, facciamo il bagno!

Di lacrime?

30

Non riesco ad addormentarmi. Tra la tormenta che sibila furiosa e i miei pensieri che sbraitano come hooligans, avrei bisogno di un sonnifero che però non è in dotazione con il set di benvenuto dell'hotel. Fisso il nero intorno a me ripassando brandelli di conversazione tra Delmo e me. Niente faceva supporre la presenza di un'altra donna. E gli interrogativi mi distraggono da ogni filo logico.

Da quanto tempo Delmo e Irina si frequentano?

Perché ha portato me, Francesco e Brigitta da sua madre?

Perché non glielo chiedo?

E per la prima volta riesco a rispondermi.

Perché non riuscirei a sopportare lo sforzo di fare una domanda del genere con un'aria di nonchalance adeguata a una banale curiosità.

Non sono curiosa, sono innamorata pazza di un uomo che non potrò avere.

Non farò mai l'amore con Delmo.

La certezza mi fa torcere lo stomaco in una morsa dolorosa e devo ammettere con me stessa che sì, ci ho pensato e l'ho desiderato, ma serbavo il pensiero in un angolo recondito, più come una speranza che sta per realizzarsi che una chimera da raggiungere.

Sbagliavo sia sulla chimera sia sulla possibilità di raggiungerla.

Però avevo ragione sul voler vivere come una reclusa, sentimentalmente parlando.

Alla fine devo essermi addormentata, perché è il telefono che mi sveglia. L'ingegnere mi dice che il decollo è previsto per le undici e che mi aspetta per la colazione.

Mi rivesto con gli abiti del giorno prima e tento un restauro alla mia faccia devastata con quei pochi cosmetici che ho in borsa. Non devo aver fatto un gran lavoro perché Borsotti mi accoglie così:

«La vedo stanca, signora Brunelli, ha dormito male?»

«Poco e male, grazie.»

E non ho nemmeno appetito. Sbocconcello un croissant e bevo un paio di caffè, ascoltando le chiacchiere entusiaste di chi ha appena acquistato casa in uno dei posti più belli al mondo.

La caffeina non ha un gran effetto sul mio sistema nervoso. Faccio fatica a camminare con le stampelle, ma arrivo in aereo e, con un sospiro di sollievo, allaccio la cintura di sicurezza.

Sono le tre del pomeriggio quando rimango sola alla scrivania del mio ufficio. Borsotti mi ha riaccompagnato e ha voluto saldare immediatamente la mia parcella. Nonostante sia domenica, Clara non ha voluto sentir ragioni, ci ha raggiunto e si è occupata di ogni cosa. Ha perfino avvertito Irina di togliere Chesa Randolina dal sito. Irina che, di domenica, era in ufficio con Bramieri al piano di sotto per la chiusura del bilancio.

Dovrei essere contenta. Sono un agente immobiliare all'altezza della fama di mio padre, ho un team di collaboratori che farebbe un baffo a Stachanov.

Però sono anche una donna che guarda al proprio futuro come una sequenza grigia di giornate una uguale all'altra e di serate solitarie con un libro in mano.

La stessa vita che mi piaceva prima di incontrare Delmo. Ma ho scoperto che, invece, può essere un caleidoscopio di emozioni mai provate.

Eccitazione, passione, desiderio.

Solo quando lo perdi, capisci quanto tieni a qualcuno.

Moltissimo, mi ripeto mentre un taxi mi riporta a casa. Moltissimo.

Francesco è fuori con degli amici e io non ho voglia di uscire, quindi Sofia ed Emy mi raggiungono per confortarmi nel mio letto di lacrime. Come vent'anni fa, mangiamo pizza dal cartone e beviamo birra direttamente dalla bottiglia. Siamo anche vestiti come allora, jeans e maglietta loro, io solo una maglietta extra large di Francesco per via del gesso.

«Sono sempre del parere che dovresti affrontarlo e cantargliele di santa ragione», puntualizza Sofia per l'ennesima volta, addentando l'ennesima fetta di pizza. Fortuna che mangiava solo insalata.

«Anch'io», conferma Emy aprendo la terza birra. «Non posso ancora credere quanto sia stato doppio!»

«Non è stato doppio, sono io che ho frainteso», lo giustifico. «Non mi ha mai fatto promesse e non ha mai accennato a qualcosa di sentimentale.»

Lo sostengo, ma non ci credo. Infatti i miei amici ridono e mi lanciano un cuscino. Emy è indiavolato.

«Piantala, Guenda! Un uomo non interessato a te organizza un party per Francesco che vince una medaglia?»

«E ti porta con tuo figlio a conoscere sua madre?» aggiunge Sofia rinfocolando tutti i miei dubbi.

La porta di casa si spalanca e mia madre entra come una furia seguita da Brutus, che si lancia verso di me per salutarmi con foga. Evidentemente è stata messa al corrente della situazione e l'ha trovata tanto preoccupante da tornare dalla

Riviera. Mi aspetto che mi rimproveri, lo fa sempre, invece mi sorprende.

«Tu guarda che razza di mascalzone! A cuccia!» ordina ai cani che si defilano nel loro cestone. «Guenda, tesoro, come stai?»

La fisso con tanto d'occhi. Possibile che non dia la colpa a me?

«E non guardarmi come fossi un marziano! Sarò anche vecchia, ma so quando un uomo è interessato a una donna, e Delmo era interessato a te.»

«Glielo dica, Giovanna, a noi non vuole credere» la incita Emy. Come tutti la chiama con il secondo nome. Il primo, Giuseppina, ha avuto il permesso di usarlo solo papà... e Delmo.

Riprendo a piangere, in silenzio, non riesco a trattenere le lacrime. Ho bisogno di rimanere sola per potermi disperare. Mi alzo e saltello in bagno. Ci rimango giusto il tempo di lavarmi la faccia con l'acqua fredda e cambiare la maglietta zuppa di lacrime con un vestito. Non posso sopportare la mia immagine riflessa, potrei far da testimonial per la Fallimento sentimentale Spa.

In soggiorno le persone sono aumentate, e il clima è peggiorato. Edoardo e Cindy si sono aggiunti alla compagnia. La spiegazione è che volevano salutare. Mia madre ha risposto che era stata una gentilezza del tutto inutile perché la famiglia Brunelli, pronunciato a lettere capitali, li avrebbe prontamente giustificati.

Lui è in piedi guardato a vista dai cani, che in sua presenza dimostrano che il boxer può essere anche un cane feroce. Lei è seduta su una poltrona guardata a vista da Sofia che le ha appena fatto una Tac completa. Mamma ha gli occhi socchiusi e un sorriso maligno sulle labbra. Emy fa un passo verso di me per aiutarmi, ma suona il citofono e cambia idea.

«Sì, secondo piano», dice al video che nasconde con la sua testa. «Consegna», dice a me con un mezzo sorriso che diventa smagliante quando apre la porta di casa.

Tre uomini entrano, ognuno di loro ha in mano un mazzo di almeno cinquanta rose bianche già sistemate in vasi di cristallo dove uno potrebbe tranquillamente affogare.

«Per la signora Guenda Brunelli» comunica il primo a nessuno in particolare prima di uscire.

«Per favore, lasciate la porta aperta, torniamo subito» dice il secondo che se ne va con il terzo.

«Che splendidi fiori!»

Sofia precede di un soffio Emy e afferra il cartoncino appeso con un nastro rosso a un rosa.

Lo controlla saggiando la carta tra le dita della mano.

«Ottima qualità» sentenzia e me lo passa.

Delmo. Ho il cuore che batte come una grancassa, lo posso sentire nel silenzio generale che la consegna delle rose ha generato. Apro la falda della piccola busta e i tre uomini tornano con altri tre mazzi delle medesime dimensioni. La busta mi cade di mano e Francesco entra seguito da Brigitta.

«Mamma? Da dove arrivano...»

«Non chiedere, Franci» lo interrompe sua nonna, «non chiedete niente e state buoni.»

Mentre i fioristi se ne vanno, riesco finalmente a leggere il biglietto allegato. La mia espressione non è quella che Sofia si sarebbe aspettata, perché me lo strappa dalle mani e legge.

«Uno sceicco, Guenda», mi sorride come una Madonna di Leonardo. «Morto un re, viva lo sceicco!»

«A sheik? What sheik?» Cindy parla per la prima volta.

«La tua fidanzata si anima solo con il rumore dei soldi?» cinguetta mia madre. «Edoardo caro, ne devi fare di analisi finanziarie per tenerla sveglia!»

Emy ridacchia e le dà un buffetto affettuoso su un braccio. Lui ama il sarcasmo al vetriolo della vedova Brunelli.

«Ti invita a una crociera a Capri sul suo nuovo yacht» aggiunge Sofia scatenando il caos generale.

Tutti vogliono sapere chi sia questo sceicco che mi manda l'equivalente di una piantagione di rose bianche e m'invita a una crociera esclusiva. Cerco di spiegare che lo sceicco è un cliente e che sia rose che crociera sono solo il frutto di un malinteso, ma nessuno mi dà retta. Mi appoggio alle stampelle e inspiro con cautela. Il profumo dei fiori è così intenso da dare alla testa.

«Ma che diavolo sta succedendo qui? Guenda! Perché non mi hai avvertito che eri tornata? Di chi sono questi fiori?»

Delmo, imponente come Zeus, si staglia tra gli stipiti della porta.

«From a sheik» fa tutta contenta Cindy.

Un attimo di silenzio, poi Emy, Sofia e mamma partono all'attacco.

«Che faccia tosta a presentarti qui!»

«Avresti voluto tenere i piedi in due scarpe?»

«Non me lo sarei mai aspettata da lei, signor Ravaioli!»

L'espressione di Delmo non è quella colpevole che ci si aspetterebbe. Ci guarda tutti stupito, incredulo e anche un po' disorientato.

«Di che diavolo state parlando? Perché non avrei dovuto presentarmi? Due scarpe? Uno sceicco ti manda dei fiori, Guenda?»

Adesso guarda solo me con un'intensità tale che le stampelle hanno incominciato a fondersi.

«Perché stai per sposare Irina.»

Francesco mi raggiunge con due passi e mi mette un braccio intorno alle spalle. Lui non sa nulla, ma io sono la sua mamma e mi difenderebbe anche se avessi commesso un triplice omicidio.

«Who's Irina?» Cindy spunta da dietro un mazzo di rose e squadra Delmo come farebbe un allevatore con un cavallo.

«La segretaria di Guenda, giusto?» Edoardo svia l'attenzione della sua fidanzata dal patrimonio dello sceicco.

«Sto per sposare Irina?» ripete Delmo senza capire.

«Insomma, avevi suo padre in macchina e state organizzando una festa per il fidanzamento, in più tu sei uscito da Tiffany con un pacchetto in mano e un biglietto con scritto: *Ti amo. Per sempre. D*, cosa dovremmo pensare?» Sofia riassume.

Il re ascolta attento e poi mi fissa.

«Hai pensato che volessi sposare Irina?»

Tutte le mie convinzioni vacillano, i muri delle mie certezze sono pieni di crepe e la terra sotto i miei piedi trema. Annuisco senza parlare e capisco di essermi sbagliata. L'espressione negli occhi di Delmo è così addolorata che mi metto a piangere.

«Tutti voi avete creduto che volessi sposare Irina?»

Nessuno risponde.

«Irina è la figlia del mio socio nei regni della piadina in Russia. È come una figlia per me, la conosco da quando aveva dieci anni e ho fatto le veci di suo padre da quando è arrivata in Italia per studiare alla Bocconi. Ed è vero, Irina si sta per sposare. Con Davide, tu lo hai conosciuto Guenda, il figlio del mio amico Teo. E non ti ho detto mai nulla perché lei non voleva che tu ti sentissi in qualche modo condizionata nel valutarla perché sono un tuo cliente. Mi dispiace per questo malinteso», e con questo si gira e se ne va.

Un attimo prima di uscire per sempre dalla mia vita si gira e mi fissa. «Buona fortuna con lo sceicco.»

31

Non sono morta ma vorrei esserlo. Mi fa male tutto, anche i capelli. Quando Delmo se ne è andato mi sono chiusa in camera mia. Dovevo rimanere sola. Non potevo farmi vedere così da Francesco.

Non posso che disprezzarmi. Mi sono comportata in maniera ignobile e ho offeso Delmo nel peggiore dei modi. Sono certa di avere conseguito un primato, l'unica ad avere trovato un unicorno e averlo classificato come un somaro. Non ho più lacrime da versare per oggi, ma avrò motivo di piangere per tutta la vita.

«Guenda, vieni fuori che dobbiamo parlarti.»

Discutere con mia madre è una battaglia persa in partenza. Mi alzo e più stropicciata di uno straccio da polvere torno in salotto. Mamma è seduta sul divano tra Francesco e Brigitta, i cani sono sdraiati protettivi ai loro piedi. Sofia sorseggia un bicchiere di vino ed Emy passeggia avanti e indietro. Di Edoardo e Cindy nemmeno l'ombra. Mia madre deve aver approfittato della mia assenza per buttarli giù dalle scale.

Mi guardano e so cosa pensano.

«Devo scusarmi. Non posso lasciare le cose così. Delmo non si meritava che pensassi quelle cose di lui.»

«Tutti dobbiamo scusarci con Delmo» risponde mamma.

Mi sento sollevata, come se ora condividessimo la mia enorme vergogna.

«Non è a casa a Milano», incomincia Sofia.

«Sarà tornato da nonna Cesira» fa Brigitta.

«Sì, è andato lì» le dà ragione Francesco.

«Domani lo raggiungiamo» sentenzia mia madre.

«Domani è lunedì» è il mio misero contributo cui nessuno però presta orecchio.

«Ci penso io» si offre Emy e la faccenda è conclusa.

Lui e Sofia se ne vanno, mamma e i ragazzi sistemano i vasi di rose per casa. Io rimango con i cani, li accarezzo in cerca di conforto ma i loro occhi sembrano dire solo una cosa: che cantonata, Guenda!

La notte più lunga della mia vita, lo posso affermare con certezza. Il pensiero più positivo che ho formulato è stato il netto rifiuto di Delmo di accettare le mie scuse. Si spiega quindi lo stato di prostrazione totale in cui mi trova Francesco.

Sono seduta al posto di papà in cucina con una tazza di caffè tra le mani. Se ne versa una anche lui e si siede per sorseggiarla.

«Mamma, Delmo è un uomo intelligente e capirà», mi conforta, «glielo spiegheremo tutti.»

Sospiro. «Sì, lui è un uomo intelligente, sono io che sono una cretina.»

«Non dire idiozie, Guenda!»

Il caffè trabocca dalle tazze, mia madre fa questo effetto.

«Tu non sei una cretina, non lo sei mai stata» fa una pausa per fare una smorfia. Forse quando hai sposato Edoardo, lo pensa, ma non lo dice per amore di Francesco. «È stato tutto un malinteso dovuto a come va il mondo. Del resto, se conosce Gualtiero, e dopo aver visto il tuo ex marito, potrà capire perché sei stata tratta in inganno.»

«Ha ragione la nonna, Guenda.» Brigitta mi abbraccia da dietro e mi schiocca un bacio sulla guancia. «Noi non avremmo dovuto fraintendere, ma lui capirà.»

Lei e Francesco erano all'oscuro di questa mia perversa convinzione, ciò nonostante sono schierati al mio fianco per aiutarmi a rimediare a un errore madornale che mi causa un dolore al petto insopportabile. Sento gli occhi riempirsi di lacrime, mugugno qualcosa e mamma mi passa un fazzoletto.

«Smettila di frignare, Guenda, e vai a prepararti. Emy mi ha mandato un messaggio. Tra mezz'ora si parte.»

«Missione piadina iniziata, andiamo a riprenderci il re, ullul-lullullù!» Francesco ci strappa una risata e accende un barlume d'ottimismo.

Mia madre prende il comando, ça va sans dire, e distribuisce le truppe sul pulmino di Emy. Lui guida, il generale al suo fianco. Sofia ed io sui sedili dietro, Francesco, Brigitta e i cani nel salottino in fondo. Non c'è stato verso di lasciarli a casa con Rosita, avranno capito che è una situazione di emergenza e, in caso di emergenza, un boxer è sempre presente. Tre, nel nostro caso.

Da ieri tento di chiamare Delmo, ma mi risponde sempre la segreteria telefonica. Scaravento il telefono in borsa con un senso d'impotenza che rischia di soffocarmi.

«E se non fosse da sua madre?» chiedo ad alta voce.

«È lì», mi risponde Brigitta stringendomi una spalla, «ce lo ha detto nonna Cesira, quando ha chiamato Francesco ieri notte. Ha promesso di non dire a Delmo che stiamo arrivando.»

Mi sento come se la mia stupidità fosse stata filmata e trasmessa in mondo visione. Rimango in silenzio mentre il panorama della campagna romagnola sfreccia fuori dai finestrini e dentro la mia testa una voce urla: cretina!

Sono appena le undici quando Emy parcheggia nell'aia della casa natale di Delmo. Ho una paura terribile: se rifiuta le mie scuse, che ne sarà di me? Ma non ho tempo di preoccuparmi oltre perché, mentre inforco le stampelle, sua madre incontra la mia. I ragazzi dopo averle buttato le braccia al collo sono spariti con i boxer e Jacqueline che nel frattempo ha messo su almeno un chilo. Le due donne si squadrano, un incontro tra titani mi vien da pensare.

«Sei la mamma della Guenda?»

«Sì, piacere, sono Giuseppina Brunelli.»

«Brava, bella figlia, bei nipoti e bei cani. Io sono la Cesira.»

Questo è sufficiente perché mia madre si apra in un sorriso sincero.

«Brava anche te, Cesira, tuo figlio è un grand'uomo.» Un'alleanza è appena stata firmata col sangue.

Emy, che era rimasto di guardia, perché con mia madre non si sa mai, presenta se stesso e Sofia.

«Bravi che siete venuti e meno male che il ragazzo mi ha avvisato, altrimenti non c'era niente da mangiare» fa la Cesira venendomi vicino.

Mi sento un verme. Come ho potuto pensare che il figlio di questa donna potesse comportarsi in maniera così abbietta? Se mi prendesse a schiaffi avrebbe tutte le ragioni.

Però non mi prende a schiaffi, mi mette le mani sulle spalle e mi bacia sulle guance.

«L'è matto come suo padre» mi dice con un sorriso complice. «Devi aver pazienza, vè.»

Si gira e urla:

«Delmo!» e con un passo da parata marziale sparisce in casa seguita dagli altri.

Sono sola in mezzo all'aia.

Mi sudano le mani sul manico delle stampelle, ho un senso di nausea e anche a tachicardia sono messa bene.

Delmo arriva dal frutteto, indossa dei pantaloni di fustagno con degli scarponi, una camicia di cotone a quadri aperta sul petto e in testa un cappello di paglia grande come un sombrero. Non mi ha visto, tiene gli occhi a terra e in lui c'è qualcosa di così avvilito che mette tristezza. Poi vede il pulmino e si ferma. Io sono qui di fianco e non può evitare d'incontrare i miei occhi.

«Sono una cretina, Delmo, perdonami, ti prego. Non avrei mai dovuto pensare quelle cose su di te.»

Mi fissa serio.

«Chi ha guidato?»

«Emy. Sono venuti anche i ragazzi, mia madre, Sofia e i cani per chiederti scusa.»

È sorpreso, lo capisco dalle sopracciglia a metà fronte, ma ancora non è convinto e mi sento su un lago ghiacciato a guardare una crepa che si avvicina ai miei piedi.

«Delmo, scusami, lo so che mi sono comportata in modo ignobile, ma ho pensato veramente di perderti perché stavi sposando un'altra donna. Stavo malissimo, mi ero appena accorta di essere innamorata di te e...»

«Che cosa hai detto?» tuona e fa un passo verso di me. Mi squadra dall'alto del suo metro novanta abbondante con un ciglio serio, davanti a me ho due pettorali sodi e abbronzati. Sono in uno stato di confusione totale.

«Che mi sono innamorata di te», mormoro perché non avrei voluto dirlo, ma non ho il tempo di pentirmene.

Agguanta le stampelle e le butta a terra, un attimo dopo mi sta portando via in braccio, tenendomi stretta al petto.

«Devo preoccuparmi di uno sceicco?» chiede mentre sale le scale di un fienile che potrebbe finire sulla rivista AD.

«No, se non vuoi comprare una casa a Capri» ridacchio mentre mi mette a terra e mi tiene stretta davanti a sé.

«Guenda, io mi sono innamorato di te il primo momento che ti ho visto, quando avevi il tacco rotto in mano.»

«Mi hai visto in un giorno di massimo splendore.»

«Per la verità eri scarmigliata e rossa come un tacchino.»

«Delmo, facevo dell'ironia.»

Ride, come solo lui sa fare. Una risata che sale dal cuore e coinvolgerebbe anche una mummia.

«Guenda, scherzavo! Tu sei sempre bellissima e, perdonami, ma io non posso più trattenermi.»

Nemmeno io.

In questo momento termina ufficialmente il mio periodo di vedovanza bianca. Delmo bacia come vive, con un impeto gioioso che sa di giornate assolate e notti stellate. Le sue labbra si fondono con le mie, non esita e non soffre di timidezza. Un uomo d'altri tempi, ma anche un uomo appassionato e pure sexy. I pettorali si contraggono sotto le mie dita che accarezzano la pelle calda e soda. Mi appoggio alla gamba con il gesso e vacillo, finiamo insieme su un letto di balle di fieno. Punge, ma profuma di buono, di vita e aria aperta. Era tempo che non facevo l'amore con un uomo, non ricordavo più l'effetto sauna dell'eccitazione, o forse con Edoardo avevo sperimentato appena appena una stufetta elettrica. Le mani di Delmo sembrano conoscere il mio corpo da sempre mentre accarezzano e perlustrano punti che nessun uomo aveva mai esplorato.

«Guenda, amore mio», sussurra girandomi come una trottola fino a incastrarmi sotto di sé.

«Delmo, mio re», gli sussurro tenendolo stretto e lui scivola piano dentro di me.

Mi pare di aver fatto l'amore per la prima volta in vita mia. Sono felice, appagata e se non fosse che il gesso non è così semplice da manovrare, ricomincerei da capo, una, dieci, cento volte. Se con il mio ex marito il sesso fosse stato così, forse non mi sarei rassegnata a vederlo partire dalla sera alla mattina.

Delmo mi stringe col suo solito impeto e con la guancia spiaccicata sul suo petto riesco solo a biascicare:

«Elmo, i ai ale.»

Basta perché allenti la presa.

«Scusa, amore, scusa, ma non mi sembra vero di averti qui con me.»

Mi sposta il viso per baciarmi e mi sussurra.

«Sono cotto come un prosciutto, Guenda.»

«Complimenti per la poesia!»

Rido e ricambio il bacio.

«Delmo! Sfatigàt! Sciutura el vin!»

L'urlo ci congela prima che entrambi scoppiamo a ridere e conclude la nostra metamorfosi. Al momento non facciamo quarant'anni in due.

Fortuna che l'architetto che ha ristrutturato il casale di Delmo ha pensato di mettere un bagno anche nel fienile. Non proprio nel fienile, ma nel locale spogliatoio annesso.

«La gente che lavora avrà ben diritto a farsi una doccia, no?»

Spiegazione ineccepibile.

«Anche quella che fa l'amore nel fienile, se è per questo», aggiungo mentre gli insapono la schiena con la gamba ingessata fuori dalla porta di vetro.

Mi afferra le mani e le sposta davanti a sé più in basso.

«Lo dici tu a nonna Cesira perché non hai ancora stappato il vino?»

Sono una donna felice quando attraversiamo l'aia e andiamo a riprendere le mie stampelle.

«Grazie, adesso puoi mettermi giù.»

«Tienile in mano e stai zitta» è la sua risposta cortese e mi lascia solo quando arriviamo in cucina.

Mia madre e la sua stanno assaggiando da una pentola. La vedova Brunelli si complimenta con Cesira e le mette una mano sulla spalla. Lo faceva anche con nonna Guendalina. Nonostante mamma sia figlia della nobiltà milanese, e abituata a una vita di lussi dal padre prima e dal marito poi, ha sempre avuto un rapporto speciale con le persone che non sono state viziate come lei.

Emy istruisce Sofia su come tagliare la pasta. Lui è un pessimo insegnante e lei un'allieva anche peggiore. Francesco impasta e Brigitta tira la sfoglia fino a che riesce, poi l'aiuta lui, dopo averle dato un bacio.

«Si vogliono proprio bene quei due lì», commenta Delmo e mi lascia per andare a prendere il vino.

L'indifferenza generale si trasforma in curiosità particolare.

Sei paia di occhi mi fissano.

Sogghigno come un cartone animato.

Rispondono con un borbottio d'assenso e tornano alle loro occupazioni.

Questa è la famiglia, basta un grugnito per capirsi.

Sto diventando un poeta come Delmo.

32

Pranziamo in veranda. Stessa tovaglia bianco abbagliante dell'altra volta e stessi piatti di porcellana pesante, che non si producono più da oltre vent'anni. I bicchieri sono di vetro spesso, grandi e leggermente opachi. Io amo questi particolari sempre uguali, mi danno un senso di stabilità che nemmeno l'indice Mibtel in costante crescita mi suscita.

Guardo la campagna assolata che si estende a perdita d'occhio e il frutteto che costeggia parte della cascina. Le albicocche e le ciliege mature che spiccano tra le foglie mosse da una brezza leggera ricordano le pennellate di colore su un quadro di Van Gogh.

La voce di Delmo, che obbliga sua madre a sedersi a tavola mentre Salima, o Agnese che dir si voglia, si occuperà della cucina, mi fa trasalire. I ragazzi arrivano con una pentola dalle dimensioni di una piccola cisterna e un profumo inebriante si sparge per l'aere, direbbe quel depresso di Leopardi.

«È il miglior ragù che ho mai mangiato!»

Mia madre è la prima a parlare, dopo il silenzio da refettorio calato davanti al piatto fumante.

Cesira ride. «Quando ho parlato col Francesco mi è passato il sonno e ho messo su il ragù. Sorbole! È andato tutta notte perché mi sono addormentata sulla poltrona.» Fa una pausa per asciugarsi le lacrime d'allegria. «Se il Delmo non fosse stato in giro come un lupo a ululare, il ragù bruciava di sicuro e oggi le mangiavamo in bianco le tagliatelle!»

L'immagine del re che ulula alla luna tutto il suo amore per me mi strappa un sorriso. Gli stringo una mano sopra il tavolo e lui commenta solo per le mie orecchie.

«Pensavo avessi preferito lo sceicco a me.»

«Dello sceicco amo solo gli assegni che firma per la Brunelli Real Estate Agency.»

Ride tanto forte da sovrastare la conversazione generale. Delmo non sa trattenersi, quando è contento, il mondo intero se ne accorge.

«Guenda, bemmò oi! Ma sei un mastino!»

Mia madre brinda.

«A quel mastino di mia figlia! Sono certa che tuo padre da lassù sta mollando pacche a destra e a manca e, con uno dei suoi sigari migliori tra le labbra, proclama: quella lì è la mia bambina!»

Alziamo tutti i calici alla salute di Mario Brunelli che anche dall'oltre tomba fa sentire la sua presenza.

Siamo al dessert e in tavola appare la favolosa crostata di nonna Cesira. Alle albicocche fresche. Sofia si fa il segno della croce, la sua dieta perenne è appena finita schiacciata sotto un migliaio di calorie. I ragazzi hanno gli occhi dei boxer al sentir la parola "pappa". Se non fosse che Delmo mi fa lo stesso effetto, sarei anche io ansiosa di assaggiare.

Brigitta si alza per tagliare la torta di mezzo metro di diametro e il re scambia un'occhiata d'intesa con sua madre e rientra in casa. Aiutiamo tutti a distribuire le fette di dolce ridendo sull'acquolina che rischia di debordare, intanto Agnese porta i bicchieri per il vino da dessert. Mamma, che ha l'occhio lungo, decreta:

«Boemia.»

«Li vuole il Delmo per le grandi occasioni» le sussurra la Cesira.

Si sorridono sornione. Ho la netta impressione che siano a conoscenza di qualcosa che io non so. Ma credo che saprò a breve.

Il re è tornato con una Magnum di champagne che appoggia con un tonfo sul tavolo.

«Dobbiamo festeggiare!»

«Allora preparatevi tutti ad avere mal di testa domani», affermo con convinzione. «Delmo è molto scrupoloso nei festeggiamenti.»

Ridono, ma non sanno che è vero. Potrebbero anche ritrovarsi una caviglia ingessata.

«Brava, Guenda, te sì che mi conosci» e mette una mano in tasca.

Ne estrae una scatolina di velluto blu. Sul tavolo aleggia un sospiro. Delmo mi prende una mano.

«Io sono innamorato pazzo di te e il pensiero di perderti non mi fa vivere. Ti prego, Guenda, se mi ami almeno un pochino, sposami e fai di me un uomo felice. Giuro davanti a tutti che farò di tutto per non fartene pentire.»

Non riesco a parlare, sono troppo commossa e felice, annuisco facendo delle smorfie perché non voglio piangere.

Sofia mi sussurra: «Smettila, Guenda, sembri un mostro!»

Tutti applaudono e fischiano, si abbracciano e abbaiano. Si festeggia la nascita ufficiale di una nuova famiglia.

Delmo apre la scatola di velluto e ne toglie un anello che mi infila al dito. Lo guardo con gli occhi socchiusi per non rimanere accecata dalla luce che emana, però la bocca mi si spalanca.

«Lo hai rubato alla torre di Londra?» sussurro.

«No», scuote la testa divertito, «l'ho comprato a Parigi, in quella gioielleria sotto la statua di Napoleone.»

«Lo sapevo che avevate avuto una conversazione da re a imperatore» e lo bacio con tenerezza. «Grazie, Delmo, è un anello splendido, degno di una regina.»

«Solo il meglio per la mia di regina, Guenda.»

La voce di Sofia mi distrae.

«Mi devi dieci euro e sarà avorio»

«Su cosa avete scommesso tu e Emy?»

Lei fa spallucce e intasca la banconota.

«Se la dichiarazione sarebbe stata dopo il dessert o a cena» sogghigna e aggiunge «e se avessi vinto avrei scelto il colore dell'abito. Avorio.»

«Hanno già organizzato tutto?»

Delmo non li conosce, questi due.

«Certo!» Emy se ne esce candido come una rosa dello sceicco. «E abbiamo scommesso vincente su di te la sera che ti abbiamo conosciuto.»

«Aiuterai la Guenda ad arredare i Piadina's Kingdom di Parigi e Londra?»

«Delmo, scusa, non ti sembra un po' fuori luogo?» Lo tiro per una mano per farlo sedere. In fondo mi ha chiesto di sposarlo due minuti fa.

Emy non mi guarda neppure. «Ti pare che non aiuterei la mia Guenda e il suo favoloso marito?»

Si stringono la mano sopra la crostata dimezzata.

Un contratto matrimoniale e uno di design d'interni in meno di cinque minuti. L'efficienza Ravaioli manderebbe fuori di testa anche un giapponese.

Delmo stappa la Magnum e versa nei calici di cristallo. Quando tutti ne abbiamo uno in mano, lui lo alza al soffitto e dice:

«Alla mia signora e al nostro ragazzo!»

Francesco si alza e lo abbraccia. Meno male, così io posso sciogliermi in una pozza di lacrime.

I componenti della missione piadina ripartono nel tardo pomeriggio, non prima che nonna Cesira e Delmo siano riusciti a riempire il pulmino con ogni ben di Dio. Io ho passato solo un rotolo di Scottex ai ragazzi. Con un profumo del genere la produzione abbondante di bava dei boxer è assicurata. Ancora una volta mia madre si scusa a nome di tutti per lo spiacevole fraintendimento, e ancora una volta Delmo mi stringe a sé e ripete che tutto bene è quel che finisce bene.

Li salutiamo dall'aia fino a che il pulmino sparisce, lasciandosi dietro una nuvola di polvere che rimane ad aleggiare nell'aria ferma e calda.

«Sono felice che tu non sia tornata a Milano questa sera.»

«Anche ad averlo voluto fare non ci sarei stata tra tutti quei prosciutti.»

«Vieni», mi ripiglia in braccio, «andiamo a riposarci.»

Il posto che sceglie riscuote tutta la mia approvazione, il fatto poi che si sia ricordato di farmi indossare gli orecchini di ciliegie, mi fa proprio felice. Si accomoda accanto a me porgendomene una manciata rossa e lucida.

«Davvero hai pensato che sposassi l'Irina?»

La cosa ora pare così ridicola anche a me che ne provo ancora più vergogna e cerco di giustificarmi per quel che posso.

«Sì e non avrei potuto certo criticarti. È una splendida ragazza, intelligente, agguerrita e serissima. Davide è un ragazzo fortunato. Lo sono anche io visto che lavora per me. E poi non mi avevi detto di averla presentata tu in ufficio.»

Mi fermo con la scusa di mangiare un paio di ciliegie e poter riflettere un attimo su quel che più mi preme. Lui rimane tranquillo a fissare la sua terra con un braccio intorno alle mie spalle.

«Irina è giovane e sarebbe stata in grado di darti tutti i figli che vuoi» e così ho sputato il rospo.

«L'ho portata in ufficio da te perché da me non voleva lavorare. Sostiene che un padre e un marito nella stessa azienda sono più che sufficienti.» Toglie dal taschino della camicia un sigaro e se lo accende con calma. «Anche tu puoi darmi dei figli, Guenda.»

Ha chiuso il discorso con un'obiezione tecnicamente corretta. Ragionamento da consigliere della corona nel giudicare la nuova sposa del re, penso.

Delmo esala una nuvoletta di fumo azzurrognolo.

«Se verranno saranno una benedizione» aggiunge, «ma se non verranno, ho già Francesco. Voglio bene a quel ragazzo e adoro sua madre. Averti a fianco, avere una famiglia intorno per me è una gioia che pensavo di non poter provare. Grazie Guenda. Grazie di volermi sposare.»

Delmo ha sempre la capacità di stupirmi. E di farmi piangere.

«Grazie a te di avermi salvato e fatto rivivere.»

Mi soffoca in uno dei suoi abbracci. Se mi uccidesse in questo momento morirei felice, ho trovato l'unicorno.

E pure stallone. La vedovanza bianca è definitivamente un capitolo chiuso.

Quando rientriamo la casa è deserta, tranne che per Jacqueline addormentata in un cestone. La giornata con i boxer ha sfinito la cucciola. Sul tavolo della cucina c'è un biglietto di nonna Cesira. La scrittura è elaborata ed elegante, di chi ha passato ore a riempire delle stesse lettere i quaderni di scuola.

Sono andata dalla zia Elvira per dirle del matrimonio e rimango da lei a dormire. L'Agnese e suo marito sono con me.

In frigo c'è la vostra cena. La Guenda non deve fare niente che deve riposare con quella gamba lì.

«Siamo a casa da soli», sogghigna Delmo.

«Ma non abbiamo più sedici anni» ribatto io e faccio male.

«E chi lo dice?»

Due minuti dopo siamo nella sua camera da letto.

33

Delmo è una sorpresa continua, ventiquattro ore su ventiquattro, e l'impeto lo caratterizza anche tra le lenzuola di un letto. Mi ritrovo a stirarmi sorniona come Rossella dopo la notte con Rhett a Charleston. Lui è in bagno a radersi. Ha lasciato la porta aperta e vedo la sua immagine riflessa nello specchio.

«Sei sveglia? Allora possiamo parlare.»

Ride, con una barba bianca di schiuma che gli dà l'aspetto di un guerriero appena emerso dalla neve. «Ieri sera avevamo altro da fare!»

Rido anche io e riderò anche in futuro pensando a ieri notte.

«Allora, oggi è martedì, domani sera c'è la festa di fidanzamento per l'Irina e il Davide, sabato l'inaugurazione della Corte della Piadina. Quand'è che facciamo la nostra festa e quando ci sposiamo?»

Spalanco gli occhi. Forse è il momento di svegliarsi completamente. Delmo deve aver visto la mia espressione e si affretta a frenare.

«Facciamo come vuoi tu, non preoccuparti. Tu dimmi quello che vuoi e io penso a tutto.» Si affaccia dalla porta per sorridermi, mezza faccia rasata, mezza no. «Se la Cesira sa che ti faccio lavorare, mi pesta con il mattarello di legno!»

Conoscendola, non stento a crederlo, e poi ho visto mia nonna con papà. L'unica che sia mai riuscita a tenerlo a bada per almeno mezza giornata.

«Dobbiamo fare anche una festa di fidanzamento? In fondo ieri a pranzo abbiamo dato la notizia ufficiale.»

Si sta radendo sotto la gola e la cosa mi eccita. Mi alzo e saltello in bagno, raggiungo la sua schiena nuda e lo bacio tra le scapole. Si ferma e rabbrividisce.

«Hai ragione, Guenda, le persone che per noi contano erano tutte qui ieri.»

Appoggia il rasoio e si gira per prendermi tra le braccia.

«Però dimentichi una cosa.»

Il tono mi dà da pensare. Lo fisso con gli occhi socchiusi, sospettosa, diffidente ma anche preparata.

«Che cosa dimentico?»

«Che sono un re e quando un re si sposa tutti lo devono sapere e festeggiare.»

«Hai in mente la mondovisione?»

«La regnovisione!»

Posso affermare che il potere, o qualunque cosa gli assomigli vagamente, ha un effetto afrodisiaco istantaneo. Non fosse stato per il gesso, avremmo battuto qualche record.

Scendiamo a far colazione alle otto. Solo le otto, e a me sembra di aver vissuto almeno mezza vita questa mattina.

Cesira ci aspetta in cucina con una colazione che la vedessero quelli del Ritz a Parigi si metterebbero a piangere per la vergogna. Ci squadra come solo un generale sa fare e inizia a ridere. Però è discreta e va di là, dove può coinvolgere anche l'Agnese e il Rivo. La sentiamo dire:

«A paren du ragassen!»

E noi ci sorridiamo come due ragazzini. Cotti come prosciutti.

Con davanti un piatto di uova sbattute e pancetta abbrustolita, Delmo affronta di nuovo il discorso.

«Dove vuoi sposarti? Ci hai pensato?»

«Qui», rispondo senza rifletterci, con la bocca piena di pane, burro e marmellata, tutti rigorosamente casalinghi.

Devo aver dato la risposta giusta perché si alza per abbracciarmi, commosso, come sua madre che ci raggiunge e dice:
«Delmo, a t'al dégg l'era quella giusta!»

Per qualche momento la vita aveva rallentato, la campagna e i suoi ritmi mi avevano illuso. Giusto il tempo di salire in macchina con Delmo per tornare a Milano che mi ritrovo in ufficio, lavata e stirata dopo un passaggio veloce a casa.
Clara mi accoglie sulle sliding doors e tenta di portarmi in sala riunioni, io mi oppongo e lei spinge.
«Se non la pianti, ti picchio con le stampelle» le dico nemmeno troppo scherzosamente.
«Guenda, sei proprio sicura di voler entrare nel tuo ufficio?»
«Che razza di domande fai?» La supero, raggiungo la porta e la apro.
Mi appoggio alle stampelle per stare in piedi. L'effluvio che esce stordirebbe anche un floricoltore. Non c'è angolo o superficie che non siano stipati di vasi di rose bianche identici ai sei che ho a casa.
«Guenda, sai che sono discreta, ma che diavolo è successo tra te e lo sceicco?»
«Un malinteso» e cerco di raggiungere la scrivania.
«Sarà», mi risponde poco convinta ed esce lasciando la porta aperta.
Torna dopo una manciata di secondi con un sorriso sornione.
«Puoi venire di là, per favore?»
«Che diavolo c'è adesso?» borbotto e saltello fino alla reception. Mi appoggerei alle stampelle, ma non ce le ho, quindi mi puntello alla spalla di Clara che, con un sopracciglio a metà fronte, fissa il modello di uno yacht che nasconde mezza parete.
Le mie sopracciglia sono a posto, ma la mascella si è scardinata. Lo sceicco, abbagliante nella sua *thobe* bianca mi tende

le mani cercando di accecarmi con il brillante all'anulare della mano destra.

«*As-salāmu 'alaykum*, mia cara e splendente Miss Brunelli!» Mi saluta metà in arabo e metà in inglese. Il suo patrimonio lo esenta dal parlare qualunque altra lingua. Mi prende la mano per avvicinarmi al modello quasi a grandezza naturale della barca, poi si accorge del mio gesso. Schiocca le dita e spuntano due energumeni che fanno una sedia con le braccia incrociate e mi portano esattamente dove lo sceicco vuole.

Non sono ancora riuscita a spiacciare mezza parola, vorrei farlo adesso, ma non ne ho il tempo.

«Per convincerla, adorabile Miss Brunelli, le ho portato la barca che sarà ancorata fuori dalla proprietà. Perché so già che la comprerò.» Fa una pausa per fissarmi con gli occhi neri come il petrolio. L'espressione seria accentuata dal naso aquilino, saranno le reminiscenze dei busti di Cesare, gli dà l'aria del comando. «Mia splendente miss Brunelli, tutto quello che lei mi mostra, a me piace.»

È un complimento, dovrei esserne contenta, invece, mi agito a disagio sul trono umano.

Metto insieme un discorso pulito in inglese.

«Wa-Alaikum-Salaam sheik Muhammad Nadir Al Nahyan, che la luce di Allah risplenda sempre su di lei. Sono certa che la casa di Capri sarà di suo gradimento e se mi fa mettere a terra, mi attivo subito per contattare i proprietari.»

«Già fatto.» Non vedo Clara, ma la sua voce mi arriva da dietro gli energumeni.

«Già fatto?» ripeto, piegandomi per vederla.

«Sì», interviene Irina, mentre l'altra annuisce diretta a me, nei suoi occhi c'è scritto: te l'avevo detto che era in gamba, no?

«Ieri lei non era reperibile, dottoressa Brunelli, così Clara e io abbiamo chiamato i proprietari e fissato una visita per dopo domani mattina.»

«Dopo domani? Ma domani sera c'è la tua festa di fidanzamento, Irina! Chi lo accompagna la mattina dopo?»

«Chi accompagna chi e dove?»

Delmo entra in scena con la prestanza e l'irruenza del dio delle tempeste. Fissa in ordine, lo sceicco, la barca e me. «Che fai seduta così, Guenda?»

«Non lo so», rispondo, perché non saprei spiegare nulla, «però ti presento lo sceicco Muhammad Nadir Al Nahyan. La casa a Capri, ricordi?»

«Certo» e allunga una mano allo sceicco. «Piacere Delmo Ravaioli, sono il futuro marito della signora Brunelli.»

«Il futuro marito?» fanno in coro Clara e Irina.

Dallo staff mediorientale esce un interprete che traduce il mio futuro stato civile.

«Sì», tuona Delmo tirandomi giù con poca grazia dalla mia portantina. «La signora Brunelli diventerà mia moglie.»

«Ti sposi con Guenda?» Mancava solo Gualtiero in ufficio. Mi si avvicina facendosi largo tra la folla di portaborse.

«Mi sono persa qualche passaggio?» Clara non riesce a capire. «Ieri non eri nemmeno fidanzata e adesso ti sposi?»

Irina che è affettuosa come Brigitta mi sorprende gettandomi le braccia al collo.

«Sono così felice per lei, dottoressa Brunelli! Delmo non vedeva l'ora di chiedere la sua mano.»

Mi alza la sinistra dove ho l'anello di fidanzamento e la mostra a Clara che, al solito quando è perplessa, alza un sopracciglio.

«Molto Windsor», fa diplomatica.

Lo sceicco fa un mezzo inchino a Delmo, come a chiedere il permesso, prende la mia mano da Irina e esamina la pietra. Annuisce un paio di volte e commenta:

«Una gemma preziosa e splendente per una donna preziosa e splendente.»

Un ragazzo, che potrebbe essere uno dei suoi ventisei figli, numero accertato quattro mesi fa, gli parla concitatamente in arabo.

Lo sceicco fa un passo verso Delmo. Ha la testa con tanto di *ghutra* piegata di lato e un'espressione attenta che lo fa proprio assomigliare a un busto di Cesare. O a un falco.

«You are the Piadina's king?»

Detta in inglese devo dire che fa un certo effetto.

«Yes, I'm the king», risponde il re.

Il ragazzo si lancia sulla mano per stringergliela con foga, riversandogli addosso una valanga di parole. Intuisco che anche lui, come tutti, va matto per le piadine di Delmo. Mi sfiora l'idea che da mussulmano non dovrebbe nemmeno avvicinarsi a un posto dove i prosciutti sono di casa, ma del resto il suo capo si è offerto di farmi ubriacare in maniera molesta e a pranzo beve champagne e mangia lumache.

Lo sceicco confabula ancora con il ragazzo di prima, si apre in un sorriso e poi si rabbuia subito.

«Chi mi accompagna a Capri?» Mi chiede preoccupato di non poter sborsare una ventina di milioni nelle prossime ventiquattrore. «E quando parliamo del Piadina's Kingdom di Dubai?» aggiunge per aumentare la confusione che ho in testa.

Chi lo accompagnerà a Capri? Il Piadina's Kingdom di Dubai?

Ho la testa che mi scoppia.

34

Sono le sette di sera e sono sfinita. Guardo l'anello al mio anulare e mi sento immensamente felice e fortunata. Delmo è un uomo speciale, di una razza in via d'estinzione e si è innamorato di me. Sorrido al pensiero. Dovrei almeno guardare l'agenda, ma non ci riesco. Dopo un pomeriggio del genere, nessuno riuscirebbe a fare altro che stappare una bottiglia e ubriacarsi, in maniera molesta, e rido.

Lo sceicco ha preso bene il fatto che stessi per sposarmi con un altro uomo. Tanto bene che questa sera s'incontra con lui per accordarsi sull'apertura del primo Piadina's Kingdom degli Emirati Arabi.

Ringrazio Dio di avere il gesso alla caviglia, così ho potuto dichiararmi stanca morta. Altrimenti mi toccava assistere anche alla trattativa del secolo.

Delmo lo ha prontamente invitato all'inaugurazione di sabato e anche al fidanzamento di Irina, perché quando si tratta di generosità il re non teme confronti.

Dopo domani a Capri con lo sceicco, invece, ci andrà Gualtiero, su suggerimento di Irina che gli ha stilato un promemoria di due pagine e ne ha già inviata una copia al segretario personale del petroliere. In pratica Gualtiero dovrà solo sorridere.

Ammetto di essere felice di tornare a casa in taxi, e ancor di più che l'autista sia un indiano che mastica poco l'italiano. Mi rilasso in silenzio guardando Milano dai finestrini. Sarà che io sono raggiante, nonostante stanchezza e gesso, ma anche la città sembra rinascere da un lungo inverno. Giornate interminabili sempre uguali, poca luce e molto freddo.

La mia vita.

Dopo papà e prima di Delmo.

Sono così stanca che fatico a tenere gli occhi aperti. Un biglietto di Francesco mi comunica che cena a casa della mamma di Brigitta. Mia madre ha la sua serata di bridge con gli amici, quindi si è limitata ad accompagnare giù i cani e a un laconico:
«Hai una faccia distrutta. Riposati.»
Proprio quello che intendo fare.
Dopo una doccia con il gesso avvolto in un sacchetto di plastica, prima m'infilo una camicia da notte e poi a letto. Sospiro e ripenso a tutto ciò che mi è successo oggi. Riesco solo a vedere l'immagine riflessa di Delmo che si rade in bagno.

Mi sveglia un bacio sulla fronte.
«Buongiorno, amore, hai dormito bene?»
Mi stiro e mugugno:
«Hai finito di farti la barba?»
«Boia, Guenda, voglio ben vedere! Sono le nove e sono in piedi dalle cinque.»
Apro un occhio e lo scruto. Ah, no, era ieri che si radeva. O l'altro ieri?
«Che giorno è Delmo?»
«Mercoledì. E dobbiamo parlare. Ci sono delle cose che dobbiamo discutere. Vestiti che ti aspetto in cucina. Ti preparo la colazione.»
«Potrei abituarmi a questo servizio» gli sorrido alzandomi.
«E perché c'è di là Rosita, altrimenti avresti avuto il servizio speciale per regine.»
E da come lo dice di regale non traspare nulla.

Delmo mi accompagna in ufficio, mi fa sedere alla mia scrivania, avverte Clara e Irina che non vogliamo essere disturbati chiude la porta e si siede sulla poltrona di fronte a me.

«Guenda, devo confessarti una cosa.»

Sbatto le ciglia ma non muovo un muscolo. Sono al mio posto di comando e devo essere pronta a tutto. Un paio di secoli fa, con uomini come Delmo ci si sarebbe aspettati una frase del tipo: non abbiamo terre a sufficienza, ho deciso che dobbiamo avere delle colonie.

«Dobbiamo decidere dove andare a vivere.»

Lo sapevo che sarebbe stato difficile.

«È successo tutto così in fretta che non ci ho mai pensato», ammetto.

«Allora ascolta cosa ti propongo. Per prima cosa, la casa che volevo comprare per far dispetto a quella cretina della mia ex moglie non m'interessa più.»

Mi fissa. So perché lo fa.

«Nessun problema, tanto vendo la casa di Capri allo sceicco e guadagno comunque una provvigione», me la rido come Mario Brunelli, il fondatore.

«E ci facciamo anche pagare per l'apertura di un Piadina's Kingdom a casa sua», aggiunge lui ridendo e picchiandosi una mano sulla coscia.

«La trattativa è andata bene ieri sera?»

«È in mano agli avvocati per i dettagli. Ma torniamo a noi, Guenda. Io voglio una casa che piaccia a te, dove tu, Francesco e Giuseppina siate felici, e anche i cani.»

Mi fa sempre effetto sentir chiamare mia madre col primo nome di battesimo, però rifletto su quello che Delmo ha appena detto. La soluzione mi appare lampante.

«Vendi il tuo appartamento a Milano e vieni a stare a Palazzo Brunelli durante la settimana. Il week end andiamo da nonna Cesira.»

Delmo non è un uomo che si vergogna dei propri sentimenti, gli occhi gli si riempiono di lacrime.

«Lo pensi veramente?»

Tiro su col naso perché la commozione è contagiosa tanto quanto l'allegria.

«Ci sono posti dove potremmo essere più felici?»

«No Guenda, hai ragione.»

«Bene. Abbiamo altro da decidere?»

Cerco di mostrarmi pratica per non piangere e farmi colare il mascara.

«Sì.»

Dalla ventiquattrore che si porta dietro da stamane estrae una cartelletta di plastica. L'appoggia sulla scrivania e prende un foglio ripiegato in quattro, lo dispiega per bene e fa:

«L'arredamento per Parigi e Londra!»

Non ho mai arredato un ristorante, solo una sala da pranzo. Obiettivamente non proprio un compito difficile. Basta scegliere tavolo e sedie, accostarci credenza e vetrina per la cristalleria, adeguata illuminazione e il gioco è fatto.

Ma una sala con quaranta tavoli! Come diavolo si fa ad arredarla? Espongo i miei dubbi a Delmo e lui chiude gli occhi e ci pensa.

«Dove abitava tua nonna c'era un'osteria?»

«Certo» e sorrido al ricordo del nonno che mi comprava un bicchiere di Spuma, l'antenata della Fanta, e offriva a se stesso un bianchino spruzzato.

«Vorrei che ci fosse quel calore e quella semplicità.»

Comprendo bene quel che vuol dire. Quell'atmosfera di famiglia allargata, dove tutti badavano a te, ma si facevano gli affari propri. Quella solidarietà contadina, semplice, mai dichiarata eppure sempre presente.

Prendo un foglio e una matita e cerco di disegnare quello che i miei occhi vedono. Peccato che il mio estro artistico sia inesistente, sono così basica che un bambino all'asilo potrebbe facilmente superarmi. Mi aiuto con le parole.

«Ti ricordi quello che ti ho detto a Parigi? Gli sgabelli di legno impagliati e i tavoli di arte povera?»

«Sì, mi piaceva. Però mi piacerebbe anche avere un paio di tavoloni come quello della cucina di mia mamma. Si possono sedere insieme persone che non si conoscono e fare amicizia.»

Ci penso e mi dico che in una società dove i contatti umani sono praticamente virtuali, potrebbe essere un azzardo, un brillante azzardo.

Del resto, non lo è anche la vita? Ieri ero un agente immobiliare senza una vita sentimentale, oggi pomeriggio sono una designer d'interni promessa sposa a un re.

Alle due, dopo uno spuntino veloce, tre minuti esatti per trangugiare un toast e una spremuta d'arancia, Delmo mi lascia visibilmente soddisfatto. Nella ventiquattrore le idee per le sue colonie britanniche e francesi.

La mia speranza di avere un momento per rilassarmi è vanificata da Irina.

«Dottoressa, diamo un'occhiata al bilancio?»

«Irina, se dobbiamo fare questo sporco lavoro insieme, è giusto che mi chiami Guenda.»

«Va bene, Guenda», mi sorride ed è ancora più bella e dolce. Ma di dolce in lei non c'è nulla quando si tratta di contabilità.

«Boia, Irina», mi scappa detto dopo un paio d'ore, «ma sei un mastino anche tu!»

«Grazie», mi sorride in cambio, «non me lo aveva mai detto nessuno.»

«Diciamo che a guardarti non si direbbe proprio» commenta Clara, che si presenta con un vassoio.

La guardo sospettosa, quando mi porta il caffè di sua iniziativa deve dirmi qualcosa.

«Ti ascolto», sospiro e guardo l'orologio. «Hai mezz'ora, poi andiamo tutte a casa a prepararci per la festa di Irina.»

Distribuisce le tazze e, prima di bere la sua, spiega cosa ha in mente.

«Ho pensato che dopo il matrimonio col signor Ravaioli avrai meno tempo per l'ufficio.»

«Perché?» Sono seriamente perplessa.

«Perché dovrai occuparti dell'arredamento dei suoi locali, no?» replica come avessi chiesto un'idiozia. «Quindi, tenendo conto che Gualtiero non è proprio affidabile, abbiamo bisogno di qualcuno che possa sostituirti sul campo.»

«Hai in mente qualcuno in particolare?» sogghigno.

«Lei, no?» A volte Clara non ha proprio alcun senso dell'humor. «Irina parla russo, italiano, inglese e sta studiando arabo. È laureata in economia alla Bocconi, Bramieri dice che ne sa una più del ministro delle finanze e, se riesce a tenere a bada Gualtiero e i suoi ormoni, può tener testa a chiunque. Di più, è una gran bella ragazza e come sosteneva sempre tuo padre: vale di più un capello di donna che cento uomini che parlano.»

Rido perché questa è la versione riveduta e corretta da mia madre di quello che mio padre sosteneva.

«Va bene, mi avete convinto.»

Si stringono la mano e poi la stringono a me.

Un triumvirato di donne, penso, povero Gualtiero!

Mi riaccompagna a casa Irina.

«Ti ha insegnato Delmo a guidare?»

«Sì, te lo ha detto lui?»

«No, diciamo che ho riconosciuto lo stile», commento scendendo dalla Mini con le ginocchia che mi tremano. «Ci vediamo dopo, Irina.»

«Ciao Guenda, a dopo» e riparte sgommando.

Rimango a riprendere quel minimo di stabilità che mi serve per manovrare gesso e stampelle.

«Buonasera Guenda, felicitazioni per il matrimonio.»

«Professore buonasera» saluto lo psichiatra, «la notizia si è già sparsa?»

«Eccome no! Mamma tua ha fatto un comunicato stampa.» Mi stringe un braccio con affetto. «Sono proprio felice per te e Francesco, quello è proprio no brav'uomo.»

«Lo conosce?»

Sono sempre stupita della fama di Delmo.

«Uè, Guendalì, a faccia sua sta in ogni Regno della Piadina, dovrei essere cieco per non averlo riconosciuto!»

Svelato il mistero, del resto non potevo saperlo. Sono l'unica a non essere mai entrata in uno dei suoi locali. Per lo meno uno di quelli già aperti al pubblico. Però dovrei, se dovrò arredare quelli nuovi.

«E poi ci ho parlato per una sera intera.»

Lo fisso con curiosità, questa mi giunge nuova.

Il professore sembra pensare a qualcosa, poi sbotta.

«Va buò, te lo dico lo stesso, ma tu mi devi promettere di tenertelo per te.»

«Prometto», acconsento subito perché sono curiosa come una scimmia.

«Allora, Delmo tuo ha passato la sera qui fuori quando non gli rispondevi al telefono.»

«Qui? Qui davanti al portone di casa?»

«Qui, proprio qui, Guendalì, era disperato. L'ho visto dalla finestra e sono sceso a parlarci», sorride e aggiunge ammiccando, «era 'na buona scusa pure per scappare da mia moglie! Insomma, 'o poveretto stava miserabile perché credeva che tu non lo volessi più.»

«Pensavo volesse sposare un'altra», spiego vergognandomi di essere stata tanto stupida.

«N'altra?» Il professor Procopio è tutt'occhi.

Con gli occhiali in punta di naso e i capelli bianchi arruffati sembra un vecchio gufo panciuto.

«Ma figlia mia! Tu proprio nun ne capisci nulla d'ommini!»

«Tenuto conto che ho sposato Edoardo, posso anche darle ragione» e scoppiamo a ridere insieme.

«Va buò, a battuta pronta nun t'ha mai fatto difetto. Ora sali, che con quegli aggeggi mi metti no poco 'e paura. Ciao Guenda, ci vediamo sabato sera all'apertura della Corte della Piadina, Delmo ha invitato me e la mia signora.»

Suona il citofono e dice:

«Francè, apri o' portone che mamma tua addà salì.»

Mi scorta fino all'ascensore e prima di richiudere aggiunge:

«E mo' i cani la sera li porterà giù lui! Questo, il fatto che assomigli tanto a papà tuo e che sarà il genero e il padre che tua madre e tuo figlio non hanno avuto, ti dovrebbero mettere l'anima in pace.»

«Amen, professo', amen.»

Ridiamo insieme, io salendo e lui uscendo.

35

Ed eccoci alla festa di fidanzamento del secolo. Un centinaio di invitati, metà italiani e metà russi, più uno sceicco. C'è pure un analista finanziario di grido, cioè Edoardo, con la sua Cenerentola. Delmo ha invitato anche loro. Cindy ha abbondato con pailettes e lustrini, l'effetto è scintillante e lascia decisamente in ombra il mio ex marito.

La Corte della Piadina questa sera è all'altezza del palazzo d'inverno di San Pietroburgo. Ma anche del miglior cascinale della campagna romagnola. Un mix inaspettato, ma non per questo non travolgente.

Francesco in smoking e Brigitta in abito da sera mi commuovono, mia madre mi sgrida perché mi si sbava il trucco.

Per fortuna il papà di Irina l'agguanta subito dopo le presentazioni e la trascina verso il buffet russo. In mano ha un bicchiere e non credo sia d'acqua.

Clara, impeccabile come sempre, in un abito blu stile impero osserva con aria divertita Sofia, che parlando perfettamente il russo, traduce una conversazione piuttosto animata e allegra tra una signora, la mamma di Irina, e Cesira. In una mano ha un piatto con mezzo chilo di salumi e nell'altra un calice di vino rosso. La raggiungo con le stampelle.

«E la dieta?»

«*Trakhat' diyetu*» esclama e la signora russa si strozza con uno gnocco fritto per non scoppiare a ridere.

«Parolaccia?»

Annuisce senza rispondere, perché ridere e rimanere belle ed eleganti con un bicchiere, un piatto tra le mani e la bocca piena non è facile nemmeno per lei.

Scuoto la testa e raggiungo Gualtiero.

«Ciao amica mia! Come stai?» La calorosa accoglienza è dovuta ad almeno un paio di bicchierini di vodka.

«Ciao amico mio! Io sto bene e tu hai tolto il cervello dalle mutande?»

Gualtiero beve e poi sospira.

«Che cosa devo dirti, Guenda? Hai ragione.» Mi guarda negli occhi e sembra sincero. «Non so cosa mi è preso, forse ho solo paura di invecchiare e morire.»

Sono sorpresa di questa spiegazione psicologica del suo comportamento libertino. Io ho sempre pensato fossero gli ormoni impazziti.

«Mi ci ha fatto pensare Irina», sorride, «me lo ha urlato in faccia la prima e unica volta che ci ho provato.»

«Ragazza in gamba», commento.

«In gamba davvero. Hai visto cos'ha fatto con la contabilità?»

«Ti ha rifiutato il rimborso spese per i regali alle tue amichette.»

«Anche quelle per mia moglie.»

Spalanco gli occhi perché so dove porterà tutto ciò. Ilaria non è tipo da soffermarsi troppo su un pozzo che si sta prosciugando.

«Mi ha chiesto il divorzio» dice con totale indifferenza.

«Come stai? Veramente, non quello che dici in giro.»

Io e Gualtiero ci conosciamo da una vita, siamo sempre stati amici, magari non stretti, ma ci siamo sempre preoccupati uno dell'altra. Io mi sono preoccupata molto più di lui, soprattutto negli ultimi anni.

«La verità? Sto da Dio, Guenda, sto bene come non mi sentivo da anni. Me ne sono già andato da casa, perché non la sopportavo più. Adesso me ne starò da solo per capire cosa voglio veramente.»

«Lavorerai anche?»

«Certo», risponde, ma si gira dall'altra parte. Seguo il suo sguardo e lo vedo puntare come un raggio laser una ragazza, un metro di gambe e capelli biondi lunghi alla vita.

«Ciao, Gualtiero.»

Tra la folla che mi circonda scorgo Irina e Davide. Lei è di una bellezza abbagliante in un abito da sera verde che esalta il fisico da modella e lui è la rappresentazione dell'uomo innamorato pazzo. Si tengono per mano e si sorridono persi nel loro mondo, ignari di tutto. Quando Irina lo accarezza sul viso vedo l'anello di fidanzamento, uno smeraldo che le copre la prima falange dell'anulare e l'immagine del biglietto che lo ha accompagnato mi attraversa il cervello.

Ti amo. Per sempre. D

Come ho fatto a essere così stupida da poter credere che quella D stava per Delmo? Questo è un pensiero che mi farà sempre vergognare di me stessa, non importa quanto a lungo vivrò. Per fare pace con la mia autostima, vado a cercare il mio promesso sposo, ma mi trova prima lui. Sembra una sirena antinebbia su un rimorchiatore oceanico.

«Guenda! Guenda!»

Teo Venturi, il suo amico e padre del futuro marito di Irina, potrebbe essere la fotocopia di Raul Gardini con una ventina di chili in più. E la legge dovrebbe vietare che individui come lui e Delmo diventino amici.

Mi prende una mano tra le sue e mi scuote per bene.

«Che piacere, che piacere» ripete, «Delmo non fa altro che parlare di te. Sarò il suo testimone di nozze.»

Non contento mi abbraccia facendomi cadere una stampella.

«Teo, farabutto, lasciala andare che me la sciupi, la mia Guenda», lo rimprovera Delmo.

Intanto arriva la voce del papà della sposa.

«*Da, da*, tu vieni a Mosca! Io e moglie molto contenti.»

«*Na zdorov'ye!*» brinda mia madre.

«*As-salāmu 'alaykum!*» ci benedice lo sceicco a braccia aperte con indosso uno smoking bianco in tinta con l'immancabile *ghutra*.

Ammetto che l'entrata è a effetto, ma anche le sette casse di *Dom Pérignon* che i suoi assistenti portano in cucina hanno un certo merito.

«Mammina, come te la passi tra vodka, lambrusco e champagne?»

Francesco mi stringe in un abbraccio dei suoi.

Intanto la festa è entrata nel vivo. Mi ritrovo un bicchiere di vodka in mano e a fare la conoscenza di tutta la famiglia di Irina. Sofia si aggrega e scopro che lei ed Emy l'aiuteranno a organizzare la cerimonia.

«Ottimo», le sogghigno in faccia, «così non tormenterete me.»

«Sbagliato», ricambia il sogghigno, «facciamo esperienza.»

«Volete aprire un agenzia di Wedding planner?» Mi faccio un goccio perché ho paura della risposta.

«Perché no? Mi ha ispirato la tua scelta di buttarti nel design d'interni.»

Finisco la vodka e allungo la mano. Ho scoperto che basta fare così per ritrovarsi di nuovo il bicchiere pieno. La scelta tra vodka, lambrusco o champagne non è male, ammetto, sono i postumi che mi preoccupano.

«Io non mi sono buttata nel design d'interni, Sofia.»

Ride di cuore, temo lo farebbe anche se non fosse piuttosto alticcia.

«Va bene, Guenda. Delmo lo sa?»

«Cosa dovrei sapere?» s'intromette il mio promesso sposo.

«Che non sono una designer d'interni» rispondo e assaggio. Lambrusco. Dopo la vodka è come bere acqua fresca.

«Certo che lo so. Sei un mastino di mediatore immobiliare», risponde con quell'allegra schiettezza che fa di lui un uomo unico.

Sofia annuisce condiscendente e mi accompagna al tavolo. Meglio che mi sieda, alcol e stampelle non sono un gran connubio. È difficilissimo bere e tenerle con una mano.

«E poi quando sarai a Londra ci potremo vedere, ricordi che sposerò un lord inglese a luglio?»

«Ricordo perfettamente, quello che non ricordo è quando ho accettato il contratto da designer.»

«Sciocca!» E se ne va per andare ad agguantare Emy disperso nella steppa russa.

Ma non resto sola a lungo.

«Eccoti qui, Guenda.» Edoardo mi si siede accanto.

La solita fortuna di quando vado al cinema, se entra uno di due metri si mette sempre davanti a me. Qui ci saranno una decina di tavoli da otto persone e lui sceglie questo.

«Sono felice che sposi Delmo.»

«Lo so, così potrai avere le notizie finanziarie del gruppo Ravaioli da una fonte attendibile.»

«Esatto», gli scappa detto.

«Lo sapevo! È un deficiente.» Mia madre lascia cadere mentre passa alle nostre spalle e prosegue. «Sì, mio caro Ivan, accetto volentieri un bicchierino di vodka, *spasisbo.*»

Cindy ha occhi solo per lo sceicco e sceglie il momento giusto per trarre d'impiccio Edoardo. Si avvicina a me con fare da cospiratrice.

«*Tell me about the sheik*», mi sussurra interessata.

Potrei elencare vita morte e miracoli di una dinastia di un paio di secoli, lo sceicco ha una storia alle spalle, non solo petrolio, ma sarebbe fatica sprecata.

«*Very rich*» mi pare riassuma bene.

Socchiude gli occhi, probabilmente sta valutando quanti soldi ha un petroliere medio orientale, poi si alza e si allontana senza una parola. Un missile a ricerca di denaro. Punta dritta sull'obiettivo, ma il suo ancheggiare è notato anche da un fusto che l'abborda e la ingloba tra le forze russe.

Bevo un sorso. Champagne. Non ricordavo di aver finito il Lambrusco.

«Edoardo, non darti pena, dalla Siberia spesso la gente non torna.»

«Potrei anche augurarmelo», risponde inaspettatamente. E io, inaspettatamente, gli sorrido.

Come è andato il resto della serata, francamente non mi sento di poterlo giurare. Avendo studiato storia, ho imparato a usare la fantasia per riempire i vuoti di informazioni, quindi è probabile che usi lo stesso metodo per i vuoti di memoria.

Però non credo di aver immaginato Delmo e lo sceicco battere fragorosamente le mani a tempo con il *Kazachok* ballato da tutti gli uomini presenti con esito più o meno esilarante.

La mazurka, la giusta riposta romagnola, che ne è seguita, mi ha fatto ringraziare il gradino di Chez Maxim per la caviglia ingessata. Non oso immaginare a quali pericoli andrò incontro quando toccherà a me.

Questa volta è stata Brigitta a caracollare a ritmo sostenuto guidata da Delmo, che balla come un centurione guiderebbe una carica della X Legione. L'immagine dello sceicco, bacchettato sui passi di danza dalla vedova Brunelli, mi strappa una mezza risata.

«Che hai da ridere?» domanda Delmo al mio fianco. Ma non presta attenzione alla mia risposta. Ha in mente altro. Anche io.

Arrivo in ufficio che sono le undici passate. Ho un sorriso stampato in faccia, oltre alle occhiaie per la nottata di bagordi. Ho anche una leggera emicrania che sopporto con dignità. Dopo aver bevuto come una cosacca, era il minimo che mi potesse capitare.

«Giorno, Guenda» sussurra Clara.

Il suo mal di testa deve essere peggiore del mio.

«Dov'è Irina?» sussurro anch'io, per rispetto.

«A Capri», sogghigna ma si pente subito perché si porta una mano alla tempia e socchiude gli occhi. «Pare che Gualtiero non sia tornato a casa ieri notte. Evidentemente lei se lo aspettava, perché stamattina alle dieci si è presentata all'aeroporto con la scusa di ringraziare lo sceicco per la sua presenza ieri sera. Quando il tuo socio non si è presentato, lo ha accompagnato lei.»

Faccio una smorfia per esprimere tutta la mia approvazione.

«Fissa un appuntamento dal veterinario. Quando Gualtiero riappare, lo facciamo castrare.»

Mentre "stampello" alla mia scrivania, la sento ridere e imprecare.

Lavoro nel mio ufficio, tranquilla, come prima, quando ancora non conoscevo Delmo. Pare impossibile eppure è successo un'altra volta. Di punto in bianco la vita è cambiata, com'era cambiata alla morte di papà.

I momenti spartiacque li chiama Brigitta, quelli che sanciscono una rottura definitiva col passato e un nuovo inizio. A volte li riconosci subito, a volte no, perché si nascondono dentro un evento banale.

Come un nuovo cliente che vuole comprare una casa.

36

Quando Delmo viene a prendermi in ufficio è sorridente, come sempre, ma in lui c'è un che di misterioso.

«Devi dirmi qualcosa?» Tasto il terreno con circospezione.

«A parte che ti amo?»

Mi aggrappo alla maniglia di cortesia con gli occhi fissi sulla strada che sfreccia.

«A parte che mi ami e che non vuoi farmi assistere a un incidente d'auto.»

«No», ride e rallenta, ma ormai siamo sotto casa.

«Dobbiamo parlare seriamente di come guidi. Sono la tua fidanzata e ho il diritto di chiederti di essere più prudente.» Deglutisco per smaltire un po' di paura accumulata.

«Puoi chiedermi quello che vuoi, Guenda», ma mi carica in ascensore e prende le scale.

Sfuggente. Ecco com'è Delmo questa sera, sfuggente.

Francesco e Brigitta hanno preparato la cena e mia madre è già scesa con i cani.

«Ciao a tutti, come è andata la giornata?»

«Bene.»

Silenzio.

Sono tutti sfuggenti.

Tranne Brutus che mi segue in camera.

«Tu lo sai che mi stanno nascondendo qualcosa, vero?»

Mi guarda con gli occhi neri come due pezzi di carbone. Allungo la mano, gli accarezzo la bella testa e mi chino per dargli un bacio. Mi precede. Mi lava mezza faccia e poi abbaia.

«Vai di là e fattelo dire.»

Rido e lo abbraccio.

«Cane intelligente!»

In cucina è tutto pronto. I ragazzi ai fornelli, mamma e Delmo già seduti. Lui al posto di papà. Li osservo senza parlare, voglio vedere quanto resistono. Più di me, perché come ho davanti il piatto, tortellini burro e salvia, non mi trattengo più.

«Allora? Si può sapere che avete?»

«Nulla, che dovremmo avere?» Se parla mia madre per tutti, è meglio che mi metta l'anima in pace.

«Va bene» e mi concentro sul cibo senza proferire parola.

Controllo un sms e sorrido.

«Irina ha fatto la sua prima vendita e lo sceicco ha una casa a Capri.»

La notizia rianima la conversazione insieme alle piccatine al limone con contorno di fagiolini saltati, poi Brigitta sparecchia e Francesco prepara i caffè. Finalmente, con una tazzina fumante davanti, le carte si scoprono. Spero, altrimenti mi metto a urlare. Sono pazza di curiosità.

«Mamma, abbiamo una notizia da darti», Francesco mi prende una mano. «Abbiamo scelto la facoltà.»

Momento di silenzio, però un rullo di tamburo ci sarebbe stato bene. Guardo lui e poi Brigitta, faccio un cenno col capo per non dire: allora? Devo fare richiesta in carta bollata per saperlo?

«Io farò ingegneria gestionale e Brigitta agraria.»

«Ragazzi assennati», li elogia mia madre.

«Così lei curerà le coltivazioni Ravaioli e lui l'organizzazione del gruppo. Va che son due mastini anche questi qui» spiega Delmo, orgoglioso come li avesse partoriti entrambi personalmente.

Sono contenta anche io, sembrerebbe che in futuro nessuno dei due avrà problemi a trovarsi un lavoro, ma c'è una cosa che devo assolutamente sapere. Devono riflettere bene, non voglio che l'entusiasmo di questo momento diventi una condanna a vita.

«È quello che volete fare veramente? Non è che siete stati condizionati da Delmo e dal matrimonio?»

«No, mamma», mio figlio risponde subito, «sia ingegneria gestionale che agraria erano già nelle nostre scelte, solo che non sapevamo che lavoro avremmo fatto dopo. Ora sappiamo anche quello. Grazie a Delmo.»

Me lo aspettavo. Del resto Francesco e Brigitta non lasciano nulla al caso, lo si capisce da come studiano, forse perché entrambi sanno che la vita può cambiare dalla sera alla mattina ed è sempre meglio essere pronti a tutto.

«Per te va bene?»

Me lo chiedono in coro i ragazzi e Delmo.

«Se va bene a voi, io sono la persona più felice del mondo.»

«Anche io», aggiunge la nonna raggiante.

Silenzio. Uno, due, tre secondi. Troppi. Perché non parla nessuno?

«Delmo, come mai non vuoi festeggiare?» Mi sembra strano che non colga l'occasione.

«Ti pare, Guenda?» Delmo ammicca a Francesco e lui mi passa delle fotografie.

Cavalli. Sei bei cavalli. Tutti saltatori. Un paio mi sembra di riconoscerli, anzi no, li conosco proprio.

«Questi due sono Gaspar du Belvoir e Isotta del Frassino, quelli che abbiamo montato quando abbiamo visitato la proprietà dei conti Scagnetti.»

«Va che occhio e che memoria ha la tua mamma!» Delmo se la ride mentre Francesco vacilla sotto la manata affettuosa che gli è arrivata sulla schiena.

Sollevo lo sguardo e incrocio quello di Delmo.

«Li hai comprati» e lo affermo con sicurezza.

«Non potevo mica noleggiarli.»

«Ma tutti e sei?» insisto testarda, come se a Delmo si potesse fare ammettere di aver esagerato.

«Certo! Ho visto come sei contenta quando monti a cavallo e io voglio che tu sia sempre contenta.»

«Dove li hai messi?»

«Per adesso sono ancora al castello, quando sarà pronta la scuderia, questi li portiamo a casa.»

«E chi li cura? Questi? Ce ne sono altri?»

«Il Rivo lavorava in un ippodromo. Se solo questi sei, lo deciderai tu. Se vorrai spostare l'allevamento, ci organizzeremo.»

Strabuzzo gli occhi.

«Hai comprato l'allevamento?» La voce mi esce stridula.

«Certo e non...» sobbalza sulla sedia e sorride imbarazzato.

Faccio in tempo a scorgere Francesco e Brigitta che lo fissano indispettiti prima che mia madre si metta a ridere. La vedova Brunelli si sbellica con le lacrime agli occhi, ride così di gusto che si deve alzare per mettersi una mano sul fianco e, quasi piegata in due, sghignazza:

«In bocca al lupo, Guenda, io ho avuto il mio bel da fare con tuo padre, ma anche tu ne avrai con Delmo.»

Sono le due di notte e non riesco a chiudere occhio. Il mio cervello è in subbuglio, troppi accadimenti, novità e cambiamenti epocali in troppo poco tempo. Mi sento in sovraccarico e il gesso non aiuta a trovare una posizione confortevole per addormentarmi. Saltello in cucina ed esco sul terrazzo. C'è una leggera brezza e il cielo è limpido, mi siedo sul divano e Brutus si accoccola accanto a me. Con una mano lo accarezzo mentre con gli occhi cerco le poche stelle che l'illuminazione della metropoli non riesce a offuscare.

Sto correndo troppo? In fondo conosco Delmo da poco, magari mi sto sbagliando, mi chiedo, vittima come sempre della paura di prendere decisioni.

L'istinto che ha riconosciuto in Delmo i valori morali e le qualità caratteriali che ne fanno l'uomo adatto a me ha la risposta pronta:

Guenda, vaffanculo.

Rido e Brutus alza la testa per guardarmi perplesso.

«Quando ci vuole, ci vuole, bel cagnone.»

37

Sono passati tre mesi, che mi sono sembrati tre giorni anche se sono successe cose per tre anni.

In ordine cronologico c'è stata l'apertura ufficiale de La Corte della Piadina, con tanto di regno visione. Delmo è riuscito a far collegare tutti i Piadina's Kingdom nel mondo e a trasmettere in diretta l'inaugurazione. Inutile dire che la festa è stata un successo, tutto il bel mondo milanese e italiano era presente, c'era perfino lo sceicco accompagnato da sette figli.

Ammetto che al momento dell'annuncio ufficiale del matrimonio ero imbarazzata come una debuttante. Probabilmente me la sarei data a gambe, non fosse stata per la gomitata di Sofia, e per il gesso che ancora avevo alla caviglia. Così non l'ho fatto e ora sono ufficialmente la futura regina, con tutti gli impegni che ne conseguono.

Unico neo della serata: le presenze, non gradite, di Laura e Ilaria, rispettivamente le ex mogli di Delmo e Gualtiero, che non potevano perdere una serata tanto glamour. Contrattempo archiviato in meno di due minuti. I bodyguard dello sceicco non si perdono in ciance quando intorno al loro datore di lavoro si crea una certa tensione. Le due urlavano come galline disturbate da una volpe in un pollaio. Però è stato divertente, molto divertente.

A fine giugno, Francesco e Brigitta hanno dato la maturità superandola brillantemente e Delmo, per festeggiare, ha organizzato una festa con tutti i loro compagni di classe. Li ha mandati con un pullman da nonna Cesira e sono rimasti una settimana accampati nel fienile. Credo non si siano mai divertiti tanto in vita loro, bullizzati da una donnina di quaranta chili che li ha fatti lavorare in cucina e in campagna, ma li ha viziati come fossero suoi nipoti di sangue. Li ha fatti anche ingrassare tutti, a onor del vero.

A luglio la scuderia era pronta e i sei cavalli sono arrivati in Romagna. Il Rivo, che è della stessa scuola di Cesira per quel che riguarda il cibo, ha dovuto essere istruito per bene sull'alimentazione. Dopo un mese delle sue amorevoli cure non erano più cavalli da salto, ma porchette con le zampe.

Delmo ha insistito per avere una carrozza per il nostro matrimonio tirata proprio dai due cavalli che montammo a suo tempo. Non intendeva sentire ragione: un saltatore non sa tirare una carrozza. Adesso lo ha capito, dopo essere finito in un fosso, lui, carrozza e cavalli. Fortunatamente tutti illesi, altrimenti io e sua madre qualche danno glielo avremmo fatto.

A luglio ho anche fatto da testimone per la terza volta a Sofia, convolata a nozze con lord Henry Woodville, duca di Banbury. Poiché sono anch'io in procinto di sposarmi, né lei né Emy hanno cercato di appiopparmi un amico dello sposo come marito.

La cerimonia intima si è rivelata una festa con più di trecento invitati, iniziata in maniera estremamente formale con la celebrazione alle tre del pomeriggio, è terminata alle quattro di notte alla stregua di una sagra campestre. Nel parco di Hereford House, dove Sofia vivrà come duchessa di Banbury, gli uomini, fomentati da Delmo e dal duca stesso, che a quanto pare è un mattacchione tale e quale a lui, hanno giocato una partita di cricket all'ultimo sangue. Sangue blu ovviamente. Chi in maniche di camicia, chi a torso nudo e i più giovani, Francesco compreso, in boxer. Le signore, sposa inclusa, delegate al ruolo di cheerleaders, hanno saltellato a piedi nudi sul prato e sventolato, al posto dei pon pon, cappelli con piume e velette. Alla faccia della nobiltà! È stata Brigitta ad acchiappare il bouquet, diciamo che è stata colpita dal bouquet che Sofia le ha praticamente scagliato addosso.

Ho passato agosto in giro per il mondo, non in vacanza di piacere, ma a lavorare, come arredatrice d'interni. Prima Mosca, dal papà di Irina, a seguire Tokio, dove dopo due giorni di sushi ho pianto dalla gioia addentando una piadina dell'appena stabilito Kingdom giapponese.

Di ritorno siamo passati da Londra e Parigi per controllare come procedevano le ristrutturazioni e per finire a Dubai, dove lo sceicco ci ha inglobato nella sua vita di corte e ci ha mostrato il suo regalo di nozze. Un appartamento al settantesimo piano in un grattacielo che ha appena finito di costruire. Sopra di noi il suo attico, sotto di noi, un lord inglese al ventisettesimo posto per la successione al trono. Niente male per un romagnolo che arriva dalla campagna, è stato il commento di Delmo.

Ora manca una settimana al mio matrimonio, ma io non devo fare nulla. Sofia e Emy non mi hanno fatto decidere niente. Nozze chiavi in mano, le hanno definite. Nemmeno sull'abito che indosserò ho potuto dire la mia. Del resto, per esprimere un'opinione avrei dovuto sparare a loro e a mia madre. La scelta è stata di mio gusto, un abito in organza di seta color avorio lungo al ginocchio. Se non mi fosse piaciuto, avrei dovuto farmene una ragione e tenermelo lo stesso.

38

Ci siamo, oggi è il gran giorno.

Sono pronta per convolare a giuste nozze.

Non mi sembra ancora vero e non sono nemmeno riuscita a pensarci tanto la vita è andata di fretta, incalzata dai ritmi e dagli impegni frenetici del re.

Mia madre, in uno dei suoi momenti di spietato realismo, mi ha chiesto:

«Guendalina, parliamoci chiaro che sei adulta e vaccinata. Ci si può sposare per molti motivi, denaro, sesso, potere, prestigio, ma c'è ne solo uno che ti permette di sopravvivere al matrimonio: l'amore. Quindi, bambina mia, visto che i motivi di cui sopra ci sono tutti, tu lo ami Delmo?»

Al di là del fatto che per poco mi strozzavo a sentir mamma parlare così, la risposta è stata "assolutamente sì". Delmo è di certo un uomo ricco, e per certi versi di potere, ma è la sua personalità travolgente, allegra, passionale e vulcanica che mi ha conquistato. Con lui sono felice sempre, in giro per il mondo, ma soprattutto in campagna, con le mani sporche di terra e la schiena indolenzita perché a raccogliere la verdura si fa fatica.

La vedova Brunelli ha apprezzato la mia risposta e ha concluso: «Ed è un pazzo come tuo padre.»

Guardo il mio riflesso nello specchio: un pazzo come papà. Alzo gli occhi al cielo e sorrido.

Ok, è ora di andare.

Esco dalla mia camera e Brutus mi segue. È l'unico cane cui è stato concesso di partecipare al matrimonio. Del resto, non c'è stato verso di chiuderlo nel recinto attrezzato come un parco giochi insieme agli altri. Dall'aia e dal giardino arriva un gran vociare, temo che la lista degli invitati si sia allungata a mia insaputa.

«Guenda, boia! Non scendevi più! Vieni con me, dai.» Qualcuno mi prende per una mano mi tira verso l'uscita posteriore. Brutus ringhia inferocito.

«Teo, ma cosa ti prende? Non tirarmi che altrimenti il cane ti morde.»

«Fai il bravo che non le faccio niente e dopo ti do una bistecca, ma fammi andare altrimenti chi lo sente il Delmo?»

Fuori c'è la macchina degli sposi che aspetta.

Spalanca la portiera dietro e mi spinge dentro. Brutus abbaia.

«Sttt, stai zitto che ci scoprono!» Apre il portellone posteriore e lo fa salire. Poi si mette alla guida e parte sgommando. Imbocca la strada a tratti a ciottoli e a tratti sterrata che usano di norma i trattori per scendere in campagna. Fa la prima curva intorno a un olmo secolare e accelera pericolosamente, le ruote posteriori sgommano e io sballotto a destra e a manca senza controllo. Brutus si è sdraiato, io non posso.

«Teo, io dovrei sposarmi tra dieci minuti» dico tenendomi alla maniglia di cortesia.

«Ecco, siamo in ritardo», picchia una mano sul volante e poi ride. «Pazienza, tanto senza di te non possono iniziare.»

Passiamo a un millimetro dalle sponde di un ponticello di sasso che scavalca un torrente.

«Teeeoooo» urlo, perché gli ultimi dieci metri li saltiamo e atterriamo con violenza, ma senza rallentare di un solo chilometro. I denti mi ballano in bocca.

«E posso sapere dove stiamo andando o sei semplicemente impazzito e stai sequestrando la sposa?» Urlo per farmi sentire sopra il rumore del motore e delle ruote che azzannano sassi e terra.

«È una sorpresa! Il Delmo ci ha fatto lavorare come matti per organizzarla, ma ce l'abbiamo fatta. Pensa che sono andato a prenderli all'aeroporto solo l'altro ieri e ho guidato io il camion per portarli qui.»

«Un camion per portarli qui? Cosa?»

Non risponde, parcheggia con sgommata dietro il fienile della fattoria confinante con quella di Delmo e viene ad aprirmi. Ammetto di essere un po' stordita dal rally, ma non riesco a immaginare cosa necessiti di un camion per essere trasportato.

Teo valuta il terreno e poi le mie scarpe.

«Scusa, Guenda, ma ti porto io altrimenti non arriviamo più.»

Mi mette su una spalla come un sacco di patate e Brutus con due balzi è già sceso per ringhiargli attaccato al polpaccio.

«No, fai il bravo cane, non mi fa niente», gli spiego sobbalzando poco dignitosamente mentre corriamo dietro al fienile.

Teo ride e mugugna: «Quando gliela racconto, quando gliela racconto...»

Ma siamo arrivati.

«Allora?»

Mi mette a terra e aspetta la mia reazione.

«Wow» e non aggiungo altro. Ho capito a cosa servisse il camion, o meglio, il van. Una coppia di Hackney di gran razza. Due cavalli bai così lucidi da riflettere la luce, esemplari identici, e di una bellezza tale che Leonardo li ritrarrebbe seduta stante, attaccati a una carrozza scoperta di legno bianco con gli interni color crema. Mi vien da piangere.

Senza troppa grazia, Teo apre lo sportello e mi fa salire.

«Boia, l'aveva detto che non avresti avuto parole.» Brutus si intrufola e si siede accanto a me.

«Giusto», se la ride Teo mettendosi a cassetta, «la sposa deve essere accompagnata.»

Toglie il freno e fa schioccare le redini sul dorso dei cavalli che subito si mettono in movimento.

«Teo, sei capace di guidare un carrozza?»

«Scherzi? Qui in campagna a dieci anni sei già capace di fare tutto. Guidavo sempre il carro del fieno del mio papà.»

Questo non affievolisce la mia preoccupazione. I cavalli da tiro che si usavano in campagna erano animali placidi, questi mi sembrano piuttosto brillanti, ben disposti per una galoppata, speriamo solo non fuori controllo. Però sono addestrati alla perfezione, di fatti imbocchiamo la strada principale asfaltata e ci avviamo con un passo da parata.

«Sócc'mel! Mi stavo dimenticando i tuoi gioielli», esclama il cocchiere e mi passa un sacchetto di carta, di quelli che usano i fruttivendoli. Gioielli al chilo? Mi vien da pensare mentre lo prendo. Abbastanza pesante. Lo apro con una certa curiosità e questa volta non riesco a trattenere le lacrime. Ciliegie. Grosse, rosso scuro e lucide come rubini. Ne prendo due coppie e le indosso come fossero pietre preziose. E piango.

«Non piangere Guenda, te le ha fatte arrivare dal Cile apposta, ha detto che senza ciliegie non sarebbe stato il matrimonio perfetto che volevi», mi spiega Teo imbarazzato dalla mia commozione. Mi allunga un fazzoletto immacolato, e incomincia a cantare per distrarmi.

Ha una voce da tenore che usa senza risparmiarsi.

L'aurora di bianco vestita
Già l'uscio dischiude al gran sol;
Di già con le rosee sue dita
Carezza de' fiori lo stuol!

Intorno a noi la campagna nell'ultimo fulgore dell'estate, con i primi colori dell'autunno che brillano al sole sotto il cielo azzurro punteggiato di nuvole bianche. Sono così felice che il cuore potrebbe esplodermi in petto. Accarezzo il mio cane, seduto con grande dignità, che mi guarda con occhi adoranti e duetto con Teo.

Commosso da un fremito arcano
Intorno il creato già par;

E tu non ti desti, ed invano
Mi sto qui dolente a cantar.

Sul ritornello siamo in vista dell'aia di Cesira, dove una folla da stadio sta aspettando la sposa. Il pensiero che dovevamo essere pochi intimi passa veloce e se ne va. Brutus abbaia e uno dei cavalli nitrisce. Io e Teo ci scambiamo uno sguardo d'intesa e attacchiamo il gran finale a pieni polmoni.

Metti anche tu la veste bianca
E schiudi l'uscio al tuo cantor!
Ove non sei la luce manca;
Ove tu sei nasce l'amor.

La folla si apre per farci passare e ci fermiamo proprio davanti a Delmo che si unisce al gran finale.

Ove non sei la luce manca;
Ove tu sei nasce l'amor.

La romanza termina e tutto è silenzio. Un attimo solo, poi un'esplosione di gioia e allegria.

Sono ufficialmente la signora Ravaioli, regina del Regno della Piadina. Io e il mio re passeggiamo a braccetto per l'aia e salutiamo gli invitati.

«Delmo, avremmo dovuto essere una cinquantina, direi che siamo almeno il triplo», dico guardando una folla sterminata intorno a me.

«Duecentosessantadue, ha fatto il calcolo l'Irina. Ma non è colpa mia! La Cesira si è lasciata prendere la mano e ha invitato tutti i paesi limitrofi» ride e me la indica.

Sta parlando con lo sceicco. O meglio lei parla e uno dei segretari traduce. Dal romagnolo. Questa non me la voglio perdere e trascino Delmo con me.

Lo sceicco è in brodo di giuggiole. Ha appena scoperto che il Rivo e l'Agnese, alias Muhammad e Salima, sono mussulmani e Cesira li tratta come fossero parte della famiglia. Di fatti li ha appena sgridati perché al matrimonio sono ospiti e non devono fare nulla, solo festeggiare.

«The world needs people like you, my dear and bright Ms. Ravioli.»

Il mondo ha bisogno persone come lei, dice lo sceicco alzando le mani al cielo e ringraziando Allah.

Non posso che trovarmi d'accordo, pronuncia del cognome a parte.

«Congratulazioni, Guenda!»

Sono sorpresa e felice, i conti Scagnetti sono qui con noi a festeggiare l'amore tra me e Delmo, forse nato proprio nel loro castello.

Angela mi bacia sulle guance e Agostino mi consegna una chiave, grande, pesante, medievale si direbbe, nonostante il fiocco bianco a cui è appesa. La fisso senza capire.

«Non sai che piacere è per noi sapere che la proprietà è nelle vostre mani.»

Sposto lo sguardo su Delmo che mi fissa come fossi la Madonna.

«L'hai comprata?»

«L'ho comprata per noi, la mia regina deve pur avere un castello» e mi stritola in un abbraccio che mi stropiccia vestito e costole, ma almeno mi nasconde mentre piango sulla spalla di un unicorno bianco.

«Te lo aspettavi così il tuo matrimonio?» mi chiede Sofia.

Mi guardo intorno. Le persone che amo sono tutte qui con me, sono in mezzo alla natura e circondata non dal jet set, sceicco a parte, ma da gente semplice, che non ha né tempo né voglia per l'apparenza. Brutus s'infila sotto la mia mano per una carezza.

«Sì, non avrei voluto che nulla fosse diverso.»

Il professor Procopio, appena dietro di me, ride:

«E mo' figlia mia, se nun eri contenta adesso, nun c'era più speranza!»

FINE

L'autore

Raffaella Bossi legge moltissimo, scrive tanto e, se fa altro, pensa al prossimo capitolo. Trasforma le proprie conoscenze in personaggi, a volte capita che li uccida. Viaggia per non rimanere a corto di ambientazioni. È una donna fedele, ma solo al marito, mai ai generi letterari: è passata dal romanzo storico, al thriller politico, all'avventura, ma commedia, umorismo e satira sono i suoi cavalli di battaglia. Al momento scrive cozy mystery che divertono lei e anche i suoi lettori. Il suo entourage di fiducia sono tre boxer.

Altri libri dell'autore

Delitti e profumi
In fragranza di reato
Un'indagine fragrante
La miglior fragranza
In fragranza di shopping
Il dentista fragrante

La contessa e il maggiordomo
Intrigo a Stresa

Gli Avventurieri
Come rubare cento milioni di dollari e…
Come sopravvivere a una guerriglia e …

Il marchio dell'oro nero
Il Doge

La signora dell'avventura
Il Re della piadina
Il destino ha la sua via

Le avventure di Brando Guelfi
Il serpente piumato
La torre rovesciata
La conchiglia sacra

Un messaggio da Raffaella

Caro lettore,

vorrei ringraziarti di cuore per aver scelto di leggere *Il re della piadina*. Spero che questa avventura letteraria ti abbia trasportato e affascinato, proprio come è successo a me mentre la scrivevo. La tua opinione conta davvero tanto per me e, se hai trovato questa lettura piacevole, mi farebbe un enorme piacere se volessi dedicare qualche minuto per lasciare una recensione. Le tue parole possono fare la differenza, aiutandomi a raggiungere nuovi lettori e diffondere la passione per le storie che amo raccontare.

Se desideri rimanere aggiornato sulle mie prossime pubblicazioni, ti invito a seguirmi su Amazon. Ti basterà cliccare sul mio nome per accedere alla mia pagina autore e premere il pulsante "Segui". Se stai leggendo su un Kindle o tramite l'app Kindle, troverai il pulsante "Segui" alla fine del libro, dopo l'ultima pagina.

Mi piacerebbe molto interagire con te e ascoltare le tue impressioni! Puoi contattarmi facilmente tramite la mia pagina Facebook, su Instagram, o direttamente attraverso il mio sito web. Se preferisci, puoi anche scrivermi via e-mail all'indirizzo ella@raffaellabossi.com. Sarò felice di risponderti e continuare a costruire questa splendida connessione con ciascuno di voi.

Grazie ancora per il tuo prezioso tempo e sostegno.

Ti auguro una vita ricca di avventure, gioia e nuove storie da scoprire.

Con affetto,
Raffaella

www.ingramcontent.com/pod-product-compliance
Lightning Source LLC
LaVergne TN
LVHW031424170726
843492LV00009B/2851